_______________ 님께

이 책을 드립니다.

_______________ 드림

성공하는 사람들의
유머테크

성공하는 사람들의
유머테크

초판 1쇄 발행 | 2005년 02월 25일
재판 1쇄 발행 | 2008년 09월 20일
재판 3쇄 발행 | 2009년 05월 20일

지은이 | 이상근
발행인 | 김선희 · 대 표 | 김종대
펴낸곳 | 도서출판 매월당
책임편집 | 박옥훈
디자인 | 윤정선

등록번호 | 388-2006-000018호
등록일 | 2005년 4월 7일
주소 | 경기도 부천시 소사구 송내동 뉴서울아파트 102동 304호
전화 | 032-666-1130
팩스 | 032-215-1130

값 12,000원
ISBN 978-89-91702-39-4 (03810)

대한민국 유머박사 1호 이상근의 유머 특강

성공하는 사람들의 유머테크

HumorTech

이상근 지음

매월당
MAEWOLDANG

개정판을 내면서

이제는 바야흐로 유머테크의 시대

선사시대에 살던 사람들이 어떤 위기를 맞았을 때 선택할 수 있는 대안은 단 두 가지밖에 없었다. 맞서 싸우든지 아니면 도망을 치는 것이었다. 그런데 요즘에는 유머 덕분에 세 번째 대안이 생겨났다.

'맞서 싸울 것이냐, 도망을 칠 것이냐, 아니면 웃을 것이냐?'

제럴드 포드 미국 대통령의 공보담당 특별보좌관으로서 백악관 연설담당 국장을 지냈고 오래 전부터 코미디 작가로 활동해 오고 있는 로버트 오븐이 한 말이다. 굳이 그의 말을 인용하지 않더라도, 과거와는 전혀 다른 종류의 위기와 갈등 속에서 엄청난 스트레스를 느끼며 하루하루를 살아가고 있는 우리에게 웃음이 얼마나 중요한 역할을 하는지에 대해서는 새삼 설명할 필요가 없을 것이다.

다른 사람들을 웃기는 방법과 웃음의 종류에는 여러 가지가 있다. 평소에 잘 알고 지내는 사람들이나 특별히 부담이 없는 이들과의 만남 또는 처음부터 내게 호의를 갖고 있는 사람들과의 모임에서라면, 가벼운 수준의 농담(조크)이나 개그 몇 마디 또는 잘 알려진 난센스 한두 가지를 중간중간 인용하는 것만으로도 얼마든지 사람들을 웃기며 이야기를 풀어나갈 수 있다.

그러나 나한테 우호적인 감정을 갖고 있지 않거나 어떻게 해서든 나를 깎아내리려고 벼르는 사람들 앞에 섰을 때, 또는 상대방이 비난이나 비판조의 발언으로 나를 궁지에 몰아넣는 상황이 벌어졌을 때는 얘기가 180도로 달라질 수밖에 없다. 그런 상황에서는 위기를 벗어나야겠다는 생각에서 상대방을 섣불리 웃겨보려고 시도하는 것 자체가 더 곤혹스럽고 위험한 사태를 불러올 수도 있기 때문이다.

전투가 없는 평상시라면 부대를 누가 지휘하더라도 그 결과에 큰 차이가 나지 않을 수 있다. 그러나 부대가 눈앞에 다가오는 적을 상대로 전투를 수행해야 하는 상황이라면, 적에 대한 정확한 정보를 바탕으로 구체적인 전략과 전술을 수립할 수 있을 뿐만 아니라, 충분한 실전 경험과 함께 탁월한 리더십까지 겸비한 지휘관이라야 병력과 장비의 손실을 최소한으로 줄이면서 전투를 승리로 이끌 수 있다.

유머의 경우도 마찬가지다. 서로가 서로의 존재를 인정하고 존중하면서 대립보다는 상생과 협력을, 갈등보다는 화합과 단결을 위해 노력하는 사이라면 굳이 탁월한 유머 감각을 지닌 사람이 필요 없을지도 모른다. 그러나 위기와 갈등에서 오는 긴장과 불안을 극복하고 서로 싸우지 않고도 모두가 이길 수 있는 세상을 이끌어 가고 싶은 사람이라면, 유머가 필요한 상황과 내가 만나야 할 상대방에 대해 부단히 연구하면서 자신의 유머 역량을 꾸준히 갈고 다듬는 노력을 게을리하지 말아야 한다.

이 책은 유머테크라는 새로운 개념을 통해 보다 구체적이고 실전적인 유머의 전략과 기술을 소개하기 위해 쓴 것이다. 시(時)테크나 재(財)테크 못지않게, 유머테크야말로 현대를 살아가는 우리 모두에게 꼭 필요한 성공과 행복의 길잡이가 아닐까 하는 것이 저자의 생각이다.

크게 다섯 개의 장으로 구성되어 있는 이 책의 제1장에서는 우리가 알고 있는 네 가지 종류의 유머 즉, 좁은 의미의 유머와 풍자, 아이러니와 위트가 각각 어떤 특성과 차이를 지니고 있는지 설명한 다음, 각각의 유머가 실제 상황에서 활용되는 사례를 보여주고 있다.

제2장에서는 유머의 성격을 결정하는 네 가지 변수 즉, 이원성과 관련, 변화와 인간이라는 속성들이 유머의 형성에 어떤 작용을 하는지, 그리고 살아 있는 유머를 창조하기 위해 이들 네 가지 변수를 어떻게 활용할 수 있는지에 대해 설명하고 있다. 여기에서 설명하는 유머의 네 가지 변수를 아는 것만으로도, 독자 여러분은 독창적인 유머의 창조 과정과 강력한 생명력을 지닌 유머를 만들어내는 방법에 대해 어느 정도 윤곽을 잡게 될 것이다.

제3장과 제4장에는 유머를 창조하는 과정에서 반드시 염두에 두어야 할 열 가지 원칙과, 성공하는 유머리스트가 되기 위해 꼭 갖추어야 할 다섯 가지 습관이 제시되어 있다. 여기에 소개하는 유머 창조의 원칙과 습관들을 충분히 이해하고 자기의 것으로 소화할 수만 있다면, 독창적이면서도 품격이 있는 유머를 구사하는데 상당한 도움을 얻을 수 있을 것으로 저자는 확신한다.

마지막 제5장에서는 독자 여러분이 실제 상황에서 활용할 수 있는 구체적인 유머 기술 열여섯 가지를 사례와 함께 설명하고 있다. 이 유머 기술들은 동서양과 고금의 탁월한 유머들이 지니고 있는 여러 가지 기술적 특성 가운데 핵심적인 요소들을 추출한 다음, 독자 여러분이 다양한 유머 상황에서 두루 활용할 수 있도록 재구성한 것들이다.

언젠가 가까이 지내는 친지에게서 이런 이야기를 들은 적이 있다. '사람들은 사주팔자니 운명이니 하는 게 태어날 때부터 정해져 있는 거라고 생각하지만, 그동안 내가 만난 사람들을 한 사람 한 사람 떠올려보면, 어떤 순간에 어떤 생각을 하느냐에 따라 결국 그 사람의 운명이 달라지는 것 같다.'

유머에 대한 생각도 물론 사람에 따라 다를 수 있다. 그러나 '유머를 배워보자.'는 생각을 하는 것만으로도 독자 여러분은 이미 스스로의 운명을 바꾸는 길에 들어선 것이며, 그 길을 가는 동안 머지않아 성공과 행복이라는 소중한 친구들을 꼭 만나게 될 것이라고 저자는 확신한다. 금번 《성공하는 사람들의 유머테크》도 이런 맥락에서 새로 개정판을 내게 되었다. 오자나 탈자는 물론이요 잘못 표기된 부분을 바로잡아 지식과 정보를 정확히 알게 하고, 또 기존의 표지도 다르게 하여 독자들에게 더욱 친근감 있게 다가서도록 참신하게 단장하였다.

모쪼록 이 책이 행사나 대화, 그리고 문장 기술을 신장시키는 데 많은 도움이 되었으면 바라는 마음 간절하다.

2008년 9월

국제유머테크연구회 대표 이상근

contents

PART 3

성공하는 유머의 열 가지 원칙 93

PART 4

유머의 달인을 만드는 다섯 가지 습관 143

PART 5

마음을 움직이는 실전 유머 기술 16가지 183

PART 1

유머에도 포트폴리오가 있다

사람을 웃기는 유머라고 해서 다 같은 유머가 아니다.
어떤 상황에서 어떤 유머를 어떻게 쓰느냐에 따라
당신이 만들어낸 웃음의 모습은 천지 차이로 달라진다.

그 속에는 마음이 오고가는
휴머니즘의 미소(좁은 의미의 유머)가 있는가 하면
신랄한 풍자가 가져다주는 뼈아픈 웃음(풍자)도 있고,
이율배반적인 행동에서 나오는 쓰디쓴 웃음(아이러니)이 있는가 하면
기상천외의 발상이 몰고 오는 통쾌한 웃음(위트)도 있다.

유머의 네 가지 포트폴리오에 대해 아는 것은
제대로 된 유머를 구사하는 첫걸음이다.

유머, 그 휴머니즘의 미소

유머(좁은 의미의)는 상대를 통렬하게 비판하거나 상대의 공격을 보기 좋게 맞받아치는 데서 나오는 '공격형'의 웃음뿐만이 아니라, 상대방에 대해 한없는 연민과 함께 따뜻한 배려를 드러내는 인간적인 웃음도 만들어낸다.

유머의 주체와 대상이 되는 사람이나 상황 속에는 긍정과 부정, 장점과 약점, 현실과 이상, 변화하는 현상과 불변의 진리 같은 상대적인 요소들이 동시에 존재한다. 유머는 이와 같이 사람이나 사물이 지니고 있는 상대적이고 절대적인 속성이나 관계의 진면목, 상황의 변화나 인간 고유의 본성 등을 적나라하게 드러내줌으로써 웃음을 만들어내는 기술이라고 할 수 있다.

유머가 만들어내는 웃음은 사람이나 사물을 어떤 하나의 기준에 의해 일방적으로 비판하거나 무조건 배척하는 데서 나오는 게 아니다. 그것은 나와 상대방의 인간적인 약점까지도 인정하고, 남보다는 자기를 먼저 부정하며, 겉으로 드러내는 악의보다는 마음속에 깊이 간직한 호의를 보여줌으로써, 궁극적으로는 나와 상대방의 관계를 개선하는 데 보다 근본적인 목적을 두고 있다.

유머는 인간에 대한 따뜻한 시선과 깊은 이해를 바탕으로, 끊임없는 자기 부정을 통해 새로운 차원의 긍정을 창출해 내는 삶의 지혜이기도 하다. 따라서 유머가 만드는 웃음은 요란하게 터져 나오는 박장대소라기보다는 이심전심, 염화시중의 미소에 훨씬 가까운 조용한 웃음이라고 할 수 있다.

성공의 비결

"성실과 지혜, 이 두 가지만 있으면 사업에서 성공할 수 있다고 하셨잖아요? 그럼 성실이란 게 과연 무엇인가요?"

아들이 아버지에게 물었다.

"성실이란 네가 맡은 일을 어느 날짜까지 끝내겠다고 일단 약속했으면 설령 병이 나서 몸을 가누지 못하는 일이 생기더라도 그 약속만은 반드시 지키는 것을 뜻한다."

"그럼 지혜는 뭐지요?"

아들이 또 물었다.

"섣불리 그런 약속을 안 하는 거지."

따로 떼어놓고 보면 절대로 상충할 것 같지 않은 두 개념이 어떤 상황에서는 서로 모순이 될 수도 있다는 사실 때문에 웃음을 유발하고 있다. 어떤 사물의 겉과 속, 이쪽과 저쪽, 진실과 허구처럼 상대적이거나 이원적인 속성을 발견할 때 우리는 통쾌한 웃음이나 허탈한 웃음 또는 쓴웃음을 짓게 된다.

이것이 바로 유머의 '이원성(二元性)' 이다. 다음 장에서도 설명하겠지만, 유머를 만드는 변수 중에서 가장 다양한 것이 바로 유머가 가진 이원성의 속성이다.

부친이 강도였다면

공화당 지지자인 어떤 사람이 트루먼을 보고 민주당에 입당한 이유를 묻자 그는 이렇게 대답했다.

"제 부친이 민주당원이기 때문에 민주당을 택한 겁니다."

이 말을 들은 공화당 지지자가 야유를 했다.

"부친이 강도였다면 당신도 강도가 됐겠구려?"

그러자 트루먼은 정색을 하며 대꾸를 했다.

"부친이 강도였다면 난 공화당에 입당했을 겁니다."

여기서 공격자의 허점은 '부친이 강도라면' 이라는 가정법을 쓴데 있다. 물론 방어자인 트루먼도 가정법을 써서 반격을 했지만, 그가 공화당이라는 상대방과의 '관련' 을 끌어들이지 않았다면 공격의 강도는 훨씬 약화되었을 것이다. 소위 물귀신 작전을 씀으로써 상대방을 꼼짝 못 하게 만든 셈이다.

이처럼 위기나 불리한 상황에 처했을 때 나를 공격해 오는 상대방과 어떻게 해서든 '관련' 을 시키게 되면 비교적 어렵지 않게 유머를 만들어낼 수 있다.

사랑은

각국의 언어를 연구하는 대학원생 철수가 어느 날 교수에게 질문을 했다.

"교수님, 어느 나라 말을 봐도 '사랑에 눈이 멀다.' 라는 표현이 있는데, 왜 그런 거죠?"

그러자 교수가 장난기 가득한 얼굴로 대답했다.

"그것도 모르냐? 사랑을 하면 낮에도 더듬게 되잖아!"

유머가 주는 웃음은 당연하다고 믿었던 사실이 그렇지 않은 것으로 드러날 때, 절대적인 진리라고 생각했던 것이 허구였음을 알게 될 때, 그리고 결코 변하지 않을 거라고 기대했던 대상이 속절없이 바뀌는 모습을 볼 때 생겨난다. 이것이 바로 유머가 지닌 '변화' 의 속성이다.

교수가 각 나라 말에 나오는 사랑의 표현을 들먹이며 장황한 답변을 시도했다면 결코 웃음이 나올 수 없었을 것이다. 보통 때 같으면 절대로 그런 표현을 쓰지 않았을 교수가 뜻밖에도 직설적인 답변을 했기 때문에, 그리고 사랑에 대해 '그래, 그렇게 생각할 수도 있구나.' 하는 의외의 사실을 발견하게 해 주었기 때문에, 유머가 지닌 '변화'의 힘에 의해 웃음이 유발된 것이다.

도둑놈 심보

왕과 왕비가 첫날밤을 지내고 난 이른 아침에 왕비가 진지한 얼굴로 왕에게 부탁을 했다.

"이렇게 좋은 건 백성들이 알지 못하게 하세요."

왕과 왕비의 기본적인 책무는 국민을 위하고 국민의 삶을 행복하게 만들어주는 일일 것이다. 그런데 자기들이 알게 된 그 좋은 것을 백성들에게 알려주지 말라고 하니, 그 심보가 고약하기가 이만저만이 아니다.

인간의 욕심과 야망이 무너지는 것을 볼 때 사람들은 허무감에서 나오는 웃음을 보인다. '인간'이 지닌 본성의 참모습이나 어떤 사람이 갖고 있는 가치관의 오류, 또는 철학의 모순을 적나라하게 드러내는 방법이야말로 유머를 만드는 가장 일반적인 기술 가운데 하나다. 유머를 만드는 주인은 언제나 '인간'이기 때문이다.

통렬하고도 속 시원한 웃음, 풍자

풍자는 대상에 대한 강력한 부정을 기본으로 하고 있다. 유머가 그 저변에 자기 부정과 함께 인간에 대한 따뜻한 시선을 담음으로써 높은 긍정을 창조하는 웃음이라면, 풍자는 상대방과 나를 분리한 다음 상대방에 대해서만 철저한 공격을 가하는 '부정의 웃음' 이라고 할 수 있다.

풍자를 통해 만들어지는 웃음은 대상을 비판하거나 비평하는 과정에서 부수적으로 발생하는 웃음이라는 점에 그 특징이 있다. 따라서 웃음 자체보다는 비판의 효력과 비판을 하는 사람의 의도에 더 비중이 주어지며, 그 대상 또한 현재의 상황이나 사실을 근거로 해서 선택되는 경우가 대부분이다. 과거의 사실에 대한 풍자는 신선도가 떨어지기 마련이고, 미래의 상황에 대한 풍자는 설득력이 약해지기 때문이다.

조선말을 몰라서

월남 이상재 선생의 손자가 배재학당을 졸업하던 날 조선인 관리가 일본 총독과 도지사의 축사를 대독했다. 그 모습을 보며 비위가 상한 이상재 선생은 자신이 축사를 할 차례가 되자, 마음속에 있던 첫마디를 토해냈다.

"여러분, 여러분은 조선말을 할 줄 아십니까?"

그러자 장내에서 폭소가 터졌다. 조선 사람들에게 조선말을 할 줄 아느냐고 묻는 의도를 청중들이 벌써 짐작했던 것이다.

"나는 일본말을 통 모릅니다. 그래서 조선말로 몇 마디 하겠으니 양해해 주시기 바랍니다."

졸업식장은 청중들의 박장대소로 떠나갈 듯 소란해졌다. 그 속에서 웃지도 못하고 그렇다고 박수를 칠 수도 없어 안절부절못한 사람들은 바로 앞서 축사를 대독한 조선인 관리 두 사람이었다.

풍자는 통상 내 맘에 안 드는 어떤 분위기나 상대방, 또는 특정한 사회 풍조나 현상을 비꼬고 싶은 경우에 사용한다.

졸업식장에 참석한 조선인이라면 누구나 두 관리의 행동이 꼴도 보기 싫었겠지만 그렇다고 밖으로 표현할 수도 없는 상황이었다. 그러나 이상재의 뒤틀린 속마음은 그런 상황을 용납할 수가 없었다. 일본말을 하는 조선 관리의 존재를 철저하게 무시하고 부정함으로써, 이상재는 청중의 억눌린 웃음을 해방시킴과 동시에 일본이라는 침략자의 존재까지도 깨끗이 잊어버리게 하는 이중의 효과를 달성하고 있다.

그 쯤이야

후보자 : 제가 당선되면 반드시 도로와 다리를 놓아 드리겠습니다.
유권자 : 우리 마을에는 강이 없는데요?
후보자 : 걱정 마십시오. 강도 만들어 드리겠습니다.

와일더는 '유머는 사회와 인간의 어리석음을 폭로하는 기능을 갖고 있다.' 고 했다. 여기서도, 당선을 위해서라면 수단과 방법을 가리지 않는 정치인의 무책임하고 무분별한 속성을 있는 그대로 보여주다 보니 저절로 웃음이 나오게 됐다. 게다가 정치인이 엄청난 거짓말쟁이라는 점을 드러냄으로써 웃음의 강도가 더 강화된 셈이다.

이처럼 풍자는 눈앞에 보이는 상황이나 현재의 세태를 비판의 대상으로 삼는 경우가 대부분이지만, 상대방의 약점이나 허물을 들추어냄으로써 상대적인 우월감을 느끼게 하는 경우에도 사용할 수 있다.

그건 약과야

변호사, 의사, 목사의 아들들이 한자리에 모여 각자 자기 아버지가 버는 돈에 관해 자랑을 하고 있었다.
변호사 아들이 먼저 말문을 열었다.
"우리 아빠는 소송에 한 번 나갈 때마다 1500달러를 벌어오셔."
이에 질세라 의사 아들이 자랑을 하고 나섰다.

"우리 아빠는 수술 한 번 하고 나면 2000달러나 가져오시는걸."
그러자 두 사람의 얘기를 가만히 듣고만 있던 목사의 아들이 목소리를 점잖게 가다듬으며 이렇게 말했다.
"그건 약과야. 우리 아빠는 주일 아침에 20분 정도 설교를 하고 나서 돈을 걷는데, 그때마다 돈 걷는 사람이 열댓 명은 있어야 돼."

풍자에서 가장 많이 등장하는 소재 가운데 하나가 바로 권력의 무상함이나 금전 만능의 세태를 다룬 내용이다. 힘을 가진 자의 일그러진 모습이나 있는 자의 욕심을 비꼬고 비판하는 데서 오는 통쾌함은, 힘이나 가진 것이 없는 보통 사람들에게만 주어지는 무상의 특권이기 때문이다.

변호사와 의사, 목사는 어느 사회에서나 권력과 부를 가진 계층으로 인정받는 존재들이지만, 그들이 바로 그런 힘과 부를 가졌다는 사실 때문에 비판과 풍자의 대상이 된다는 것은 분명 아이러니가 아닐 수 없다. 여기서는 특히 풍자의 강도를 높이는 이른바 점증(漸增) 기법을 활용했다는 점이 눈에 띈다.

얼마나 일찍부터 했길래

혁명 기념일을 맞아 공산당 서기가 한 늙은 농부에게 물었다.
"어떻소, 동무. 혁명 전보다 살기가 나아졌지요?"
"천만에 말씀! 혁명 전엔 옷이 세 벌이나 있었는데 지금은 단벌로 지낸다우."

"닥쳐요! 아프리카 인민들은 지금 모두 벗고 산다는 걸 아시오. 옷 한 벌 없이도 잘만 지내고 있다 이 말이오."
"그래요? 거참 안 됐구려. 그래, 그놈들은 얼마나 일찍부터 혁명을 했길래 그 지경이 됐답니까?"

구 소련이 해체된 지 10년이 훨씬 넘었지만 아직도 북한에는 공산주의가 사라지지 않고 있다. 자본주의의 모순을 해결한다는 혁명 이념이 결국 인간의 기본적인 욕구와 본능조차 무시하고 국민에게 가난과 고통만 가져왔다는 사실 하나만으로도 공산주의는 충분히 비판받아 마땅한 대상이라고 할 수 있다.

공산주의 혁명 이념대로라면 당연히 생활 형편이 나아져야 하는데, 실상은 전혀 그렇지가 않다는 것이 밝혀졌다. 거기서 드러난 모순이 웃음을 만들어내고 있다.

자리에 따라 다르죠

"우리 항공사는 승객 여러분의 안전한 여행을 100% 보장합니다. 하지만 여성 승객들 중에서 클린턴 씨 옆자리에 앉게 되시는 분은 자신의 안전에 각별히 주의하시기 바랍니다."

아무리 안전 운항을 한다고 해도, 천하의 바람둥이 클린턴 옆에 앉게 된다면 항공사로서도 여성 승객의 안전을 책임질 수 없다.

르윈스키 스캔들이 터진 이후로 하루가 멀다 하고 쏟아져 나온 클린턴 관련 유머 중에서도 압권에 해당하는 이 유머를 대하고 나면, 풍자가 지닌 세태 비판의 위력을 새삼 절감하게 된다.

명작은 역시 달라

추상화 중에는 그림을 그린 당사자가 아니고서는 그 내용을 제대로 알 수 없는 것들이 많다.

1961년 10월 18일 뉴욕의 현대미술관에서 열린 <앙리 마티스 후기 작품전>에 마티스가 1952년에 그린 그림 <보트 *Le Bateau*>가 내걸렸다. 그러자 당대의 저명한 화가와 미술평론가, 화상을 포함한 11만여 명의 마티스 애호가들은 모처럼 보게 된 거장의 명작을 감상하며 연신 찬사를 보냈다. 그해 12월 4일, 마티스의 아들 피에르는 아버지의 작품을 잠깐 벽에서 떼어냈다가 다시 걸었다. 왜 그랬을까?

그 47일 동안, 마티스의 작품은 위아래가 뒤바뀐 채 걸려 있었다.

내로라하는 미술평론가들을 비롯해 그 많은 사람들이 47일 동안이나 작품을 감상했는데도 불구하고 어느 한 사람도 잘못된 점을 지적하지 못한 걸 보면 마티스가 얼마나 대단한 명성을 누리고 있었는지를 미루어 짐작할 수 있다.

늦게라도 아들인 피에르가 바꿔 걸었기에 망정이지, 만약 그대로 두었다면 그 그림은 그 후로도 오랫동안 수많은 사람들을 조롱하며 버젓이 전시관의 한쪽 면을 차지하고 있었을 것이다. 명품이라는 딱지만 붙으면 내용은 어떻든 사족을 못 쓰는 요즘 세태와도 일맥상통하는 부분이 있는 것 같아 절로 고소한 웃음이 나오는 장면이 아닐 수 없다.

삶의 모순과 아이러니

어떤 사람의 말과 그 말이 지닌 속뜻 사이에 팽팽한 긴장이나 충돌이 일어날 때 우리는 그 속에서 아이러니를 발견하게 된다. 동서양의 역사에서 아이러니를 체계적으로 활용한 사람은 그리스의 철학자 소크라테스가 처음인 것으로 알려져 있다. 이른바 '소크라테스의 아이러니'는, 나의 무지를 숨기고 상대방에게 질문을 통해 접근한 다음 상대방의 답변 속에서 논리적 모순을 찾아냄으로써 그의 무지를 일깨워주는 방법을 뜻하는 것이었다.

오랜만에 만난 친구의 어깨를 툭 치면서 '야, 이 똥강아지야. 너 그동안 어떻게 지냈냐?'라는 말을 했다고 치자. 그런데도 상대방은 전혀 화를 내지 않는다. 왜 그럴까? 그 친구의 부모가 개가 아니라는 걸 나도 알고 그 친구도 알기 때문이다.

말뿐 아니라 이율배반적인 행동이나 불합리한 상황 속에도 아이러니는 존재한다. 만원버스에서 승객의 주머니를 터는 젊은 소매치기꾼을 발견하고 소리를 지르려고 하는데, 가만 보니까 그 옆에 있던 나이 든 소매치기꾼이 젊은 소매치기꾼의 뒷주머니를 뒤지고 있다. 그 모습을 보면서 우리는 아이러니가 현실 속에서 나타나는 장면을 발견하게 된다.

아이러니는 서로 다른 속성을 지닌 두 개의 사실(또는 진실)이나 상황을 충돌시켜 놓고 나서 그 틈 속에서 위기 극복의 기회를 찾아내는 유머의 기법 가운데 하나이기도 하다.

급하다 보니

미국의 소설가인 헤밍웨이가 강연 약속이 생겨서 시카고 행 여객기를 타려고 할 때였다. 갑자기 상원의원 한 사람이 나타나더니 중요한 일 때문에 급하다며 헤밍웨이가 예약한 좌석을 가로채고 말았다. 헤밍웨이는 할 수 없이 비행기를 포기해야 했다. 그런데 문제의 그 상원의원은 헤밍웨이의 강연을 들으러 시카고로 가는 길이었다.

상원의원이 탑승예약자 명단에 올라 있는 헤밍웨이의 이름을 눈여겨보았다면 그렇게 야단법석을 떨지도 않았을 것이고, 이 이야기를 들은 누구도 쓴웃음을 짓지 않았을 것이다. 게다가 상원의원의 위세를 내세워 남의 자리를 빼앗는 무리수를 두지만 않았어도 이렇게 부끄러운 이야기의 주인공이 되지는 않았을 것이다. 그러고 보면, 지위를 남용해 제 이익을 챙기는 권력자들의 행태는 예나 지금이나 달라진 게 없나 보다.

유방이 없다고

대머리인 맹구가 길거리에서 발모제를 팔고 있었다. 지나가던 사람들이 그 광경을 보고 "대머리 주제에 발모제를 팔다니 진짜 웃기는 사람이군." 하며 비웃었다. 그러자 맹구가 뭐가 잘못됐느냐는 듯이 따지며 대들었다.

"그럼 유방이 없는 사람은 브래지어를 못 팝니까?"

남의 약점을 지적한 걸 문제 삼자면 곧바로 싸움이 일어나는 수밖에 없다. 물론 발모제와 대머리는 뗄래야 뗄 수 없는 관계에 있다. 그러나 싸움의 원인이 되고도 남을 소재를 일찌감치 감추어버리고, 너무나도 명백한 모순을 제시함으로써 위기를 해결하는 모습에서 박수와 웃음이 나오게 된 것이다.

이와 같은 상황은 주변에서 얼마든지 발견할 수 있다. 사소한 불편이나 불이익을 참지 못하고 툭 하면 상대를 걸고 넘어지거나 싸움을 벌이는 게 다반사인 우리네 인생에서 이런 여유를 발휘한다는 건 결코 쉬운 노릇이 아니다. 그러나 명백한 모순이나 아이러니가 있음에도 불구하고, 그 모순이나 아이러니의 충돌을 예방하기 위해 노력하는 모습이야말로 우리의 삶을 한층 깊이 있게 만드는, 진정한 현자의 진면목이 아닐까?

정말 연하네요

소설가인 마크 트웨인의 친구가 하숙집 주인 아주머니와 짜고 그에게 장난을 친 적이 있었다. 두 사람이 트웨인을 위해 칠면조 요리를 만들어 내놓았는데, 나무를 깎아 실물과 똑같이 흉내를 낸 그 칠면조 요리에는 소스까지 쳐 있었다.

그런데 사정을 전혀 모르는 마크 트웨인이 요리가 나오자마자 나이프와 포크를 칠면조에 대고 자르는 시늉을 하면서 하숙집 아주머니에게 이렇게 인사를 건네는 것이었다.

"고마워요, 아주머니. 이 칠면조 고기는 지금까지 제가 아주머니 댁에서 먹은 것 중에서 제일 연한 고기네요."

아무리 감쪽같이 흉내를 내고 거기다가 소스까지 뿌렸다고 해도 나무로 만든 칠면조를 먹을 수는 없는 노릇이다. 괘씸하기 짝이 없는 두 사람에게 어떻게 해야 제대로 보복을 할 수 있을까?

화를 내거나 소리를 친들 상황이 달라지지는 않는다. 그렇다면 한편으로는 내게 불리한 이 상황을 슬기롭게 돌파하면서, 또 한편으로는 나를 골탕먹이려 했던 두 사람에게 따끔한 경고를 할 수 있는 방법을 찾아야 한다.

결국 마크 트웨인은 자기 눈앞에 보이는 하나의 진실(나무 칠면조)과 두 사람의 눈에는 보이지 않는 또 하나의 진실(질기고 맛없던 하숙집 칠면조)을 직접 부딪치게 함으로써, 공격자인 하숙집 아주머니를 빠져나올 수 없는 코너로 몰아넣는 데 성공하고 있다.

냄새가 나지 않은 이유

어느 지체 높은 귀부인이 의사를 찾아와 고민을 털어놓았다.
"선생님, 그리 큰 문제는 아니라고 하시겠지만 제게는 오래된 고민이 하나 있어요. 제가 방귀를 너무 자주 뀐다는 거예요, 그렇지만 냄새나 소리가 나는 건 아니에요. 사실은 이 방에 들어온 뒤로도 수십 번은 방귀를 뀌었을 거예요. 놀라셨죠? 냄새나 소리가 없으니 아셨을 리가 없죠. 어떻게 하면 방귀를 줄일 수 있을까요?"
그 얘기를 듣고 나서 한참 생각하던 의사가 처방전을 내놓았다.
"뭐가 문제인지 잘 알겠습니다. 우선 이 약을 일 주일간 복용하시고 다시 진찰을 받으러 오세요."
일 주일이 지나 다시 의사를 찾아온 귀부인은 잔뜩 화가 난 목소리로 의사에게 따졌다.
"선생님, 이게 대체 어찌 된 일이에요? 그 약을 먹고 나서부터 제 방귀에서 지독한 냄새가 나기 시작했어요. 물론 여전히 소리는 나지 않지만."
그러자 의사가 싱긋이 웃으며 대답했다.
"경과가 아주 좋은 편이군요. 부인의 축농증은 어느 정도 나은 것 같네요. 자, 그럼 이제부터는 난청(귀) 치료를 시작할까요?"

안 나던 냄새가 나게 됐으니 분명 처방을 잘못한 탓이라고 항의를 해도 의사로서는 할 말이 없게 생겼다. 이 와중에 그럴 리가 없다며 다시 살펴보자거나 그동안 무슨 일이 있었던 게 아니냐며 환자를 물고 늘어진들 달라질 것도 없다. 환자가 처음 병원에 왔을 때, 의사는 환자가 축농증에 귀까지 잘 안 들린다는 걸 진작에 알아봤기 때문이다.

하지만 이제 와서 처방을 잘못했다고 숙이고 들어가는 것도 분명 자존심이 상하는 일이고, 사실은 지난번에 축농증 치료약을 먼저 준 거라고 털어놓는다고 해서 상황이 좋아지지도 않는다. 어떻게 해야 할까?

바로 앞의 경우처럼, 여기서도 환자가 알고 있는 진실(냄새 없음과 소리 없음)과 의사가 알고 있는 진실(축농증과 난청)을 직접 대비시키고 그 속에서 새로 발견한 기회(축농증 치료)를 적절하게 활용함으로써, 의사는 여유 있게 위기 탈출에 성공하고 있다.

발상의 즐거움이 있는 위트

위트(기지)는 원래 상대방을 조소할 목적으로 사용되기 시작했다고 알려져 있지만, 요즘에는 언어 자체가 지닌 이중성과 다면성을 바탕으로 대상을 우스꽝스러운 존재로 만들어버리거나 표현 자체의 의미를 즐기기 위한 목적으로 더 자주 활용되고 있다.

앞에서 들은 어떤 말의 의미가 사라지거나 희석되면서 그 뒤에 숨어 있던 중요하거나 핵심이 되는 의미가 갑자기 전면으로 튀어나오는 바람에 처음과는 전혀 딴판인 상황이 벌어질 때, 우리는 거기서 위트의 힘을 발견하게 된다. 영국의 시인 존 드라이든은 위트를 '발상의 예리함' 이라고 정의했고, 알렉산더 포우프는 '진정한 위트는 교묘하게 꾸민 자연스러움' 이라고 했다.

유머가 상대방과의 관계 개선이나 위기 극복을 위해 웃음을 만들어내는 것이라면, 위트는 주로 언어가 지닌 마력과 창조적인 기교를 통해 상대방으로부터 전혀 예상 밖의 웃음을 이끌어내는 발상 전환의 게임이라고 할 수 있다.

8만 리 먼 길도 오셨는데

"자넨 어디서 왔는가?"

"평양에서 왔습니다."

"평양이 여기서 얼마나 되나?"

"한 800리쯤 됩니다."

여기까지 형식적인 질문을 던진 구세학당의 목사가 소년 안창호를 바라보며 질문을 했다.

"그럼 자네는 평양에서 공부하지 뭐 하러 서울까지 왔는가?"

그러자 16세 소년 안창호는 눈빛을 반짝이며 이렇게 되물었다.

"미국은 서울에서 몇 리나 떨어져 있습니까?"

"글쎄, 한 8만 리쯤 될걸."

선교사의 대답에 소년 안창호는 단호한 말투로 대답했다.

"8만 리나 떨어진 곳에서도 우리를 가르쳐주러 여기까지 오셨는데, 겨우 800리 정도를 오지 못할 이유가 있겠습니까?"

선교사의 질문에 이런저런 이유를 대며 상식적인 답변을 하려 했다면, 도산은 면접에 합격하기 어려웠을지 모른다. 가뜩이나 지

원자가 많아 고민인데다, 굳이 먼 곳에서 그것도 돈 한 푼 없이 찾아온 도산에게 주목할 이유가 없었기 때문이다.

그러나 거기서 물러설 도산이 아니었다. 일단 8만 리를 마다하지 않고 돌아온 선교사의 노고를 먼저 칭찬한다. 그런데 그에 비하면 자기가 온 길은 그 100분의 1밖에 안 된다는 사실을 확실하게 일깨워준다. 선교사도 사람인 이상, 자기를 이렇게까지 띄워주는 데 감동하지 않을 수가 있을까?

이 면접이 끝난 후 도산은 밀러 목사의 주선으로 구세학당에 입학하게 되었고, 졸업한 후에는 한참 동안 조교로 일하기도 했다.

똑같은 얼굴

고종 시절 벼슬을 하던 김세호라는 사람에게 김규식이라는 아들이 있었다. 그는 얼굴이 심하게 얽은 사람이었다. 그런 그가 과거에 급제한 후 대원군에게 문후를 드리러 갔다. 박박 얽은 그의 얼굴을 본 대원군은 인사를 받기도 전에 얼굴을 돌려버렸다.

"저런 얼굴이 세상에 또 있을까?"

초대면에 이보다 모욕적인 말이 있을 수 없었다. 보통 사람 같으면 상대가 상대인지라 화를 내는 건 고사하고 부끄럽고 무안하고 모멸스러워 얼굴조차 들 수가 없었을 것이다. 그러나 김규식은 안색 하나 변하지 않고 오히려 눈가에 눈웃음을 띠며 큰 소리로 대답했다.

"있다 뿐이겠습니까? 소인이 세수를 하고 망건을 쓸 때 거울을 보면 그 속에 소인 같은 얼굴이 또 있습니다. 그리고 지금 대감님 뒤에 있는 체경 속에도 소인과 똑같은 얼굴이 있지 않사옵니까?"
김규식의 재치와 당당함에 놀란 대원군은,
"참으로 남아다운 기개로다."
하고 크게 칭찬하며 웃었고, 벼슬도 당장 올려주었다.

아무리 나는 새도 떨어뜨린다는 대원군의 세도라 해도, 사람을 이렇게 막 대할 수는 없다. 자기의 잘못 때문에 그런 모욕을 듣는다면야 어떻게든 참을 수도 있지만, 어쩌다 얼굴이 얽은 걸 가지고 이렇게 사람을 면박하니 모욕도 이런 모욕이 없다.

그러나 어쩌랴. 시비를 걸어오는 대원군을 향해 주절주절 변명을 늘어놓을 수도 없고, 섣불리 다른 말을 했다가는 뒤탈이 두려울 뿐이다. 그렇다고 꿀 먹은 벙어리 모양 입을 닫고 있는다고 상황이 나아질 것 같지도 않다. 어떻게 해야 할까?

상대가 상대인지라, 눈앞의 대원군을 물고 늘어지는 전략은 애당초 제쳐둘 수밖에 없다. 결국 활시위처럼 팽팽하게 당겨진 긴장감은 그대로 둔 채, 김규식은 자기처럼 얼굴 얽은 사람이 둘이나 더 있다는 궤변을 써 먹기로 한다. '아무래도 대감께서 뭘 잘못 알고 계시는구려. 집에서 세수할 때 거울 속에도 이 얼굴이 있고, 지금 대감 뒤에 있는 체경 속에도 같은 얼굴이 또 있질 않소이까? 이런 얼굴이 세상에 둘이나 더 있다는 걸 정녕 이제야 아셨단 말씀입니까?'

눈앞의 위기를 저 정도의 기지로 돌파할 수 있다면 장차 나라를 위해서도 가히 크게 쓸 만한 인재일 것이다. 일개 서생에게 던진 한 마디 때문에 자칫 곤란한 지경에 빠질 뻔했던 대원군으로서도 긴장이 누그러지고 마음이 편안해지는 기분 좋은 장면이 아닐 수 없었다. 이처럼, 위트는 도저히 해결이 불가능해 보이는 상황에서도 멋진 국면 전환을 이끌어내는 유머의 핵심 기법이라고 할 수 있다.

어디로 가시렵니까?

링컨이 하원의원 선거에 입후보했을 때의 일이다. 그의 상대였던 피터 카트라이트는 감리교회의 유명한 부흥 강사였다. 이곳 저곳의 교회에 초청을 받아 설교를 하는 사람인 만큼 연설에 관한 한 둘째 가라면 서러워할 정도로 말을 잘하는 사람이었다. 그런데 선거 운동이 막바지에 이른 어느 날 링컨은 우연한 기회에 카트라이트가 설교를 하는 어느 종교 집회에 참석하게 되었다.

카트라이트는 명쾌하면서도 유창한 화술로 열변을 토해내며 청중을 사로잡고 있었다. 그런데 설교를 하던 도중 그가 난데없이 "새로운 삶을 영위하고 충심으로 하나님을 사랑하며 그렇게 함으로써 천국에 가기를 소망하시는 분은 모두 자리에서 일어나십시오." 하고 부르짖는 것이었다.

그의 말에 곧바로 자리에서 일어선 사람은 얼마 되지 않았다. 워낙 갑작스런 말이었기 때문에 신자들이 그의 말을 제대로 알아듣지 못한 것이었다. 그러자 카트라이트는 주먹으로 연단을 치며 다시 소리를 질렀다.

"천국에 가기를 원하는 사람이 겨우 이것밖에 안 된단 말입니까? 그렇다면 이번에는 지옥에 가고 싶지 않은 분들은 모두 일어나 보십시오." 이 말이 끝나기가 무섭게 모두들 벌떡 일어섰다. 그런데 오직 한 사람만은 자리에서 일어나지 않고 있었다. 바로 링컨이었다. 카트라이트는 링컨을 향해 삿대질을 하며 소리쳤다.

"링컨 씨! 실례의 말씀입니다만 당신은 어디로 가실 작정입니까?"

그러자 링컨은 천연덕스럽게 대답했다.

"나는 하원으로 가겠습니다."

순간 강단이 떠나갈 듯한 폭소가 터졌다. 링컨은 그의 답변처럼 하원으로 갔다.

교회 안에 있던 모든 사람들의 시선이 일제히 링컨에게 쏠렸다. 신자들은 하나같이 카트라이트의 눈치를 보고 있고, 링컨이 어떤 대답을 하느냐에 따라 그 많은 사람들의 반응이 한 순간에 결정될 상황이다. 잘하면 그들을 지지자로 바꿀 수도 있지만, 웬만큼 잘하지 않고는 실망만 안겨줄 수도 있다. 어떻게 해야 할까?

링컨은 카트라이트가 던진 질문에 대답하기 전에 그 질문의 핵심 논제를 아예 바꿔버리는 쪽을 택하기로 한다. 이른바 '논점 일탈'의 기법이자, 관심의 대상이 된 이슈를 다른 것으로 바꿔버리는 대응책이다.

이런 대응 방법은 요즘의 선거전이나 토론에서도 많이 사용된다. 쟁점이 되는 어떤 이슈를 상대방이 물고 늘어질 때 일일이 대응하다 보면, 상대가 쥐고 있는 주도권을 빼앗기가 매우 어려워진다. 그럴 때는 슬쩍 그 이슈에서 벗어나면서 청중의 관심을 전혀 다른 방향으로 돌린 다음, 새로운 이슈를 선점하는 것이 상책이다. 소위 '노는 물'을 바꿔버림으로써 위기를 돌파하고 국면을 전환하는 기법인 셈이다.

링컨에게 천당이냐 지옥이냐의 선택을 강요하던 카트라이트로서는 졸지에 유리한 이슈를 빼앗겨버렸을 뿐만 아니라, 어떤 방법으로도 만회할 길이 없는 궁지에 몰리게 됐다. 홉스는 '돌연히 나타난 승리의 감정'이 웃음이라고 했다. 신자들의 입장에서도, 카트라이트에게 일방적으로 당하기만 할 것 같았던 링컨이 단 한 마디 말로 위기를 넘기는 모습에서 일종의 안도감과 함께 무한한 신뢰의 감정까지 느꼈을 것이다. 그런 그가 하원의원이 된 것은 지극히 당연한 결과였다.

이게 바로 고흐의 한쪽 귀입니다

우스갯소리의 대가로 유명한 휴 트로이는 자신의 타고난 재능을 이용하여 어려운 문제를 잘 해결하기로 정평이 난 인물이다. 그는 대학을 졸업하자마자 미술가의 꿈을 안고 뉴욕으로 이사했다. 그가 뉴욕에 도착한 지 얼마 지나지 않아 뉴욕 현대미술관에서 빈센트 반 고흐의 작품 전시회가 열렸다. 트로이 역시 고흐의 작품이 너무나 보고 싶었지만, 미술관에 가 본들 관람객이 너무 많아 제대로 감상하기가 힘들겠다 싶어 뭔가 다른 해결 방법을 찾기로 했다.

한참 동안 생각에 골몰하던 그는 전시회에 모인 사람들이 막상 고흐의 작품보다는 전설처럼 알려진 그의 사생활, 특히 고흐가 자기의 한쪽 귀를 잘라 매춘부에게 보냈다는 일화에 더 많은 관심이 있다는 사실을 떠올렸다.

트로이는 그 즉시 집 근처에 있는 정육점에 가서 마른 쇠고기를 한 덩어리 샀다. 그리고는 쇠고기를 사람의 귀 모양으로 잘라 액자에 넣은 다음 액자 한 귀퉁이에 이렇게 적어 놓았다.

"이것은 1888년 12월 24일, 고흐가 자신의 정부(情婦)에게 잘라 보낸 한쪽 귀입니다."

그러고 나서 트로이는 액자를 미술관으로 몰래 들여가 전시관 한쪽 벽에 걸어놓았다. 다음 날 아침 관람객 대부분이 고흐의 작품은 제쳐두고 자신의 걸작(!) 앞에 몰려들어 웅성거리는 사이에 트로이는 여유롭게 고흐의 명작들을 감상할 수 있었다.

두 번 다시 오지 않을 기회를 놓치고 싶은 사람은 세상에 없을 것이다. 그렇다고 다른 방법을 생각하자니 도무지 좋은 아이디어가 떠오르질 않는다. 트로이는 결국 위대한 미술가의 '작품'이라는 눈앞의 이슈에서 벗어나 그의 '인생'이라는 완전히 다른 이슈를 들여다보며 해답을 찾아낸다. '판'을 바꿔버림으로써 이슈를 선점한다는 점에서, 트로이의 해법은 링컨이 카트라이트에게 던졌던 대답과 비슷한 위트라고 할 수 있다.

모가지가 없으면

고종이 임금이 되는 데에는 신정왕후 조대비의 힘이 컸다. 그래서 대원군은 조대비의 친족들을 각별히 생각했다. 조대비의 조카인 조영하는 키가 무척 큰 사람이었는데, 그는 대원군의 신임을 얻기 위해 날마다 운현궁으로 문안을 하러 왔다. 어느 날 대원군이 문안을 마치고 돌아가는 조영하를 보고 이런 농담을 했다.

"아따, 고놈 키가 크기도 하다! 모가지를 잘라도 능히 행세를 할 만한 놈일세그려!"

조영하는 기지가 뛰어난 사람이었다. 그런 그가 대원군의 말을 듣고 그냥 지나칠 리가 없었다.

"아니, 대감께서 지금 시생의 목을 베시겠다고 하셨습니까? 그럼 시생더러(모가지도 없이) 어깻바람으로 돌아다니라는 말씀입니까?"

이 말을 들은 대원군은 폭소를 터뜨리며 그의 재치를 칭찬했다.

멀쩡한 사람의 목을 친다면 그는 목숨을 잃을 수밖에 없다. 그런데 자기가 아무리 조대비의 조카라고 하지만, 지금 세상의 권세를 한 손에 틀어쥔 대원위 대감의 비위를 감히 거스를 수는 없다.

물론 대원군의 말이 농담이라는 건 미루어 짐작할 수 있고, 대원군으로서도 조대비의 조카인 자기를 함부로 대할 수 없다는 것쯤은 잘 알고 있다. 그런 대원군이 자기의 큰 키를 두고 농담을 던졌으니 속은 뒤틀리지만, 어떻게 해서든 이 위기를 넘기지 않으면 안 된다.

조영하는 대원군의 말에서 기회를 찾아낸다. 그는 '모가지' 라는 단어를 사람 몸의 일부인 '목' 이 아니라 '감투' 나 '자리' 로 해석했다. 그러면서 조대비의 조카인 자기가 '변변한 감투 하나 쓰지 못하고 건달로 돌아다닌다면 누가 좋아하겠느냐, 그럴 바에는 차라리 그럴 듯한 감투라도 하나 얹어주는 게 서로 좋지 않겠느냐' 는 뜻을 담아 대원군의 농담을 되받아친 것이다.

여기서 '어깨' 는 폭력을 쓰는 불량배를 뜻한다. 그런데 어깻바람은 신이 나서 어깨를 들썩거릴 때 일어나는 바람, 또는 아무것도 없이 맨 어깨만 흔들며 돌아다니는 모습을 나타낸다. 이렇게 이중적인 의미가 들어 있는 어휘를 선택함으로써 조영하는 대원군의 농담에 내포된 단순한 공격 의도를 다양한 방어 무기로 무산시켜버린 것이다.

위트는 이처럼 한 마디 말이나 한두 개의 단어만으로도 상황 전체를 뒤집어버리는 위력을 지니고 있기 때문에, 평소에 말의 힘에 대해 관심을 갖고 부단히 연구하지 않으면 시의 적절하게 위트를 구사하기가 어렵다. 대원군의 가시 돋친 농담을 멋지게 맞받아친 조영하가 나중에 최익현 등과 함께 대원군을 몰아내는 데 앞장섰다는 사실은 또 다른 역사의 아이러니가 아닐 수 없다.

PART 2

창조적인 유머의 네 가지 조건

이 세상에 똑같이 생긴 사람이 단 한 명도 없듯이,
언뜻 들으면 비슷한 유머 같아도 자세히 살펴보면
분위기나 소재는 물론 웃음이 나오는 이유가 제각기 다르다.

거기에는
양쪽이 충돌하면서 생기는 불협화음도 있고,
뗄래야 뗄 수 없는 인간 관계의 끈질김도 있으며,
속절없이 바뀌는 세태의 무상함이 있는가 하면,
어떤 힘으로도 가라앉힐 수 없는 인간의 욕망도 있다.

유머의 성격을 결정하는 네 가지 변수를 이해하는 것은
개성 있는 유머 창조를 위해 꼭 건너야 할 강물이다.

손뼉은 마주쳐야 소리가 난다 – 유머의 이원성

영국의 정치가인 체스터필드 경은 '인간이야말로 웃을 수 있는 능력을 지닌 유일한 생물' 이라는 말을 듣자 이렇게 대꾸했다.

"그 말대로라면 '인간이야말로 웃음거리가 될 수 있는 유일한 생물' 이라고 할 수도 있겠네요."

이 세상의 모든 사물에는 동전의 양면처럼 두 개의 속성이 같이 존재한다. 원인과 결과가 있고 현실과 이상이 있으며, 본질과 현상이 있는가 하면 진실과 허구, 긍정과 부정이 있다. 이처럼 어떤 사물이나 사건이 지니고 있는 서로 다른 속성을 '이원성(二元性)' 이라고 하며, 유머는 이렇게 서로 다른 속성들이 맞부딪치는 상황에서 창조된다.

정정보도

어느 날 신문기자로부터 하원의원의 도덕성에 대한 질문을 받은 마크 트웨인이 거침없는 독설을 쏟아냈다.

"하원의원 ○○○는 개자식이다."

그런데 며칠 후 그가 한 말이 여러 일간지에 그대로 기사화되는 바람에 하원에서는 난리가 났다. 마침내 의회에서는 마크 트웨인에게 사실 여부를 입증하거나 아니면 자신의 잘못을 인정하는 성명을 발표하라는 압력을 넣었다. 그러자 트웨인은 며칠이 지난 후 <뉴욕 타임스>에 다음과 같은 설명문을 발표했다.

"얼마 전 내가 한 말은 옳지도 않을 뿐더러 사실과도 일치하지 않는다고 생각합니다. 그래서 오늘 이 지면을 통해 다음과 같이 정정하고자 합니다. 하원의원 ○○○는 개자식이 아니다."

높으신 하원의원 나리를 개자식이라고 해서 온 나라가 시끄러워진데다 자신의 발언 내용에 대해 해명하라는 의회의 압력까지 받게 됐으니, 아무리 소설가로 명망이 높은 마크 트웨인인들 속이 편할 리가 없다. 여기서 자칫 잘못했다가는 온 국민의 웃음거리가 될 수도 있는 위기 상황에 놓인 셈이다.

이때 트웨인이 '내가 그 사람더러 개자식이라고 한 건 이런저런 이유 때문이었다.' 거나 '내 뜻은 그런 게 아니었는데 잘못 전달된 것이다.' 라며 변명성의 해명을 하려 했다면 트웨인과 당사자 사이에 지루한 공방전만 오갔을 것이고, 이 재미있는 이야기도 아마

우리에게 전해지지 않았을 것이다.

'개자식이다.' 라고 한 자기의 발언을 정정하기 위해서는 어떤 식으로든 '개자식이 아닌' 이유를 찾아내서 보여주어야 한다. 하지만 트웨인은 그런 변명을 구구절절이 늘어놓는 게 죽기보다 싫었다. 그래서 자기가 먼저 했던 말이 사실과 다르다는 점을 과감하게 인정하는 동시에 '개자식이 아니다.' 라는 말 또한 진실과 다르다는 것을 강하게 암시함으로써 교묘하게 위기를 탈출하고 있다. 자기의 발언 내용이 내포하고 있는 양면성(이원성)에 착안함으로써 수백 만 독자를 포복절도하게 만든 유머가 탄생한 순간이다.

아는 사이

눈에 번쩍 뜰 만큼 야한 옷차림을 한 처녀가 인사를 해오자 당황한 남편이 아내를 보며 변명을 했다.
"여보, 그냥 업무상 아는 사이야!"
그러자 부인이 숨 쉴 틈도 주지 않고 다그쳤다.
"당신 업무상 아는 사이예요 아니면 그 여자 업무상 아는 사이예요?"

'저렇게 야한 옷차림을 하고 대낮에 돌아다니는 걸 보면 틀림없이 그렇고 그런 데 나가는 여자일 거야.' 척 하면 삼천리라고, 아내는 첫눈에 이 여자가 특수한 직업에 종사하는 사람이란 걸 알아차렸다. 그래서 여자가 남편한테 인사하는 걸 보면서도 애써 모른

척 외면했던 것이다. '언젠가 업무상 접대하러 갔다가 알게 된 여자겠지, 뭐.'

그런데 도둑이 제 발 저리다고, 갑자기 정색을 하며 변명을 하고 나서는 남편의 말 한 마디에 아내는 애써 누르고 있던 속이 그만 홱 뒤집어지고 말았다. '으이그, 눈치코치도 없는 양반. 모른 척하고 지나가면 어디가 덧나요? 어떤 여자냐고 내가 꼬치꼬치 캐물어야 꼭 속이 시원하냔 말이에요!'

어느 쪽을 먼저 맞받아칠지 고민할 겨를도 없이, 남편은 한꺼번에 날아오는 아내의 두 주먹에 보기 좋게 나가떨어지고 만다.

피장파장인걸요

굉장히 신경질적인 어떤 사람이 골프를 치다가 공을 잃어버리자, 옆에 있던 캐디가 공을 훔쳐간 게 틀림없다며 호되게 나무랐다. 그런데 잠시 후 수풀 속에서 잃어버린 공을 찾게 되었다.

민망해진 그가 사과를 하려고 하자 캐디는 손을 내저으며 이렇게 대꾸했다.

"괜찮아요, 선생님. 선생님은 저를 도둑으로 잘못 보셨고 저는 선생님을 신사로 잘못 봤으니까, 어차피 피장파장이잖아요."

골프장에 가보면 정말 이런 사람이 한둘이 아니다. 그래도 멀쩡한 사람을 도둑으로 몰고 있으니 억울하다 못해 분통이 터질 일이다. 그렇다고 손님한테 대들거나 따질 수도 없는 게 캐디의 입장이니, 생각할수록 미치고 환장할 노릇이다.

도대체 어떻게 해야 할까?

현명한 우리의 캐디는 자신을 도둑으로 낮추는 대신 손님인 상대방은 신사로 높여주는 이원성의 속성을 이용해, 양쪽 모두가 서로의 실수를 있는 그대로 인정할 수밖에 없는 상황을 만들어내는데 성공하고 있다.

'부처 눈에는 부처만 보이고 개 눈에는 똥만 보인다.'는 우리의 고사를 오늘에 되살린 캐디의 인격이 한결 돋보이는 장면이다.

제 탓만은 아니지요

판사 : 피고는 부끄럽지도 않나? 내가 이 지방의 판사로 있는 동안 피고를 지금까지 일곱 번이나 보게 됐으니 말야!

피고 : 판사님, 판사님이 제때제때 승진을 못 하신 게 제 탓은 아니잖아요? 판사님이 빨리빨리 승진해서 서울로 올라가셨더라면 이 시골 구석에서 저를 일곱 번씩이나 볼 일이 없었을 거 아닙니까?

피고는 판사가 자신을 훈계하려는 의도를 너무나도 잘 알고 있다. 그럼에도 불구하고 판사가 자신을 무안하게 만들자 논점을 벗어난 의외의 공격을 가해 판사를 곤경에 몰아넣는다. 여기서 피고가 활용한 전략은 다양한 유머의 속성을 두루 내포하고 있다.

우선은 '네 탓'과 '내 탓'이라는 이원성을 활용해서 즉각 반격을 가한다. 판사가 이 지방에 없었다면 자신이 재판에서 같은 판사를 일곱 번씩이나 만나지는 않았을 거라는 논리를 전개함으로써 상대방의 공격 효과를 반감시키는 데 성공한다.

두 번째로 동원한 전략은 '관련'이다. 피고는 자기가 일곱 번의 재판에서 똑같은 판사를 만나게 된 것은 결코 자기 탓이 아니라면서 빠져나가는 한편(관련에서 분리), 일이 이렇게 된 것이 결국은 판사의 무능 때문(관련에 끌어들임)이라고 뒤집어씌운다. 물귀신 작전을 편 것이다.

여기서 판사가 '뭐야, 이놈아!' 하는 반응을 보였다면 어떻게 됐을까? 판사 자신은 물론 방청석의 청중들까지도 얼굴을 붉히는 꼴사나운 장면이 연출됐을 게 틀림없다.

물러날 때가 되니까

공직 생활이 끝나던 해에 처칠은 어느 행사에 참석했다가 뒷자리에 앉은 두 남자가 이렇게 소곤대는 소리를 들었다.

"저 사람이 바로 그 유명한 윈스턴 처칠이야. 그런데 사람들 말로는 저 사람은 나이가 많아서 이제 그만 물러날 때가 됐대. 좀 더 추진력 있고 능력 있는 사람에게 나라를 맡겨야 한다는 말이겠지, 뭐."

그 말을 듣고 있던 처칠은 행사가 다 끝날 때쯤이 되어서야 뒤를 돌아다보며 이렇게 대답했다.
"그런데 사람들 말로는 내가 귀까지 먹었다고 합디다."

제2차 세계대전을 승리로 이끈 처칠이지만, 전쟁 기간은 물론 전쟁이 끝난 뒤에도 그는 국민과 야당으로부터 줄기찬 비판을 받아야 했다. 그래서 지도자의 길은 외롭고 고단한 것인지도 모른다. 이 예화는 그가 1955년 이든 수상에게 보수당 당수의 자리를 물려주고 하원의 평의원으로 돌아가기 직전의 이야기이다.

바로 앞에 앉아 있는 사람이 처칠인 줄 뻔히 알면서도 그가 이제는 물러나야 한다는 말을 공공연하게 할 만큼, 당시 영국 국민의 여론은 처칠에 대해 매우 부정적이었다. 전쟁 시절처럼 국민의 소리에 귀를 기울이지도 않고, 전후의 영국을 위해 뚜렷하게 기여하는 것도 없지 않느냐는 게 그 이유였다.

여기서 그가 버럭 화를 내며 '뭐요?' 하고 대들면서 싸움을 걸었다면, 다음 날 영국의 모든 신문 방송들은 「노정객, 드디어 노망이 들다」라는 타이틀과 함께 그의 처신을 1면 가십으로 다루었을지도 모른다. 그러나 처칠이 어떤 사람인가! 온 국민이 좌절과 패배감에 젖어 고통의 나날을 보내던 시절, 승리의 V 사인을 흔들며 자신감을 보여주었던 지도자가 바로 그였다.

처칠은 이미 자신이 물러날 때를 알고 있었고, 또 스스로 그때를 준비하고 있었다. 뒤에 앉은 사람들의 이야기를 멀쩡하게 듣고 있었으면서도, 처칠은 오히려 자기가 귀까지 먹은 고집불통의 늙은 정치인이라는 모순을 스스로 드러냄으로써 상대방의 공격을 멋지게 차단하고 있다.

국민들이 욕하는 소리를 '들을 수 있는 귀'와 '듣지 못하는 귀'를 동시에 갖고 있는 처칠이 진심으로 하고 싶었던 말은 무엇이었을까? 어쩌면 그는 네 탓 내 탓만 하며 정쟁을 일삼고 있는 영국 정계를 향해 '이제는 정말 국민의 소리를 제대로 들을 수 있는 정치인이 나와야 한다.'는 충고를 하고 싶었던 건 아닐까?

지옥으로 보낸 이유

목사와 운전기사가 동시에 죽었는데, 웬일인지 목사는 지옥으로, 운전사는 천국으로 가게 됐다. 목사가 화가 나서 따지자 하나님이 그 이유를 차근차근 설명했다.

"네가 설교를 할 때는 모두가 졸거나 딴전을 피웠지만, 그 운전기사가 운전을 할 때는 모든 이들이 진심으로 기도를 했기 때문이니라."

총알택시를 타본 사람이라면 누구나 다 아는 일이지만, 택시 운전기사의 난폭 운전은 그야말로 목숨을 건 곡예처럼 위험해 보일 때가 많다. 운전기사가 얼마나 난폭하게 운전을 했으면 차에 탄 손님들이 제발 목숨만은 살려달라고 기도를 드렸을까?

그래도 아무 일 없이 목적지에 도착했다면 그는 손님을 빠르고 안전하게 모신다는 기사의 책임을 다한 셈이다. 게다가 그 많은 손님들한테 간절한 심정으로 하나님을 찾는 기도까지 드리게 만들었으니, 하나님 입장에서도 당연히 천당에 보낼 수밖에 없는 사람이다.

이와는 달리, 목사의 본업은 설교와 기도를 통해 신자들을 하나님께로 인도하는 것이다. 그런데 재미 없는 설교 때문에 그렇게 신앙심 깊은 신자들을 꾸벅꾸벅 졸게 만들거나 딴전을 피우게 했으니, 당연히 벌을 받아 마땅한 일. 그럼에도 불구하고 자기가 해야 할 일을 게을리한 목사가 따지고 나서니 하나님으로서도 달리 방법이 없다.

'네가 잘 했으면 이런 일이 없었을 거 아냐!'

디즈레일리와 글래드스턴

빅토리아 여왕 시대에 영국 정치를 좌지우지했던 보수당의 디즈레일리와 자유당의 글래드스턴은 평생을 앙숙으로 지냈다. 어느 날 누군가가 디즈레일리에게 이런 질문을 했다.

"불운과 재난의 차이점은 무엇일까요?"

그러자 디즈레일리는 거침없이 이렇게 대답했다.

"예를 들어 글래드스턴이 템스 강에 빠졌다면 그건 불운이라고 할 수 있습니다. 하지만 그가 강물에서 구출된다면 그야말로 재난이라고 해야겠지요."

디즈레일리와 글래드스턴은 빅토리아 시대에 보수당과 자유당을 이끌며 영국이 세계를 제패하는 대제국으로 발전하는 데 크게 기여한 인물들이었다. 그렇지만 정책과 입장이 판이하게 다른 두 사람이 서로에게 좋은 감정을 갖고 있었을 리가 없었다.

물론 명색이 신사의 나라 영국을 대표하는 수상으로서 정적인 글래드스턴의 불행에 대해 드러내놓고 좋아할 수는 없다. 하지만 물에 빠진 그가 죽지 않고 살아난다면, 디즈레일리로서는 꼴도 보기 싫은 골칫덩어리를 또다시 상대해야 한다. 그야말로 상상하기도 싫은 재난인 셈이다.

예나 지금이나 정적의 불행을 바라는 것은 정치인의 어쩔 수 없는 본성인지도 모른다. 그러나 글래드스턴이 없는 영국에서 디즈레일리가 과연 그처럼 탁월한 업적을 남길 수 있었을까를 생각하면, 그리고 두 사람이 평생 동안 서로를 정적으로 대하면서도 나라를 위하는 마음만은 늘 한결같았다는 점을 생각하면, 디즈레일리가 글래드스턴의 불행을 진심으로 바랐을 리 없다는 것은 쉽게 짐작할 수 있다. 그러고 보면, 영국 사람들이 의회 민주주의의 기초를 닦은 두 사람을 두고두고 자랑하는 것도 결코 무리는 아닐 것이다.

관계가 없으면 유머도 없다 – 유머와 관련

이 세상에서 살아가는 동안 우리는 수많은 사람이나 사물들과 어떤 형태로든 관계를 맺게 된다. 그 관계 속에는 우리에게 유리한 것도 있지만 불리한 것도 있을 수 있고, 경우에 따라서는 딱히 뭐라고 말하기 어려운 것들도 있다.

우리는 그런 관계 중에서 우리에게 유리한 것이 있을 경우에는 어떤 방식으로든 '관련(關聯)'을 맺으려고 하지만, 불리한 것이 있을 때는 무슨 수단을 써서라도 거기에서 빠져나가기 위한 분리 작전을 구사하게 된다. 그렇게 '관련'의 변수를 이용하는 과정에서 유머는 만들어진다.

관계 속에 끌어들인다

언뜻 보기에는 서로 관계가 없는 것 같은 사람이나 사물을 내가 처해 있는 상황 속에 끌어들임으로써 위기를 극복하거나 위험의 강도를 약화시키는, 일종의 물귀신 작전이다.

닮은 구석

"자넬 보면 늘 스미스 녀석 생각이 난단 말이야."
"아니, 그 친구하고 나는 닮은 데가 하나도 없잖아?"
"응, 양쪽에다 100달러씩 빌려줬거든."

어떤 사건이나 사물, 사람을 대했을 때 그와 유사하거나 관계가 있는 다른 것이 머릿속에 떠오를 때가 자주 있다. 우리 두뇌에서 일어나는 이런 연상 작용을 잘 활용하면, 위기를 기회로 바꾸는 창조적인 유머를 만드는 일도 그리 어렵지 않다.

돈을 빌려간 친구가 웬일인지 갚을 생각을 전혀 하지 않고 있다. 어떻게 해야 할까? 얼마 안 되는 돈 때문에 우정에 금이 가게 할 수도 없고, 그렇다고 갚을 때까지 기다리자니 이 친구 무슨 까마귀 고기를 먹었는지 만날수록 천하태평이다.

안 됐지만, 돈 빌려간 다른 친구를 끌어들이는 수밖에 없다. 그런데 두 사람이 다 싫어하는 스미스란 친구를 끌어들이고 나자 재미있는 일이 벌어지고 만다. 나는 돈 때문에 스미스 얘기를 했는데, 이 친구는 자기 외모 때문에 스미스 얘기가 나온 걸로 착각을 하고 있다. 여기서 갑작스럽게 튀어나온 의외의 '관련'이 웃음을 만들어낸 것이다.

꽃병이 없는 까닭

아일랜드 태생의 극작가인 버나드 쇼의 집에 손님들이 찾아왔다. 그런데 집안에 꽃병이 하나도 보이질 않자 손님 가운데 한 사람이 이상하다는 듯이 물었다.

"버나드 선생, 당신은 꽃을 무척 사랑하는 것으로 알고 있는데 집안에 꽃병이 하나도 없으니 웬일입니까?"

그러자 그는 씩 웃으면서 손님에게 반문했다.

"선생은 아이들을 사랑하시죠?"

"그럼요."

"그런데 아이들을 사랑한다고 해서 그 아이들 목을 잘라다 꽃병에 꽂을 수 있습니까?"

사실은 집안일을 도와줄 사람이 없는 탓에 꽃병이 있어도 꽃을 꽂아놓지 못한 것인데, 손님이 굳이 그걸 지적하니 할 말이 마땅찮게 되었다. 하지만 버나드 쇼야말로 궤변의 달인이 아닌가! 아름다운 꽃 못지않게 사랑스러운 아이들을 느닷없이 관계에 끌어들여 꽃과 아이들을 동격으로 만들어버림으로써, 차마 꽃을 꺾어 꽃병에 꽂아놓을 수 없었던 이유를 그럴 듯하게 둘러대고 있다.

돼지우리니까

장거리 여행을 하던 어떤 남자가 아주 형편없는 시골 여관에 들게 됐다. 그는 이런 돼지우리 같은 데서 자면서 요금까지 바가지를 쓰면 안 되겠다는 생각에 주인을 불러 물어보았다.

"이 돼지우리는 1박에 얼마요?"

그러자 주인이 상냥한 목소리로 대답했다.

"네, 손님. 한 마리는 2000원, 두 마리면 3000원입니다."

아무리 여관이 허름하기로서니 잠을 자겠다고 들어선 손님이 돼지우리라는 막말을 하는 걸 들은 주인의 심사가 유쾌할 리가 없다. 그렇다고 핀잔을 주며 내쫓거나, 어디가 어때서 돼지우리라는 말을 하느냐며 따지고 들자니 그나마 들어온 손님이 아쉽기만 하다.

돼지우리는 돼지가 자는 곳, 그러니 돼지우리에 자러 온 손님은 당연히 돼지 머릿수로 계산해서 돈을 받을 수밖에 없다. 그렇게 손님을 돼지와의 관련에 끌어들임으로써 주인은 무례한 손님의 입을 단번에 틀어막았을 뿐 아니라 혹시 또 나올지도 모를 제2, 제3의 불평까지도 사전에 차단하는 효과를 거두고 있다.

이게 누구 주먹이오?

오성 이항복이 열네 살 되던 해 늦가을이었다. 마침 감나무에 홍시가 먹음직스럽게 매달렸는데 하필 그 감이 달린 가지가 옆집 권 대감댁 담 너머로 뻗어 있었다. 그래도 우리 집 감나무인데 하는 생각에 하인을 시켜 따오라고 했지만, 번번이 그 집 하인들에게 매만 맞고 돌아오는 것이었다.

보다 못한 이항복은 세도 높은 권 대감댁 하인들의 버릇을 고쳐주기로 작정을 하고 권 대감을 찾아갔다.

"대감 계시옵니까?"

"누구요?"

안에서 대답이 들리는 순간 이항복은 갑자기 팔을 쑥 뻗어 문 창호지를 뚫으며 주먹을 방 안으로 들이밀었다. 깜짝 놀란 권 대감이,

"이 무슨 무례한 짓이냐?"

하고 꾸짖었지만 이항복은 한 발짝도 물러서지 않았다.

"창호지를 뚫고 방 안으로 들어간 주먹이 누구의 주먹인지요?"

"그야 네 팔에 달려 있으니 네놈의 주먹이 아니냐?"

"그렇다면 대감댁 담 너머로 뻗어 있는 저 감은 누구네 감인가요?"

그제서야 눈치를 챈 권 대감은 어린 오성의 재치에 탄복하며,

"물론 너희 집 감이 틀림없지."

라고 인정하고 말았다.

비유가 들어 있는 유머 가운데에는 '관련' 이라는 변수를 적절히 활용한 경우가 많다. 내 몸에 달려 있는 팔을 우리 집에서 뻗어나

간 감나무 가지에 비유한 것은 분명 재치가 넘치는 표현이다. 그러나 그것이 단순한 비유에만 그쳤다면 상황은 이항복에게 그리 유리하게 바뀌지 않았을 것이다.

이항복은 자기의 팔을 권 대감과의 관계 속에 끌어들임으로써 감나무 때문에 야기된 두 집 사이의 싸움을 전혀 다른 마당으로 옮겨 놓아버렸다. 그 결과 아무런 준비 없이 새로운 싸움의 마당에 들어선 권 대감을 한 방에 굴복시킬 수 있게 된 것이다.

왜 나만 갖고 그래!

일산으로 통하는 자유로에서 한 신사가 다른 차들처럼 시속 120km로 운전을 하다가 교통경찰관에게 걸렸다. 그런데 자기보다 더 빠른 속도로 휙휙 지나가는 다른 차들은 무사한데 자기만 적발된 게 너무 억울하다는 생각이 들었다. 그래서 못마땅한 얼굴로 경찰관에게 대들었다.

"아니, 다른 차들도 다 속도위반인데 왜 나만 잡는 거요?"

그러자 경찰관이 물었다.

"당신 낚시 해 봤소?"

"낚시요? 그야 물론이지."

그러자 그 경찰관이 태연한 얼굴로 다시 질문을 던졌다.

"그럼 댁은 낚시터에 있는 물고기를 한꺼번에 몽땅 잡으슈?"

과속으로 단속에 걸려본 사람이라면 이 운전자의 처지에 전적으로 공감할 것이다. '재수가 없으려다 보니까 그 많고 많은 차들 중에서 내 차만 이렇게 걸려들었다.' 는 생각이 머리에서 떠나지 않는다. 그러니 딱지를 떼기 위해 다가오는 경찰관이 예뻐 보일 리가 없다.

그런데 이 경찰관 아저씨, 나보다는 한참 수가 위인 것 같다. '왜 나만 잡느냐' 며 은근슬쩍 다른 차들을 '관계' 에 끌어들이려는 순간 이 양반, '무슨 재주로 그 많은 물고기들을 한꺼번에 다 잡느냐' 며 미꾸라지처럼 빠져나간다. 하기야 경찰관인들 무슨 억하심정으로 나만 잡기로 작정을 했겠는가! 운전자와 경찰관의 밀고 당기는 '관련' 싸움이 정의의 승리로 결론 나는 순간이다.

관계에서 빠지다

눈앞에 있는 상황이나 상대방이 나와는 아무런 관계가 없다는 것을 보여줌으로써 상황을 자신에게 유리한 쪽으로 해석하거나 피해를 최소화하는, 일종의 면피 작전이다.

왜 참견이야

간통죄로 법정에 선 유부녀에게 판사가 왜 간통을 했는지 물었다.
"아니, 있는 거 알고 달라는데 어떻게 안 줘요?"
그 말을 듣고 더 이상 정상을 참작할 여지가 없다고 생각한 판사는 유부녀에게 징역 6월을 선고했다.

그러자 법정을 나서면서 유부녀가 이렇게 투덜거렸다.
"아니, 내 걸 내 맘대로 하는데 나라에서 웬 참견이야?"

남녀가 서로 좋아지내며 정을 통하는 일은 개개인의 사생활에 해당되는 것이기 때문에 굳이 나라가 나서서 이래라저래라 할 사안이 못 된다고 생각하는 이들이 점점 늘고 있다. 국제적으로도 간통죄를 법으로 처벌하지 않는 게 대세로 굳어지고 있는 것 같다.

그러나 여전히 간통죄를 처벌하는 나라에서라면 상황이 다를 수밖에 없다. 아무리 국제적인 추세를 들이대며 반박을 한들, 법이 바뀌기 전에야 뾰족한 도리가 없지 않은가! 결국 나라의 간섭에 대해 불만을 토로하면서 모든 책임을 나라에 뒤집어씌우는 것으로 그나마 위안을 삼을 수밖에 없다. 그렇다고 지은 죄가 없어지는 건 물론 아니지만.

연극은 대성공인데

영국의 유명한 시인이며 소설가이자 극작가인 오스카 와일드가 오랜 준비 끝에 연극 한 편을 무대에 올렸다. 그런데 좀처럼 관객이 들지 않자 속으로 무척 실망을 하면서 친구가 있는 클럽으로 찾아왔다.
"오스카, 오늘 밤 공연은 어땠나?"
친구의 물음에 와일드는 짐짓 몸을 뒤로 빼며 이렇게 대답했다.
"응, 연극은 대성공인데 관객은 참패야."

기껏 준비한 잔칫상에 와야 할 손님이 오지 않았다면 그처럼 당혹스러운 일이 또 어디 있을까? 그렇다고 판을 걷어버릴 수도 없는 노릇이고 보면, 공연예술을 하는 이들의 고충과 고민을 조금은 이해할 듯도 하다.

하지만 손님이 들지 않았다고 해서, 그게 내 작품이 신통치 않거나 내 연기가 형편없는 탓이라고 생각할 사람은 별로 없을 것이다. 그 점에서는 와일드라고 해서 다를 리가 없다. 더구나 자신은 온 세상이 알아주는 유명 극작가가 아닌가!

내게 불리한 사태나 상황이 벌어졌을 때, 그 원인이나 책임을 상대방이나 제3자에게 돌리면서 빠져나가는 것은 유머가 지닌 '관련' 의 변수를 활용한 작전이다. 여기서 와일드는, 작가야 훌륭한 연극을 만드는 데에만 전념하면 될 뿐 관객들이 그 연극을 보러 오느냐 안 오느냐는 자기와 전혀 관계가 없는 일이라는 논리를 펴고 있다. 물론 나름대로 설득력이 있어 보이기는 하지만, 그렇게 말하면서도 그의 속은 여전히 불편하고 쓰렸을 것이다. 작품은 좋았지만 어쨌든 흥행은 참패였으니까.

늘 그런 건 아니지

말 솜씨 좋기로 소문난 중매쟁이 아줌마가 돈 많은 은행가의 딸을 중매해 주겠다며 나섰다. 그런데 그 아가씨는 얼굴도 예쁘고 마음씨도 착한데 딱 한 가지, 다리를 저는 게 흠이었다.

"이봐요, 총각. 그런 좋은 혼처가 어디 그렇게 흔한 줄 아우? 예쁘겠다, 착하겠다, 게다가 지참금이 얼마가 되는 줄 아우? 자그마치 10억이오, 10억!"
"하지만 저번에 그 아가씨를 보니까 다리를 절던데요. 그 아가씬 늘 그렇게 다리를 저나요?"
"늘 그럴 리가 있나! 걸을 때만 저는 거지."

관련에는 자신에게 유리한 것과 불리한 것 그리고 중립적인 것이 있다. 총각 입장에서야 하필이면 다리 저는 아가씨를 소개한 중매쟁이가 원망스럽기 짝이 없지만, 그렇다고 자기를 위해 애써준 그녀에게 대놓고 싫은 소리를 할 수도 없는 노릇이다.

중매쟁이 입장에서도 할 말은 있다. 나이 많은 노총각을 생각해서 딴에는 나름대로 노력을 한 건데, 가진 것도 별로 없는 노총각 주제에 외모 타령을 하고 있으니 속으로 은근히 한 대 쥐어박고 싶은 심정이었을 것이다. 그렇다고 무조건 괜찮은 혼처라고 밀어붙일 수만도 없는 노릇.

중매쟁이는 아가씨가 다리를 '전다.' 는 불리한 '관련' 에서 빠져나오기 위해 시간이라는 변수를 함께 활용하기로 한다. '늘' 저는 게 아니라 '걸을 때만' 전다고 변명하고 보니까, 아가씨가 지닌 신체적인 약점이 어느 정도 감춰지면서 중매쟁이로서의 체면도 조금은 살아나게 된 것이다.

반대의 경우라면

"선생님, 저의 뛰어난 미모와 선생님의 명석한 두뇌가 결합되면 정말 이상적인 2세가 태어나지 않을까요?"

일류 여배우로서 뛰어난 미모를 자랑하는 이사도라 덩컨이 꿈꾸는 듯한 얼굴로 프러포즈를 하자, 못생긴 버나드 쇼는 다음과 같이 쏘아붙였다.

"그러나 그 반대로 소생의 외모에다 당신의 두뇌를 닮은 아이가 태어난다면 얼마나 불행할지도 생각해 봐야 하지 않겠소?"

누가 봐도 눈이 번쩍 뜨일 만큼 아름다운 여배우가 거절하기 힘든 프러포즈를 해 왔다. 그 미모에 지성까지 겸비했다면야 더 얘기할 것도 없겠지만, 불행히도 신은 아름다운 여배우에게 두 가지를 다 주기는 싫었던 모양이다.

이렇게 아름다운 여자와 결혼을 한다면 세상 사람들이 다 부러워하겠지만 그녀가 멍청한 여자라는 사실을 익히 알고 있는 이상, 당대의 위대한 극작가인 버나드 쇼로서도 달리 선택이 없다.

자기를 좋아한다는 미인에게 매정하게 거절을 하자니 상대의 마음이 다칠까 싶어 신경이 쓰이고, 그렇다고 선선히 그녀의 제안을 받아들이자니 뒷일이 걱정이다. 이럴 때는 일단 눈앞의 위기를 넘기고 보는 게 상책. 반대의 경우도 얼마든지 가능하다는 가정법을 통해 버나드 쇼는 일단 곤란한 상황에서 빠져나가는 데 성공하고 있다.

끌어들이면서 빠져나간다

두 가지 이상의 사건이나 사물, 사람이 서로 충돌하는 경우 한 쪽을 상황 속에 끌어들이고 다른 한쪽과의 관계에서는 빠져나가면서 동시에 문제를 해결하는, 일종의 양면 작전이다.

약속은 약속이니까

어느 날 압바스 왕조의 칼리프에게 그를 칭송하는 시를 써서 바친 시인이 있었다. 이 시에 흠뻑 빠져버린 칼리프는,

"그대가 원하는 것은 무엇이든지 들어줄 테니 말해 보라."

라고 했다. 그러자 그 시인은 뭔가를 곰곰이 생각하더니,

"제가 살고 있는 고을의 관리가 술에 취해 있는 저를 보더라도 벌을 내리지 않게 해 주시면 좋겠습니다."

라고 대답했다. 그러나 회교국에서는 음주가 가장 무거운 죄 중의 하나인지라 칼리프는 그만 난처한 입장에 빠지게 되었다. 일개 시인과의 약속을 지키자니 법을 어겨야 하고, 그렇다고 시인과의 약속을 어기자니 자기의 권위가 실추될 수밖에 없었다. 한참을 고민하던 그는 마침내 한 가지 묘안을 생각해 냈다.

"고을의 관리에게 이렇게 알려라. 이 시인이 술에 취해 있거든 붙잡아서 곤장 80대를 쳐라. 그리고 이 시인을 붙잡은 자에게는 곤장 100대를 쳐라."

어쩌다 인심 한 번 쓰려고 호기를 부리기는 했지만, 막상 시인

의 부탁을 듣고 나자 그야말로 진퇴양난의 상황에 빠지고 말았다. 해 줄 수 없는 걸 해 달라는 시인도 얄밉기 그지없지만, 그렇다고 이슬람 세계를 호령하는 칼리프가 한 번 뱉은 자신의 말을 거둬들일 수도 없는 노릇이다.

언뜻 보기에는 칼리프가 의사 결정의 권한을 쥔 공격자이고 시인은 칼리프의 명령을 듣고 있어야 하는 방어자 같지만, 속을 들여다보면 진짜 공격을 한 쪽은 시인이고 칼리프는 오히려 방어를 해야 하는 상황에 놓여 있다.

칼리프는 지혜의 군주답게 기발한 해결책을 궁리하기 시작한다. '법을 지키기 위해서는 술을 먹은 시인을 처벌할 수밖에 없다. 그런데 그렇게 하면 시인과의 약속을 저버리는 게 된다. 옳지, 시인을 잡아온 관리도 처벌을 하면 되겠구나.' 칼리프는 자신과 시인이 관계된 상황 속에 관리를 끌어들임(관련시킴)으로써 생각보다 쉽게 문제를 해결하기로 한다.

그러나 여기서 끝나면 상황이 깔끔하게 정리될 수 없다. 마지막까지 빠져나갈 수 있는 명분이 필요하다. 시인을 잡아오는 관리에게 술을 마신 시인보다 더 중한 벌을 내림으로써, 칼리프는 자신과 시인이 한꺼번에 빠져나갈 수 있는(관련에서 분리) 길을 활짝 열어놓은 것이다.

제일 맛있는 집은

골목 안에 음식 맛이 좋기로 소문난 음식점이 하나 있었다. 상호도 간판도 없었지만 미각과 식도락에 예민한 사람들이 몰려들어 장사가 번창했다. 그러던 어느 날 그 골목에 새로 생긴 음식점 주인이 이런 간판을 내걸었다.

'한국에서 제일 맛있는 집'

얼마 후 두 번째 음식점이 새로 문을 열면서 간판을 내걸었다.

'세계에서 제일 맛있는 집'

그러자 간판도 없이 그 골목 안에서 영업을 해 오던 음식점 주인도 한참 뒤에 간판을 내걸었다. 거기에는 이렇게 쓰여 있었다.

'이 골목에서 제일 맛있는 집'

이 사례는 한승헌의 <산민객담>에서 인용한 것이다. 어느 음식점이 장사가 잘 된다는 소문이 나기만 하면 똑같은 메뉴에 인테리어까지 그대로 흉내를 낸 아류들이 우후죽순처럼 생겨나는 게 요즘 세상이다. 하지만 프랜차이즈나 체인점이 아닌 이상, 남의 것을 베끼기만 하는 전략으로는 절대로 성공을 할 수 없는 게 먹는 장사인 것 같다.

그러면서도 후발 주자라는 핸디캡을 감추기 위해 모두들 내가 '원조'라는 간판을 버젓이 내건다. 그러다 보면 원래 '원조'는 울며 겨자 먹기로 내가 '진짜 원조'라는 간판을 낼 수밖에 없다. 하기야 요즘에는 그 '원조'도 성에 차지 않는지 '태조'니 '시조'니

하는 단어까지 동원한다고 하니, 가짜가 진짜 행세를 하는 세상이 어디까지 갈지 궁금하기만 하다.

장사가 좀 되는 걸 보고 샘이 났는지 모르지만 좁은 골목 안에 느닷없이 경쟁업체 두 개가 생겨버렸다. 그나마 맛이 좋기로 소문이 나서 그동안 근근이 장사를 해 온 건데, 이 양반들 문을 열자마자 제 자랑부터 늘어놓기 바쁘다. 처음에야 별 것 아니겠지 생각했는데 갈수록 조짐이 심상찮다. 이렇게 '어어' 하며 쳐다만 보다가는 임대료 내기도 힘들어질 게 틀림없다.

그렇다고 똑같은 수법으로 맞불을 놓을 수는 없는 노릇. 고민고민 끝에 터줏대감이 내린 결론은 간단했다. '맛있는 집' 이란 포인트로 두 집을 한꺼번에 끌고 들어가는 것과 동시에(관련에 끌어들임), '이 골목' 이라는 수식어를 이용해 상대방과 나를 확실하게 차별화시키면서 점잖게 빠져나가는 쪽을 택했다. 끝도 없이 오래 끌 것 같던 '원조' 싸움이 깨끗한 한판승으로 끝나버린 것이다.

바뀌는 것 속에 웃음이 있다 – 유머와 변화

인간사를 둘러싼 모든 현상이나 사물, 사람은 고정불변의 것이 아니라 항상 바뀌고 움직이며 흘러가게 되어 있다. 철석같이 믿었던 동료나 친구가 어느 날 갑자기 배신을 하기도 하고, 고향 동네가 있었던 자리에 댐이 들어서는 바람에 졸지에 갈 곳이 없어지는가 하면, 내 의지나 희망과는 전혀 상관없는 일들이 눈앞을 스쳐 지나가는 것을 속수무책으로 지켜보아야 할 때도 있다.

이처럼 속절없이 바뀌는 '변화(變化)'의 속성은 유머를 만드는 데 있어서 중요한 변수로 작용한다.

유리한 쪽을 보여준다

쿨리지 효과

미국의 캘빈 쿨리지 대통령은 제1차 세계대전 후 침체된 미국 경제를 되살려냄으로써 오늘날 미국이 세계 초강대국이 되는 기반을 닦은 사람이다. 어느 날 쿨리지 대통령 내외가 오랫동안 그들 곁에서 수발을 들어온 나이 지긋한 비서와 함께 시골에 있는 친구의 농장으로 휴가를 떠났다. 대통령이 농장 주인과 즐거운 대화를 나누는 동안 부인은 비서와 함께 농장구경을 하고 있었다. 두 사람이 닭장 앞에 이르렀을 때 마침 수탉이 교미를 하느라 수선을 피우는 모습을 목격한 부인이 비서에게 물었다.

"수탉은 하루에 몇 번이나 교미를 해요?"

"열 번도 더합니다."

"어머나 그래요? 이 사실을 대통령께 꼭 말씀드리면 좋겠네요."

"틈을 봐서 여쭙겠습니다."

비서가 잠시 후 그 말을 전하자, 쿨리지 대통령이 빙그레 웃으며 물었다.

"그 수탉 참 대단하군. 그런데 매번 같은 암탉과 교미를 하는가?"

"웬걸요. 할 때마다 파트너가 바뀐답니다."

"그런가? 그렇다면 그 사실을 아내에게 확실하게 말해 주게나."

사회생물학에서 말하는 쿨리지 효과(Coolridge effect)라는 개념이 태어나는 순간이다. 동물의 수컷들은 같은 암컷과 계속해서 교미를 하다보면 얼마 못 가 지치고 싫증이 나지만, 새로운 암컷을 만나면 금세 기운이 살아나면서 언제 그랬냐는 듯이 다시 교미에 열중한다. 아마도 자기의 유전자를 보다 많이 퍼뜨리려는 본능의 욕구에서 나오는 행동이겠지만, 남달리 금슬이 좋기로 소문났던 캘빈 쿨리지 대통령 부부에게도 수탉의 이런 행동은 예사롭지 않게 보였던 것 같다.

하루에도 열 번 넘게 암컷을 사랑해 주는 수탉이 부인에게는 더없이 경탄스러운 존재임에 틀림없다. '부럽기도 해라! 어쩜 그럴 수가 있는 거지? 저 양반이 이런 사실을 알아야 돼.'

하지만 대통령 입장에서도 할 말은 있다. '정말 대단하군, 대단해. 그놈의 수탉 한 마리 때문에 대통령 체면이 말씀이 아니구만. 하지만 아무리 암컷을 사랑하기로서니, 똑같은 상대와 그렇게 한다는 건 도저히 믿을 수가 없어. 그놈들은 지겨운 것도 모른단 말이야? 뭐, 할 때마다 파트너가 바뀐다고? 그걸 왜 이제야 얘기하는 거야!'

눈앞의 위기를 벗어나기 위해 어떻게 해서든 자기에게 유리한 것을 끌어다 붙이려고 애쓰는 모습은 보는 이로 하여금 미소를 짓게 한다. 이 이야기는 대통령을 수행하던 비서가 나중에 친구한테 털어놓으면서 세상에 널리 알려지게 되었다고 한다.

죽은 자는 말이 없다

약사 : 이제까지 이 기침약을 수천 병 팔았지만 탈이 있었다는 사람은 한 명도 없었어요.

손님 : 아니, 죽은 사람이 무슨 말을 한답디까?

어딘지 모르게 미심쩍기도 하고 한편으로는 찜찜하기도 해서, 손님은 약사에게 꼬치꼬치 캐묻는다. 그런데 한 번만 더 물으면 약사가 버럭 화를 내며 손님을 내쫓을 기세다. 약국에 가서 약을 사기 전에 약사한테 이것저것 질문을 던져본 사람이라면 한두 번은 겪었을 법한 상황이다.

"당신 같은 사람한테 약 안 팔아도 좋으니까 당장 나가요!"

그래도 이대로 물러설 수는 없다. 궁금한 건 궁금한 것이고, 또 알아야 할 걸 묻는 건 손님의 정당한 권리 아닌가! 아무리 약사가 강변을 해도, 실제로 그 약을 먹고 죽은 손님이 있다면 별 도리가 없다. 산 자가 죽은 자로 '변화'된 마당에 약사인들 무슨 말을 할 수 있을까? 가정법을 동원한 경우이기는 하지만, 이미 상황이 바뀐 마당에서는 약사로서도 속수무책일 수밖에. 상황을 서로 자기에게 유리한 쪽으로 바꾸기 위해 밀고 당기던 두 사람의 실랑이가 손님의 승리로 끝나는 순간이다.

저렇게 되기 싫으면

빼쩍 마른데다가 몸도 약해서 늘 고민을 하는 영구가 어느 날 카페에서 술을 마시고 있었다. 그때 30대 초반의 미녀가 다가오더니,

"괜찮으시면 저희 집에 잠깐 좀 같이 가주실 수 있어요?"

하며 은근한 눈길을 보내는 것이었다. 그렇잖아도 볼품 없는 몸매 때문에 자기에게 관심을 가져주는 여자가 한 사람도 없어서 늘 열등감을 느끼고 있던 터라, 영구는 가슴을 설레며 그 여인을 따라 나섰다. 다행히 그녀의 집안에는 아무도 없는 것 같았다. 여인은 영구더러 응접실 의자에 앉아서 잠깐만 기다려 달라고 말하고는 자기 방으로 들어갔다. 10분쯤 흘렀을까? 이윽고 그 여인이 여섯 살쯤 돼 보이는 아이를 데리고 방에서 나오더니, 영구를 가리키며 이렇게 말했다.

"너도 이 아저씨처럼 되기 싫으면 엄마가 시키는 대로 밥투정하지 말고 뭐든지 잘 먹어야 돼, 알았어?"

빼쩍 마른 영구의 몸매는 아이의 '태도 변화' 교육을 위해 더없이 좋은 교육 보조재료다. 게다가 그 보조재료가 자기 눈앞에 떡 버티고 서 있으니, 아이로서도 변명의 여지가 없게 됐다. 실제로 이런 상황이 벌어지기야 힘들겠지만, 어쨌든 밥투정을 하며 제대로 먹지 않는 아이를 위한 교육 보조재료치고는 아주 탁월한 선택이 아닐 수 없다.

백문(百聞)이 불여일견(不如一見)이라고 했으니, 밥투정을 하는 아이가 있다면 언젠가 한 번쯤은 시도해 볼 만한 방법이 아닐까?

약속

아버지와 아들이 약속에 대해서 이야기하고 있었다.

"너, 착한 아이가 되겠다고 약속하지 않았니?"

"약속했지요."

"착한 행동을 하지 않고 나쁜 행동을 하면 내가 매질하겠다고 약속했지?"

"네, 아빠! 하지만 제가 약속을 어겼으니까 아빠도 약속을 지키지 마세요!"

아이들을 키우고 가르치는 데 있어서 가장 중요한 것은 부모가 일관성 있는 태도를 보여주는 것이라고 한다. 칭찬을 하든 벌을 주든, 부모의 언행에 일관성이 있어야 아이가 부모의 기대 수준을 정확하게 파악할 수 있으며, 부모가 제시하는 기준이 수시로 달라지는 데서 오는 혼란도 피할 수 있기 때문이다.

부모와 아이가 서로에게 약속 이행을 요구하는 상황은 대부분의 가정에서 흔히 볼 수 있는 장면이다. 그리고 대개의 경우에는 여러 면에서 아이보다 유리한 위치에 있는 부모가 아이를 힘으로 누르려 하거나 처벌을 앞세워 윽박지르게 된다. 그러나 아이는 아이대로 할 말이 있다. 부모가 요구하는 기준이 자기가 아니라 부모의 눈높이에 맞춰져 있는 경우가 많기 때문이다.

아이의 대꾸를 듣는 순간, 매를 치켜들었던 아빠의 손은 잠시

멈칫할 수밖에 없다. 어떻게 보면 얄밉기 짝이 없는 대답이지만, 달리 생각해 보면 전혀 틀린 말도 아니다. 저한테 유리한 상황을 만들기 위해 아빠에게 일관성 있는 행동을 요구하는 아이를 보며, 아빠는 내심 대견하다는 생각까지 든다. 아니, 이 녀석이 어느새 이렇게 자랐단 말인가!

'그래, 이 세상에 자식 이기는 부모 없다.'

불가능한 것을 보여준다

쥐가 웃을 때는

쥐가 고양이를 보고 씩 웃을 때는 그 옆에 반드시 쥐구멍이 있다.

골목으로 쫓기던 생쥐 녀석이 홱 돌아서더니 고양이를 보며 여유 만만한 자세로 씩 웃음을 던진다. 녀석의 그런 모습에 오히려 당황하게 된 건 바로 쫓아가던 고양이 쪽이다. 아니, 이 녀석이 돌았나?

나이지리아 속담으로 알려진 이 이야기처럼, 동물을 주인공으로 해서 실제로는 있을 수 없는 상황을 묘사하는 속담이나 난센스에는 우리 인간이 사는 세상을 향해 던지는 촌철살인의 메시지가 들어 있는 경우가 적지 않다.

바퀴 없는 걸 옮기다 보니

아웅산 사건 때 순직한 이범석 전 외무장관이 남북회담의 남측 대표로 일할 때였다. 당시 그는 북한측 대표와 같은 자동차를 타고 판문점을 출발해 서울로 들어왔다. 그런데 서울로 들어올수록 엄청나게 많은 차량들이 거리를 누비는 모습을 본 북측 대표가 이 대표에게 빈정거리듯 물었다.

"대단하신 분들이군요. 우리에게 서울의 발전상을 보여주려는 뜻은 좋지만, 저렇게 많은 차량을 어디서 다 불러모았습니까?"

그러자 이 대표는 즉각 이렇게 응수했다.

"글쎄요, 무척 힘들었습니다. 그래도 자동차는 바퀴가 달려 있어서 그나마 옮기기가 쉬웠는데, 바퀴가 없는 저런 건물들까지 옮기려다 보니까 정말 힘이 들더군요."

이 유머는 우리나라 외교가에서 널리 알려진 실제 일화이다. 당시 북측의 대표는 우리 남한도 자기네처럼 모든 것이 동원에 의해 움직이는 사회일 거라고 짐작하고 있었기 때문에, 서울 시내를 돌아다니는 수많은 차량들과 고층 건물들을 바라보면서 그런 생각을 했을지도 모른다.

만약 그런 생각이 아니었다면, 이건 의도적으로 이쪽을 웃음거리로 삼으려고 시비를 걸어온 게 된다. 뜻밖에 공격을 당한 이 장관으로서는 어떤 식으로든 답변을 해야 할 입장이 되었다. 하지만, 당신네처럼 동원을 한 게 절대로 아니라고 변명을 한들 북쪽 대표가 그대로 믿어줄 리도 없고, 그걸 화제로 삼아 얘기를 더 계속해 보려고 한들 양쪽이 얻을 것도 별로 없다.

궁리 끝에 그는 북측 대표의 속셈을 역이용하는 쪽을 택하기로 한다. 거리를 돌아다니는 자동차는 물론 길가에 늘어서 있는 고층 건물들까지도 사실은 다른 데 있는 걸 힘들게 옮겨온 것이라고 시인하고 나니, 졸지에 저쪽이 다시 수세에 몰리게 된 것이다. 이 장관의 말에 섣불리 토를 달거나 사실 확인이라도 할 요량으로 한두 마디 더 질문을 했다가는, 툭 하면 요란하게 인민을 동원하는 자기네 부끄러운 실상만 까발려질 뿐이다.

이처럼 실제로는 있을 수 없거나 불가능해 보이는 상황을 끌어다 붙이면서 없는 것을 있는 것처럼 바꾸어 말하면, 이쪽의 마음을 짐작한 상대방도 어쩔 수 없이 웃음을 보이며 한 발 물러설 수밖에 없다.

세태의 변화를 보여준다

수술을 했으니까

30대 후반의 유부녀 두 사람이 이야기를 나누고 있었다.

미 숙 : 난 요즘 피임 때문에 여간 신경 쓰이는 게 아니야.

영 희 : 네 남편 정관 수술했잖아? 그런데 뭐가 신경 쓰인다는 거야?

미 숙 : 얘는, 그러니까 더 조심해야지!

세상이 워낙 빠르게 바뀌다 보니, 가족을 둘러싼 전통적인 가치관이나 관습에도 엄청난 변화가 일어나고 있다. 결혼 전의 순결에 대한 생각에서부터 출산과 자녀의 양육, 가사의 분담과 경제 활동에 이르기까지 결혼 생활의 모든 측면에서 우리는 그야말로 전대미문의 변혁을 경험하며 살아가고 있다.

이런 상황에 적응하지 못하면 정상적인 생존이 불가능할 정도로 우리는 엄청난 변화의 요구 속에 살아가고 있다. 초고속으로 진행되는 노령화와 급증하는 이혼으로 가족 해체니 가정의 붕괴니 하는 말들이 심심찮게 나돌고, 동성애와 미혼모 같은 현상도 더 이상 남의 나라 이야기로 흘려 넘길 수 없는 세상이 되었다.

그러나 아무리 급격하게 모든 것이 변화하는 세태 속에서도, 우리가 끝까지 지키고 존중해야 할 인간의 가치는 분명히 있다. 위와 같은 유머가 현실 속에서 넘쳐나는 세상이라면, 이 시대를 살아가는 뭇 남편들의 입가에 남는 건 그야말로 허탈하고 씁쓸한 자조의 웃음밖에 없을 테니 말이다.

족쳐보니

말만 들어도 무서운 안기부에 굴비 한 두름이 선물로 들어왔다. 부장은 부하를 시켜 그 굴비가 진짜인지 가짜인지 알아보라고 했다.

한참만에 나타난 부하가 결과를 보고했다.

"몇 마리 잡아 족쳐봤는데요, 모두 가짜랍니다."

지금은 국정원으로 명칭도 바뀌었고 하는 일도 과거에 비해 많이 달라졌지만, 지난날 안기부는 무소불위의 힘을 가진 국가 기관으로서 국민들의 원성을 산 적도 많았다. 그런 기관의 직원이 상관의 말을 제대로 이해하지 못하고 엉뚱한 행동을 한 것이 웃음을 만들어내고 있다.

앞 장에서도 설명했지만, 풍자에 의한 웃음은 그것이 과거나 미래보다는 현재의 상황을 소재로 할 때, 그리고 그 소재에 대한 청중의 관심이나 공감 정도가 높은 수준일 때 특히 강렬한 효과를 발휘한다. 안기부가 바람직하지 않은 명성(?)을 날리고 있을 당시에 이런 유머가 나왔다면, 아마도 지금보다는 훨씬 더 짜릿한 웃음을 자아냈을지도 모른다.

시간의 흐름을 거스를 수 있는 사람은 이 세상 어디에도 없다. 그럼에도 불구하고, 우리 주변에는 왠지 자기들만은 그런 시간의 흐름이 가져오는 변화와 무관한 것으로 생각하는 사람들이 꽤 많은 것 같다. 그렇게 시간과 세상의 변화를 무시하고 살면서 자기들만은 끝까지 달라지지 않을 거라고 믿는 이들의 어리석은 모습을 발견할 때, 우리는 어쩔 수 없이 실소를 보내게 된다. 옛말에 화무십일홍(花無十日紅)이라고 했는데도 말이다.

이번엔 판사 나리께서

남아프리카에서 비폭력 불복종 운동을 벌이고 있는 간디에게 어느 날 백인 판사가 찾아왔다. 판사는 간디에게 구속영장을 내밀며 체포하겠다고 엄포를 놓았다.

그런데도 간디는 낯빛 하나 바뀌지 않고 태연하게 대꾸를 했다.

"아, 어느새 내가 승진을 했나 보군요? 전에는 날 잡으러 순경을 보내더니 이번엔 판사 나리께서 직접 나오셨으니 말입니다."

간디의 명성이 그리 높지 않았던 시절에는 말단 순경이 그를 잡으러 찾아오곤 했다. 그런데 간디의 끈질긴 저항 운동과 그에 따른 잦은 구속 덕분에 인도인들은 물론 남아공 사회에서 점차 이름이 알려지다 보니, 이번에는 높으신 판사 나리가 직접 구속영장을 들고 간디를 찾아온 것이다. 그런 세태의 변화를 간디가 놓칠 리 없었다.

얼른 생각하면, 그래도 자기를 대접해 주는 남아공 정권의 태도 변화를 무조건 삐딱한 눈으로 바라볼 필요는 없었을지도 모른다. 하지만 자기 이름이 좀 알려졌다고 해서 금방 대접이 달라지는 걸 보면서, 간디는 인도인이라는 이유만으로 사람 대접을 못 받으며 고난의 나날을 보내고 있는 동족들의 참상을 떠올렸을 것이다.

이런 상황에서 아무 말없이 순순히 넘어간다는 건 도저히 양심이 허락하지 않는 일이었다. 간디는 자기를 잡으러 온 판사를 앞에 두고 태연하게 익살을 부림으로써, 약자에게는 강하고 강자에게는 약한 권력의 속성을 신랄하게 비판한다. 인도의 독립을 이루어낸 간디의 사티야그라하(비폭력 불복종 운동)가 그 역사적인 출발을 알리는 순간이었다.

대상이나 순서를 바꿔준다

공을 들여야지

젊은 화가가 대선배에게 자기의 고민을 호소했다.

"선생님, 어떻게 하면 성공을 할 수 있을까요? 저는 이삼 일이면 그림 한 장을 그려낼 수 있지만, 그게 팔리기까지 이삼 년이 걸리는 게 문젭니다."

그러자 대화가가 청년의 어깨를 두드리며 격려하듯 말했다.

"그까짓 걸 갖고 뭘 고민하나? 그림 한 장을 이삼 년 동안 그려보게. 그럼 이삼 일 안에 팔릴 테니까."

사람들은 남들이 뛰어난 업적이나 성과를 이룩했을 때 그 사람이 그 일을 하기 위해 들인 피나는 노력이나 수많은 시간에 대해서는 관심도 두지 않은 채, 오로지 그 결과만을 가지고 부러워하거나 시샘하기에 바쁘다. 그러나 우리가 살아가는 이 세상에서 노력을 들이지 않고 얻을 수 있는 건 아무것도 없다.

그럼에도 불구하고 우리 주변에는 빠른 성공을 위해 자기의 영혼을 파는 이들이 얼마든지 많다. 현대판 파우스트라고 할 수 있는 그런 사람들은 자기가 하는 일의 내용이나 과정은 소홀히 한 채 어떻게 해서든 빠른 성과를 얻는 데에만 온 신경을 곤두세운다. 그러다 보니, 우리 자신도 모르는 사이에 '빨리빨리'가 우리 사회의 미덕이 되어버렸다.

혼과 정성이 들어가지 않은 예술 작품이 제대로 된 평가를 받는 경우는 거의 없다. 물론 천재적인 재능이 있어서 남들보다 빠른 시간에 훌륭한 작품을 만들어내는 이들도 더러 있지만, 대부분의 작품들은 뼈를 깎는 아픔을 이기며 수많은 땀을 흘린 작가의 노력에 의해 만들어지는 것이다. 정작 공을 들여야 할 대상이 뭔지도 모르면서 예술을 하겠다고 덤비는 젊은이의 모습을 보고 있자니 안타까운 마음에 쓴웃음이 나올 수밖에 없다.

하마를 보고 나서

귀동 : 선생님, 영철이가 방금 제 뺨을 때렸어요.
영철 : 귀동이가 1년 전에 저더러 하마라고 했기 때문에 때린 거예요.
선생 : 1년 전 얘길 갖고 왜 지금 친구를 때렸니?
영철 : 어제 동물원에 갔다가 하마를 처음 봤거든요.

처음에는 몰랐던 대상이나 진실을 알게 되었을 때 그 달라진 내용 즉 '변화' 때문에 웃음이 생기는 경우가 있다.

조선 순조 11년(1811년) 홍경래의 난이 일어났을 때 선천부사였던 김익순은 반란군에게 변변한 저항 한 번 하지 못하고 항복했다. 그로부터 15년이 지난 순조 26년, 김익순의 손자 김병연은 영월관에서 개최하는 백일장에 참가하게 되었다. 그때 내걸린 시제가 '가산 군수 정시의 충성스런 죽음에 대해 논하고 선천부사 김익순의 죄가 하늘에 닿을 정도였음을 비판해 보라' 였다. 김병연은 김익순이 자기 할아버지인 줄도 모르고 '김익순은 백 번을 죽여도 아깝지 않은 만고의 비겁자' 라는 내용의 시를 지어 장원을 했다. 그러나 나중에 자기가 할아버지를 만고역적으로 성토했다는 사실을 알게 된 김병연은 하늘을 부끄러워하며 평생 삿갓을 쓰고 전국을 떠도는 방랑자가 되었다.

하마가 어떻게 생긴 동물인지를 몰랐을 때는 자기를 하마라고 하는 게 칭찬인지 조롱인지 몰랐다. 그런데 동물원에 가서 하마를 보고 나니 생각이 바뀌지 않을 수가 없고, 생각이 바뀌고 나니 당연히 행동도 바뀔 수밖에 없다. 그렇게 바뀐 행동이 보는 이로 하여금 웃음을 짓게 한 것이다.

주인이 바뀌면

어떤 청년이 가게에 들어오더니 화려한 색상의 여성용 바지를 하나 샀다.

점원이 보기에도 그 청년은 자기가 산 바지가 무척 마음에 드는 눈치였다.

이튿날 다시 가게에 나타난 그 청년이 어제 산 바지를 다른 것으로 바꿔 달라고 했다.

"제 여자 친구가 마음에 들지 않는대요."

그런데 일 주일이 지난 어느 날 그 청년이 희색이 가득한 얼굴로 들어오더니 처음 샀던 그 바지로 다시 바꿔 달라는 것이었다.

"여자 친구가 마음을 바꿨나 보죠?"

점원이 묻자 청년은 아무렇지도 않다는 듯이 대답했다.

"아뇨, 여자 친구를 바꿔버렸어요."

이 유머는 바지와 여자 친구라는 소재 속에 '이원성'의 변수와 '변화'의 변수를 복합적으로 얽어놓은 경우이다. 옷이 맘에 안 들면 바꾸면 그만이다. 하지만 기껏 고르고 골라서 사다준 바지가 맘에 안 든다고 투정을 부리는 여자 친구를 보면서 청년은 내심 불쾌하기 짝이 없었다. 할 수 없이 가게에 찾아와 바꿔다 주기는 했지만, 그 후로도 며칠 동안 맘이 편치는 않았다. 그러던 차에 맘에 쏙 드는 새 여자 친구가 나타난 것이다.

맘에 안 드는 옷을 바꾸는 것보다 힘들기는 했지만, 다시는 옷 바꾸러 나올 일이 없을 걸 생각하면 그런대로 이번 선택은 괜찮은 것 같다. 점원도 마지못해 옷을 바꿔주기는 했지만, 그러면서도 청년의 선택이 반가운지 씩 웃어준다.

유머의 주인은 역시 사람이다 – 유머와 인간

유머를 창조하는 데 있어서 가장 중요한 마지막 변수는 바로 사람 즉 '인간(人間)' 이다. 우리는 어떤 사람의 철학이나 가치관 등에 따라 사건이나 사물을 보는 눈이 다르고, 문제를 해결하는 방법 또한 달라지는 경우를 수없이 대하게 된다.

사람을 즐겁게도 하고 아프게도 하는 존재가 바로 '인간' 이라는 사실은, 유머를 만들기 위해 애쓰는 과정에서 우리 모두가 잊지 말아야 할 가장 중요한 핵심 요소라고 할 수 있다.

하수구에 빠진 헌금

어머니가 2000원을 주면서 '1000원은 헌금이고 1000원은 용돈이다.' 라고 하자, 상수는 양손에 1000원씩을 쥐고 신나게 교회로 달려

갔다. 그런데 횡단보도를 건너다가 턱에 걸려 넘어지는 바람에 오른 손에 쥐고 있던 1000원이 하수구에 빠졌다. 그러자 상수가 일어서면서 울상을 지었다.
"저거 헌금할 돈인데 어떡해!"

교회에 헌금할 돈과 용돈 중에서 더 소중한 게 어느 쪽일까? 신앙심의 깊이나 연륜을 따질 것도 없이, 그에 대한 생각은 어차피 사람에 따라 다를 수밖에 없다. 이 이야기의 주인공처럼 나이도 어리고 교회에 나가기 시작한 지도 얼마 안 되는 상태라면, 당연히 용돈이 우선일 것이다. 그러나 나이가 들 만큼 들고 자기 나름대로는 신앙심도 깊은 편이라고 생각하는 이들 중에도 이 어린 아이 못지않은 사람들이 얼마든지 있다.

비단 종교적인 측면에 국한된 이야기는 아닐 것이다. 사람이 살아가는 동안 어떤 것에 더 비중을 두고 가치 판단을 하느냐에 따라 그 사람의 인생은 달라지게 되어 있다. 그런 점에서 볼 때 유머야말로 한 인간의 인격을 있는 그대로 비춰주는 가장 정직한 거울이라고 할 수 있다.

어느 쪽이 더 소중할까?

유대교의 랍비 두 사람이 얘기를 나누고 있었다.
A : 지혜와 돈 중에서 어느 쪽이 더 소중할까?

B : 물론 지혜 쪽이 아닐까?

A : 그런데 지혜 쪽이 더 소중하다면 어째서 지혜 많은 학자들이 거만하게 구는 부자들한테 늘 아쉬운 소리나 하며 굽신거리게 되는 걸까?

B : 그야 아주 간단하지. 똑똑한 사람은 돈의 고마움을 잘 알지만 부자는 지혜의 소중함을 잘 모르는 법이거든.

'인간' 이 지닌 철학이나 가치관의 차이는 우리가 살아가는 이 세상에서 갈등과 분쟁을 일으키는 가장 큰 요인 가운데 하나일 것이다. '부자가 되려면 부자의 생각을 하라.' 는 격언도 있지만, 인생을 살아가는 동안 지혜와 부 가운데 어느 것에 더 우선 순위를 두고 추구하느냐에 따라 사람은 현자가 되기도 하고 부자가 되기도 한다.

지혜를 추구하는 현자들은 돈 버는 일에 소홀하다 보니 늘 가난에 쪼들리기 마련이고, 따라서 돈이 그들의 삶에 있어서 얼마나 소중한 것인지를 너무나도 잘 안다. 반면에 물질적인 것만을 쫓아다니는 부자들은 돈을 얼마나 많이 버느냐에만 관심이 있을 뿐, 삶의 지혜나 인간다운 삶 따위는 아예 거들떠보지도 않는 경우가 많다.

물론 지혜를 가진 현자들이 '세상을 살아가는 데에는 돈도 지혜 못지않게 중요하다.' 라고 생각하거나, 돈만 아는 부자들이 '역시 돈보다 중요한 건 세상을 살아가는 참된 지혜야.' 라고 마음을 바꿀 수 있다면 이런 유머는 애초부터 생겨나지 않았을지도 모른다. 그러나 오랜 시간에 걸쳐 형성된 사람의 생각이나 가치관이 하루아침에 바뀌기 어려운 걸 생각하면, 돈을 가진 자와 지혜를 가진 자 사이의 갈등은 아마 앞으로도 오랫동안 계속될 수밖에 없을 것이다.

다 이유가 있지요

대식가로 유명한 쇼펜하우어가 어느 날 호텔 식당에서 식사를 하고 있었다. 그가 2인분의 식사를 시켜서 혼자 먹는 걸 보고 옆자리에 있던 손님이 들으라는 듯이 혼자서 중얼거렸다.

"세상에 혼자서 2인분을 먹는 사람도 있네!"

그러자 그 말을 들은 쇼펜하우어가 손님 쪽을 향해서 정중하게 눈인사를 건네며 이렇게 말했다.

"물론 나도 그런 사람 중의 하나입니다. 하지만 그 대신 나는 항상 2인분의 생각을 하지요."

여기서 쇼펜하우어가 '내 돈 내고 내가 밥을 먹는데 당신이 무슨 참견이냐?' 며 따지고 들었다면 두 사람 사이에는 십중팔구 싸움이 일어났을 것이다. 그러나 우리의 존경하는 쇼펜하우어 선생은 철학자다운 점잖은 반격으로 순식간에 상황을 정리해 버리고 만다.

내 약점을 장점으로 바꾸기 위해서는 남다른 노력이 필요하며, 그런 노력을 인정받기 위해서는 자기가 꾸준히 쌓아온 장점들을 다른 이들에게도 보여줄 수 있어야 한다. 쇼펜하우어가 그동안 철학자답게 자신의 본업인 '생각하는 일'에 충실하지 않았다면, 그래서 자기가 충분히 2인분을 먹을 자격이 있는 사람이라는 것을 입증할 수 없었다면, 그는 조용히 포크를 내려놓고 자리를 떠날 수밖에 없었을 것이다.

따지고 보면

재판관 : 그동안 다른 사람들한테 조금이라도 도움되는 일을 한 적이 있나요?

도둑 : 물론이죠. 형사 서너 명에게 계속 일거리를 줘 왔거든요.

어떤 일이나 사물에 대해 어떤 생각을 갖느냐에 따라 그 사람의 인생이 달라진다는 것은 거의 진리에 가까운 명제인 것 같다. 재판관은 하찮은 도둑의 입에서 설마 변변한 대답이야 나오겠나 하고 무시했을지 모르지만, 이 대단한 도둑님은 전혀 생각이 달랐다.

도둑질을 하다 잡혀서 법정에 서게 된 건 사실이지만, 그렇다고 그동안 무위도식을 했다거나 남한테 피해만 끼치며 살아온 게 아니라는 점 또한 부인할 수 없는 사실이다. 그가 없었으면 적어도 형사 몇 사람은 할 일이 없었을 것이고, 당연히 그들의 자리 보전도 힘들었을 게 틀림없다.

말도 안 되는 이야기 속에도 나름대로 진실은 있을 수 있다는 것을 새삼 깨닫게 해 준 도둑의 우문현답을 들으며, 재판관인들 웃음을 터뜨리지 않을 수 있었을까? 도둑질 빼고는 다 배우라는 말이 있지만, 때로는 도둑에게서도 배울 게 있는 법이다.

이걸 어쩌나!

극작가이자 평론가인 버나드 쇼는 평소 자신에 대해 혹평을 해대는 평론가들 때문에 늘 심사가 뒤틀려 있었다. 그러던 어느 날, 그가 로댕의 작품을 좋아하지 않는 평론가 몇 명을 집으로 초대했다. 손님들이 집에 오자 그는 거실에 있던 어떤 조각상 앞으로 그들을 데리고 갔다.

"최근에 구한 로댕의 작품인데 평가를 좀 해 주시지요."

그러나 로댕을 싫어하는 평론가들한테서 좋은 소리가 나올 리 없었다. 그런데 평론가들의 험담을 말없이 듣고만 있던 버나드 쇼가 갑자기 큰일이라도 난 듯이 소리를 질렀다.

"아이고, 이걸 어쩌나. 이제 보니 로댕이 아니라 미켈란젤로의 작품을 잘못 보여주고 있었네. 나 참."

그 순간 거실 전체가 찬물을 끼얹은 듯 조용해졌다.

세상에 사는 모든 사람들은 모두가 서로 다르다. 그런데 그렇게 '다르다.' 는 것을 '틀리다, 잘못됐다.' 로 해석하는 이들이 우리 주변에는 의외로 많다. 그런 사람들은 상대방의 생각이나 행동은 물론 학력이나 사회적 신분이 자기들과 조금만 달라도 이내 적대감 내지 반감을 표시하며 얼굴을 붉힌다.

버나드 쇼 자신이 평론가이기도 했지만, 그는 평생 동안 자신을 적대시하는 평론가들 때문에 골치를 썩여야 했다. 그럼에도 불구하고 자기에 대해 좋지 않게 떠벌리던 평론가들을 로댕의 작품 감상에 초대한 걸 보면, 그는 평소에도 장난을 무척 즐겼던 것 같다.

그러나 이번에는 그의 계획된 장난에 걸려든 평론가들이 톡톡히 망신을 당하고 말았다. 아무리 로댕을 싫어한다고 하지만 장안에서 내로라하는 그 분야의 전문가들이 전설적인 거장의 작품을 구별하지 못하다니! 못 말리는 직업적 습관 때문에 일생 일대의 실수를 저지른 그들을 보면 지나가던 강아지도 웃을 일이다. 모르긴 몰라도, 이 일이 있은 후 적어도 한참 동안은 버나드 쇼의 초대에 선뜻 응하는 평론가가 거의 없었을 것이다.

PART 3

성공하는 유머의 열 가지 원칙

이 세상의 모든 이들에게는 그들 나름대로
인생이라는 게임을 풀어가는 원칙과 전략이 있고
그것을 어떤 상황에서 어떻게 적용하느냐에 따라
그들이 치러낸 게임의 결과도 달라진다.

그 중에는
항상 내 쪽의 승리로 끝나는 게임도 있지만
왠지 모르지만 늘 지기만 하는 경우도 있고,
이기면서도 지는 게임이 있는가 하면,
진 것 같지만 실제로는 이긴 게임도 있다.

언제나 성공하는 유머,
절대로 실패하지 않는 유머를 위한
열 가지 원칙과 전략을 여기에 소개한다.

원칙 1

상대방을 인정하면 나도 인정받는다

지위 고하를 막론하고, 이 세상의 모든 사람들은 누구나 다른 사람들로부터 인정받고 싶어하는 욕구를 마음속 깊이 품고 있다. 따라서 남들로부터 인정받고 싶어하는 인간의 기본적인 욕구를 존중하는 것은 위기와 갈등을 해소하는 유머 창조의 제1원칙이라고 할 수 있다.

목사와 삼천 배

성철 스님이 살아 계실 때 스님을 만나려면 누구든지 먼저 불전에 삼천 배를 해야 했다. 어느 날 목사 한 사람이 스님을 만나고 싶어 절을 찾았다. 하지만 스님은 '날 만나려면 아무리 목사라도 불전에 삼천 배를 해야 된다.'고 고집했다.

목사는 몹시 난처한 표정을 지었다.

"신도들에게 우상 숭배를 하지 말라고 그렇게 가르쳤는데……."
그러자 스님은 잠시 생각에 잠기더니 이윽고 입을 열었다.
"그래요? 그렇다면 하나님을 미워하고 예수교를 제일 싫어한 나를 제일 먼저 천당에 가게 해 달라고 축원을 하면서 절을 해 보시구려."
이 말을 들은 목사는 즐거운 마음으로 삼천 배를 하고 스님과의 대화를 가질 수 있었다.

쉬지 않고 해도 삼천 배를 다 하려면 꼬박 하루가 걸린다고 한다. 모처럼 덕이 높은 분으로 알려진 성철 스님을 만나러 왔는데, 삼천 배를 하기 전에는 얼굴조차 볼 수 없다니 낭패도 이만저만이 아니다. 하지만 평소 신자들에게 우상 숭배를 하지 말라고 엄하게 가르쳐온 마당에, 암만 봐도 쇳덩어리에 지나지 않는 불상을 보고 절을 할 수는 없는 노릇 아닌가!

도대체 풀릴 것 같지 않았던 난제를 슬기롭게 피해 가면서, 그대로 발길을 돌릴 것만 같던 목사에게 대화의 가능성을 열어보인 쪽은 바로 삼천 배의 규칙을 만들어 놓은 성철 스님 자신이었다.

목사 입장에서 볼 때도, 자신이 믿는 종교와 그 종교의 신을 반대해 온 성철 스님을 천당에 가게 해 달라고 기원하는 것은 '원수를 사랑하라!' 는 예수의 가르침을 스스로 실천하는 행위일 뿐, 아무리 생각해도 마음에 거리낄 게 없다. 상대를 인정해 줌으로써 나도 인정받는 즐거운 만남이 이렇게 해서 이루어지게 된 것이다.

백정과 박 서방

나이 많은 백정 박씨한테 어느 날 양반 두 명이 고기를 사러 왔다. 배가 불룩하고 매부리코를 한 양반이 먼저 고기를 주문했다.

"이봐, 백정. 고기 한 근 주게나."

"네, 그러지요."

박씨는 고깃덩어리 중에서 제일 시원찮은 부분을 자로 잰 듯 딱 한 근만 썰어 종이에 둘둘 말더니 매부리코 양반에게 내밀었다.

이번에는 콧수염을 길게 기른 다른 양반이 고기를 주문한다.

"박 서방, 여기 고기 한 근 주시게나."

"네, 그러시지요."

박씨는 기분 좋게 대답하더니 얼른 제일 좋은 부분을 듬뿍 썰어 곱게 종이에 싸서 콧수염 양반에게 건네준다. 이걸 본 매부리코 양반이 성을 버럭 내며 박씨에게 따진다.

"이놈아, 같은 한 근인데 어째서 이 양반은 고기도 좋고 양도 내 것보다 더 많이 주느냐?"

그러자 박씨가 대답했다.

"네. 그야 손님 고기는 백정이 자른 것이고, 방금 드린 이 어른 고기는 박 서방이 잘랐으니 그런 겁니다."

오는 말이 고와야 가는 말도 곱다. 그리고 상대방이 미사일로 공격을 해 올 때는 나도 그 이상의 파괴력을 가진 무기로 방어해야 이길 수 있다. 논쟁에서도 마찬가지다. 나를 백정이라고 부르는 사람에게 대하는 태도와 박 서방이라고 불러주는 사람에게 대하는 태도는 다를 수밖에 없지 않은가!

유머에서는 웃음의 요인이 되는 사건이나 사실도 중요하지만, 상대방과 나의 관계를 어떻게 설정하느냐 하는 것도 그에 못지않게 중요하다. 이 이야기에서도 남에게 대접을 받으려면 남을 존중해야 한다는 불변의 진리를 보여주고 있기 때문에, 사회적으로 약자인 천한 백성에게 양반이 무참히 망신을 당하는 일이 가능해진 것이다. 현실 속에서 약하고 힘 없는 사람들이 이렇게 통쾌한 복수를 할 수 있는 상황은 그리 흔치 않다. 이런 것이 바로 유머의 힘이자 매력이다.

털리면 안 되니까

1854년 어느 날, 디킨즈의 집 앞에 마차 한 대가 멈춰 서더니 온화하게 생긴 40대의 외국인이 내렸다.

"선생님, 먼 길 오시느라 정말 수고가 많으셨습니다."

손님보다 일곱 살 아래인 주인과 온 가족들은 그를 진심으로 환영했다. 그 손님은 바로 유명한 덴마크의 동화작가 안데르센이었다.

그런데 안데르센은 집 안에 들어서자마자 장화를 벗더니 그 속에 깊이 감춰둔 시계와 지갑을 꺼내는 것이었다. 그 모습을 보고 디킨즈가 의아한 표정을 짓자 안데르센이 얼른 대답했다.

"요즘 런던 시내를 돌아다니려면 '날쌘돌이 다저'를 각별히 조심해야 한다는 소문이 들리길래, 내가 목숨처럼 아끼는 물건들을 장화 속에 숨겨서 갖고 왔지요."

그 말에 디킨즈와 식구들은 모두 배꼽을 잡고 웃었다.

'날쌘돌이 다저'는 디킨즈의 소설 《올리버 트위스트》에 나오는 소매치기의 이름이다. 디킨즈의 초대를 받은 안데르센은 그 소설의 주인공 이름을 이용해 자기도 디킨즈의 애독자라는 걸 알려주기 위해 이런 연극을 꾸몄던 것이다.

옛날이든 지금이든 유명 작가와 독자가 직접 얼굴을 맞대고 만나는 건 그리 흔한 일이 아니다. 그런데 그렇게 흔치 않은 만남을 한층 더 인상 깊은 이벤트로 만든 안데르센의 연극이야말로 그가 얼마나 따뜻한 심성을 지닌 사람인지를 잘 보여준 사례라 할 수 있다. 그렇지 않아도 꼭 한 번 만나보고 싶어서 일부러 초대한 손님이 자기 작품을 저렇게까지 좋아하고 있다는 걸 안 디킨즈는 어떤 반응을 보였을까? 아마도 입이 귀에 걸릴 정도로 기뻐했을 것이다.

원칙 2

상대방을 살려주면 내 살 길도 보인다

어떤 일에서든 극단적인 해결책은 항상 극단적인 부작용을 낳게 되어 있다. 유머에서도 마찬가지다. 아무리 죽이고 싶을 만큼 꼴보기 싫은 얼굴이라고 해도, 상대방이 빠져나갈 구멍 하나쯤은 남겨 놓고 몰아붙여야 나중에 혹 일이 잘못되더라도 내가 살 길을 찾을 수 있게 된다.

형님, 그 놈이 갔습니까?

호가 양파(陽坡)인 정태화는 조선 효종 때 동생 정치화와 함께 과거에 급제한 뒤 계속 3대에 걸쳐서 재상의 자리에 있던 사람이었다. 그는 특히 우암 송시열 선생과 사이가 가까운 터였기 때문에 같이 만나는 일이 잦았다. 그러나 어인 일인지 아우인 치화는 우암을 매우 싫어했다. 그래서 우암이 양파를 찾아올 때마다 치화는 형과 함께 앉아 있다가도 슬그머니 자기 방으로 건너가거나 아니면 밖으로 나가버리기가 일쑤였다.

어느 날 우암이 나라의 큰일을 의논하기 위해 양파를 찾아왔다. 형과 얘기를 나누던 치화는 만나기 싫은 우암이 왔다는 전갈을 듣자마자 전과 다름없이 얼른 자기 방으로 피해버렸다. 그러다가 한참 후 우암이 돌아갔으려니 생각하고는 사랑문 앞에 바짝 붙어서서 낮은 목소리로 이렇게 물었다.

"형님 그놈이 갔습니까?"

방에 우암과 같이 앉아 있던 양파로서는 난감할 수밖에 없었다.

'그분이 가셨습니까?' 해도 분위기가 영 어색할 판인데, '그놈이 갔느냐?' 고 했으니 형으로서도 입장이 난처하기 짝이 없게 되었다. 그러나 양파는 꾀를 내어,

"아 글쎄, 그놈이 어디로 갔는지는 잘 모르지만 어느새 가버린 모양이구나."

라고 대답하고는 얼른 말을 이었다.

"과천 묘지기인가 하는 그놈은 벌써 가고 지금 우암 선생께서 와 계시니 어서 들어와서 뵙도록 해라."

형인 양파로서는 생각할수록 등줄기에 땀이 흐르는 기분이었을 것이다. 동생인 치화의 말이 우암 선생을 향한 것임을 빤히 아는 이상, 게다가 우암 선생 또한 동생인 치화가 당신을 좋아하지 않는다는 걸 눈치로라도 알고 있는 이상, 여기서 말 한 마디 삐끗했다가는 어떤 경을 치게 될지 모르는 판국이다.

공격은 동생이 먼저 해 왔는데 양쪽을 위해 방어를 해야 할 책임은 애꿎은 형에게 주어졌다. 우암 선생 체면을 살리자니 동생을 천하에 몹쓸 놈으로 만들게 생겼고, 그렇다고 혈육인 동생을 살리자니 존경해 마지않는 우암 선생의 얼굴에 먹칠을 하게 될 판이다. 그야말로 오도가도 못하는 진퇴양난에서 고민을 하던 양파는 결국 양쪽을 다 살리는 전략을 채택하기로 한다.

우리 속담에 호랑이도 제 말 하면 온다는 말이 있다. 따라서 어떤 사람에 대해 험담을 하는 중에 그 사람이 나타날 경우에는 이렇게 얼른 공격의 대상을 다른 사람으로 바꿔버리거나, 공격의 방향을 엉뚱한 곳으로 돌리는 임기응변의 슬기가 필요하다. 그러면서 공격의 대상을 하찮은 인물로 만들어버림으로써 공격을 한 사람이나 공격 대상이 된 사람의 품위와 품격을 높여주면 더 큰 효과를 기대할 수 있다.

양쪽을 다 살리는 유머는 만들어내기 힘든 만큼 한층 더 격이 있는 웃음을 창조하게 된다.

주교님께서 하실 일

외출에서 돌아온 후작이 방에 들어와 보니 부인이 실오라기 하나 걸치지 않은 모습으로 주교님의 팔에 안겨 있었다. 그 광경을 본 후작은 갑자기 창가로 가더니 지나가는 사람들을 향해 축복을 내리는 기도를 하기 시작했다.

후작의 행동에 놀란 부인이,
"당신 도대체 뭘 하는 거예요?"
하고 묻자 후작은 천연덕스럽게 대답했다.
"주교님께서 내가 해야 할 일을 하시니 나는 주교님이 하실 일을 대신 해드리는 수밖에 없지 않소?"

그야말로 낯 뜨거운 장면이 아닐 수 없다. 부인도 놀랐지만 남편의 놀람은 이만저만이 아니다. 게다가 이 장면을 보고 야단법석을 떤들 어느 누구 하나 이로울 게 없다. 남편 입장에서야 차라리 안 본 게 나았을 것이다. 그렇다고 이대로 넘어갈 수는 없는 일. 어쨌든 수습책을 찾아야 한다. 남편은 끓어오르는 분노를 억누르며 마땅한 해결책을 찾기 위해 골머리를 앓았을 것이다.

여기서 먼저 공격을 가한 쪽은 물론 주교임에 틀림없다. 그리고 아내가 먼저 꼬리를 쳤는지 주교가 자기 신분을 잊고 유부녀를 넘보았는지를 밝히는 것은 나중 문제이다. 대개의 경우라면 불륜의 현장을 들킨 아내가 방어 자세를 취하기 마련이다.

그러나 정작 가장 큰 손해를 본 사람은 남편이고 이 사태를 일으킨 장본인은 바로 주교이기 때문에, 싸움은 주교와 남편 사이의 문제로 좁혀진다. '격'에 맞지 않은 행동을 한 주교의 역할을 정상으로 돌려놓으면, 그래서 주교 한 사람 때문에 깨진 세 사람 사이의 균형을 바로잡아 놓으면, 세 사람 사이의 관계는 다시 정상적인 것으로 돌아가게 된다.

그러자면 공격자의 공격에 걸맞은 방어를 해야 한다. 그게 과연 무엇일까? 주교가 평상시에 행했던 가장 중요한 역할 즉, 그의 본분에 맞는 행위를 일깨워주는 것이다. 남편인 자신이 해야 할 일을 지금 주교가 하고 있으니, 주교가 할 일을 자기가 대신 하는 건 지극히 당연한 논리다.

여기서 상대방의 본분과 본래 역할을 탓하며 주교를 공격한들 도움될 게 없다. 그래 봐야 세 사람 사이에서 주교가 원래 차지하고 있던 자리에만 확실한 공백이 생길 뿐이다. 남편은 결국 그 공백을 없애지 않고 남겨둠으로써 천칭의 균형을 깨뜨리지 않는 상생의 해결책을 찾아낸 것이다. '격'에 맞지 않은 상대방의 행동에 '격'이 있게 대응하는 것이야말로 가장 높은 수준의 유머를 창조하는 비결이다.

원칙 3

나를 낮추면 상대방이 높아진다

어떻게 해서든 남보다 우세한 지위를 차지하려고 기를 쓰는 게 보통 사람들의 심리다. 남들 앞에서 잘난 척하는 것이나 없는 사람이 있는 척하는 것도, 따지고 보면 상대방에 대해 비교 우위를 유지하고 싶은 인간의 본성이 작용한 결과라 할 수 있다.

나를 먼저 낮춤으로써 상대방을 높이는 것은 유머를 생각하는 이들이 항상 잊지 말아야 할 대인 관계의 금과옥조이기도 하다.

영국인이 되지 못한 죄

프랑스의 대표적인 지성이자 계몽사상가인 볼테르가 1727년에 영국을 방문했을 때였다. 당시 영국인의 대불 감정은 무척 악화되어 있었기 때문에, 런던에 머무르는 동안 볼테르는 항상 신변의 위험을 느껴야 했다.

그러던 어느 날 거리를 산책하던 볼테르를 향해 성난 시민들이 소리를 지르며 달려들었다.

"저놈을 죽여라, 저 프랑스 인을 죽여버리자."

그러자 그 소리를 들은 볼테르는 걸음을 멈추며 이렇게 외쳤다.

"친애하는 영국인들이여! 내가 프랑스 사람이라는 이유 때문에 나를 죽이고 싶다는 말입니까? 나는 애초부터 영국인이 아닙니다. 이 사실만으로도 내가 이미 충분한 벌을 받고 있다고 생각지 않습니까?"

이 말을 들은 영국인들은 환호성을 지르며 볼테르를 숙소까지 바래다주었다고 한다.

나를 공격하는 상대방 그룹 전체를 띄워준 후 내가 그 그룹에 속하지 못한 사실을 다시 한 번 강조함으로써 상대방의 자존심을 한껏 추켜 세워주는 방법이다.

이때 볼테르가 영국인의 무례함을 탓하거나 자신의 조국인 프랑스를 위해 어떤 변명을 늘어놓았다면, 사태는 오히려 더 걷잡을 수 없는 지경으로 악화됐을지도 모른다. 그러나 볼테르는 위대한 영국인들 틈에서 그 위대한 집단의 일원이 되지 못한 것만으로도 자신은 충분히 불행과 고통을 당하고 있다는 점을 일깨워줌으로써, 그들로 하여금 이 사람을 더 이상 공격할 필요가 없다는 생각을 하게 만들었다.

자신을 낮춤으로써 상대방을 높이는 유머의 진가를 한껏 발휘한 사례라고 할 수 있다.

그것도 폐하 뜻대로

"그대는 올해 몇 살이 되나?"

루이 14세가 한 신하에게 묻자 신하가 허리를 구부리며 정중한 목소리로 대답했다.

"폐하, 아무쪼록 폐하의 마음에 드는 나이로 생각해 주십시오."

아부에 능한 사람들의 공통점은 상대방의 눈치를 잘 살핀다는 점일 것이다. 이승만 대통령 시절에 대통령이 방귀를 뀌자 '각하, 시원하시겠습니다.' 라는 말 한 마디 덕분에 장관 자리에 오른 이도 있었다지만, 힘이 있는 사람에게 아첨과 아부를 함으로써 제 한 몸의 영달을 피하는 이들의 행태는 예나 지금이나, 그리고 동양에서나 서양에서나 전혀 다를 게 없다.

물론 그들이 터득한 생존의 기술을 무조건 나쁜 것이라고 매도할 수만은 없다. 그러나 아무리 생존을 위한 행동이라고 하더라도 도가 지나치면 사람들이 눈살을 찌푸릴 수밖에 없다. 더구나 힘 있는 자가 사람의 장막에 둘러싸여서 세상을 제대로 보지 못하게 되면, 권력자 자신이나 아부를 하는 사람들은 물론 주변에 있는 사람들까지도 불행에 빠지게 된다는 역사의 교훈을 잊지 말아야 한다.

미인 손에 죽을 수만 있다면야

선거 유세를 하던 로이드 조지가 상대 후보가 속한 보수당을 공격하자 보수당 지지자인 어느 부인이 흥분해서 큰 소리를 쳤다.

"당신 같은 남자는 독약을 먹고 죽어야 해."

그러자 로이드 조지는 부인에게 씽긋 웃음을 지으며 이렇게 말했다.

"부인같이 대단한 미인이 주신다면 기꺼이 받아 마시겠습니다."

어느 나라에서든 선거 유세장에 가면 심심찮게 목격할 수 있는 상황이다. 어떻게 해서든 상대방을 깎아내려야 내가 올라가고 그래야 득표에 조금이라도 도움이 될 거라는 생각 때문에, 선거철만 되면 지저분한 인신 공격과 비방, 흑색선전이 난무하는 게 동서양 선거판의 공통적인 모습인 것 같다.

그렇다고 해서 상대방의 악담에 똑같이 악담으로 맞받아친다면 기껏 공들여 갈아놓은 표밭마저 뒤집어엎는 악재가 될지도 모른다. 이럴 때야말로 신사다운 모습을 보여주는 게 오히려 더 현명한 대응책이 될 수 있다.

공격자인 부인을 한참 띄워주면서 자기 자신은 한없이 깎아내리자, 상대방의 경계심이 일거에 무장 해제되면서 팽팽하게 부풀어오른 고무풍선에서 바람을 확 빼버리는 꼴이 됐다. 무조건 백기를 들고 투항해 오는 적을 향해 창을 던질 수 있는 사람은 그리 많지 않은 법이다.

황제께서 말씀하실 때는

헝가리 태생의 피아노 연주자이자 작곡가인 프란츠 리스트가 러시아의 페테르스부르크 궁전에서 피아노 연주를 하고 있을 때의 일이다. 리스트가 열심히 연주를 하고 있는데 니콜라이 황제가 시종에게 뭐라고 속삭이는 소리가 들렸다.

그 순간 리스트는 갑자기 연주를 중단하더니 먼 곳을 바라보며 꼼짝도 않고 있었다. 숨막히는 침묵이 장내에 흘렀다. 얼마를 지났을까. 참다못한 황제가 리스트에게 물었다.

"어째서 연주를 중단하고 있는 것인가?"

그러자 리스트는 황제를 향해 정중하게 머리를 숙이고는 조용하면서도 단호한 목소리로 대답을 했다.

"폐하, 대러시아 황제께서 말씀을 하실 때는 비록 음악이라 할지라도 침묵을 지켜야 하는 줄로 아옵니다."

요즘도 공연장에 가보면 옆사람과 소곤대며 얘기를 하는 건 보통이고, 연주가 한참 절정에 이를 때쯤인데 요란하게 휴대전화 벨소리가 들릴 때도 있다. 그래도 연주자나 지휘자가 연주를 중단했다는 이야기는 아직 들어보지 못했으니, 우리나라의 청중이나 연주자들은 어지간히도 마음이 너그러운 사람들인 것 같다.

아무리 황제라지만 당시 세계적인 명성을 누리고 있던 리스트가 연주를 하는데 귀에 거슬릴 정도의 큰 소리로 대화를 하는 건 이만저만 결례가 아닐 수 없다. 모르긴 몰라도, 베토벤 같았으면

악보를 홱 내던지며 자리를 박차고 일어나 나가버렸거나 얼굴이 붉으락푸르락해지며 가까스로 화를 참고 있었을 것이다.

그러나 우리의 리스트 선생에게는 이런 일이 처음은 아니었던 모양이다. 속삭이는 황제의 목소리에 짜증은 났지만, 리스트는 일단 스스로를 최대한 낮추는 작업에 들어간다. 이유야 어찌 됐든, 연주자에게 있어서 최대의 모욕은 연주 도중에 중단을 당하는 일이다. 그런 모욕을 참으며 기다리다 보니 황제도 사태의 심각성을 깨달을 수밖에.

리스트의 말 한 마디에 공은 황제에게로 날아갔다. 황제가 없었다면 이 연주회도 없었을 게 분명하지만, 그렇다고 자기가 더 이상 소곤거렸다가는 다른 사람들까지 연주를 못 듣는 불미스러운 사태가 생기게 된다. 더구나 리스트 같은 당대의 대연주자가 저렇게까지 자기를 숙이고 나오는데 황제인들 달리 어떤 선택이 있겠는가!

얼굴을 붉히며 연주를 계속할 것을 명령하는 황제의 모습을 상상하는 것만으로도 한참 동안은 입가에서 웃음이 떠나지 않을 장면이다.

원칙 4

약점은 감추고 강점은 살린다

인간이라면 누구에게나 약점이 있기 마련이다. 아무리 살펴보아도 눈에 띄는 약점이 별로 없어보일 때, 우리는 그 사람에게서 어딘지 모르게 인간미가 부족한 듯한, 그래서 정이 안 가는 듯한 인상을 받을 때가 있다.

내가 갖고 있는 약점을 상대방이 물고 늘어지거나 공격해 올 때, 그 약점을 감추거나 변명하는 데에만 급급하다 보면 오히려 그 약점이 더 크게 보이는 경우가 많다. 창조적인 유머를 만드는 과정에서는 나의 약점을 감추려는 시도 못지않게 자신만의 강점을 찾아내 이를 적극 활용하는 노력도 매우 중요하다.

아내가 예쁘면

영국의 수상 윈스턴 처칠이 처음 하원의원에 출마했을 때 그의 라이벌이 유세장에서 처칠에 대해 인신 공격을 하기 시작했다.
"내가 듣기에 처칠 후보는 아침에 일찍 일어나지 못한다고 합니다. 만약에 그게 사실이라면 그런 게으른 사람은 의회에 들어갈 자격이 없지 않겠습니까?"
그러자 이어 등단한 처칠이 멋지게 응수했다.
"아마 나처럼 예쁜 마누라와 함께 산다면 여러분도 일찍 일어나기가 힘들 겁니다."
청중들은 웃음을 터뜨렸고 처칠은 물론 당선되었다.

'머리가 나빠도 아침에 일찍 일어날 수만 있다면 누구든 정치인이 될 수 있다.'는 농담도 있다. 그러니 일찍 일어나지 못하는 것은 정치인으로서 치명적인 약점이 아닐 수 없다. 그런데 상대방이 그런 약점을 들고 나왔으니 처칠은 어떤 형태로든 답변을 해야 한다.

여기서 '사실은 그게 아니다.' 라거나 '어제 무슨 일이 있어서 그만….' 하며 변명을 하기 시작하면 상대방은 그런 변명을 물고 늘어질 공산이 크고, 그렇게 되면 결국 상대방이 쳐놓은 그물에서 빠져나오기가 더욱 어려워진다.

그걸 알고 있는 처칠은 자신이 늦게 일어나는 이유가 예쁜 아내 때문이라며 간단하게 위기를 넘겨버렸다. 그와 함께 자신의 약점을 물고 늘어진 상대방에게는 예쁜 아내가 없다는 점까지 간접적으로 폭로함으로써 청중들로 하여금 통쾌한 웃음을 터뜨리게 하는 데도 성공했다. 여기서 처칠의 아내가 실제로 미인이었느냐 아니냐는 그다지 중요한 이슈가 아니다.

위기에 처한 사람이 그 위기를 멋지게 극복하는 모습을 볼 때 우리는 일종의 카타르시스와 함께 대리 만족까지 느끼게 된다. 더구나 자신의 약점을 감추는 데서 한 발 더 나아가 다른 사람(아내)의 장점(미모)까지 자신의 장점으로 바꾸어버리는 처칠의 재치를 대하면서, 청중은 그에게서 남다른 인간미와 함께 슬기가 넘치는 대정치인의 미래를 발견했는지도 모른다. 높은 인격에서 나오는 이런 유머야말로 전쟁의 고통을 겪고 있는 영국 국민들에게 더없는 위안이 되었을 것이다.

한쪽 눈만 있어도

제2차 세계대전 당시 일본 외상을 지낸 마쓰오카 요스케는 애꾸눈이었다. 어느 날 국회에서 국제 정세를 설명하는 그에게 한 야당 의원이 시비를 걸었다.

"외상, 당신은 눈이 한쪽밖에 없지 않소?"

"그렇습니다만……."

"두 눈을 멀쩡히 뜨고 있는데도 코를 베어가는 세상인데, 한쪽 눈만 가지고 요즘처럼 복잡한 국제 정세를 제대로 볼 수 있겠소?"

그러자 마쓰오카는 목소리를 낮추며 의원을 향해 태연히 반문했다.

"의원께선 일목요연이란 말도 못 들어보셨습니까?"

마쓰오카 요스케는 전쟁이 끝난 후 A급 전범으로서 재판을 받던 중 옥중에서 사망했지만, 태평양전쟁의 세부 계획을 수립하고 독일과 이탈리아를 끌어들여 삼국 동맹을 결성하는 데 중심적인 역할을 한 인물로 알려져 있다. 그런 그가 일개 의원으로부터 모욕적인 소리를 듣고 나니, 생각할수록 울화통이 터질 일이다. 그렇잖아도 눈이 하나밖에 없어 늘 불편을 느끼고 있는데, 상대가 내 신체적인 약점을 물고 늘어지니 기가 막혀 말도 안 나올 지경이다. 이 정도가 되면 정치 공세가 아니라 아예 인신 공격인 셈이다.

여기서 그가 화를 내며 상대의 무례를 지적했다면 회의장이 소란스러워지면서 양쪽 다 얼굴을 붉힐 일만 생겼을 것이다. 노련한 마쓰오카는 일단 자신의 약점은 감추는 대신 장점을 부각시킨다는 원칙에 충실하기로 한다. '한눈에 확연히 드러나다.'는 뜻의 사자성어를 통해 그는 눈이 하나밖에 없다는 것이 결코 약점이 될 수 없으며, 두 개의 눈을 갖고도 사태를 제대로 보지 못하는 경우가 얼마든지 있지 않겠느냐는 암시까지 던진다.

그의 말이 끝난 후 회의장에 나와 있던 의원들은 일제히 우레와 같은 박수를 쳤을 것이다. 약점과 역경을 딛고 일어서는 인간의 모습은 언제 보아도 진한 감동을 남기는 법이다.

원칙 5

상대방의 강점으로 내 약점을 덮는다

인간이라면 누구에게나 약점이 있지만, 아무리 작은 것이라 해도 막상 자기의 약점이 다른 이들 눈앞에 드러나는 것을 좋아할 사람은 아무도 없다. 반대로 내 장점이 그다지 눈에 띄는 게 아닐 경우에도, 누군가가 그 장점을 드러내서 칭찬을 해 주거나 그에 대해 좋게 얘기해 주면 괜스레 마음이 너그러워지고 기분 또한 좋아지기 마련이다.

특히 내가 뜻밖에 불리한 상황에 처하게 되거나 곤란한 처지에 놓이게 되었을 경우에는, 내 약점을 가리거나 변명을 하려고 애쓰기보다는 상대방이 지닌 장점만을 크게 부각시켜주면서 위기에서 벗어날 수 있는 기회를 포착하는 것이 훨씬 더 현명할 때가 많다.

네가 어찌 감히

우암 송시열이 언젠가 주막에 들렀을 때였다. 빗방울 소리를 들으며 밖을 내다보고 있는데, 문 밖이 요란하더니 어떤 무관 한 사람이 갑자기 주막집으로 뛰어 들어왔다.

좁은 주막에서 두 사람이 한 방에 자리를 잡게 됐지만, 아무래도 비는 금방 그칠 것 같지가 않았다. 본격적으로 쏟아지는 큰비가 분명했다. 두 사람 모두 한참 동안 무료하게 앉아 있던 중에 무관이 먼저 입을 열었다.

"얼굴을 보아하니 꽤 듬직해 보이는군그래. 어디 심심한데 장기나 한 판 놓아 보시겠나?"

"예, 그러십시다요."

우암 송시열은 우선 말씨부터 공손하게 건넸다. 그런데 두 사람이 장기 한 판을 다 두었을 때 무관이 또다시 말을 꺼냈다 .

"참, 영감이 감투를 쓴 걸 보니 무슨 벼슬을 한 모양이구만? 보리 섬깨나 없앴겠네그려. 보리동지라도 했는가? 하기야 이런 궁벽한 산촌에선 보리동지도 과분하지……."

촌놈들이 보리쌀을 팔아 첩지 한 장 받고는 양반 행세를 하던 시절이 있었기 때문이었다. 우암은 속으로 우습기 짝이 없었으나 시치미를 뚝 떼면서 아주 공손하게 대답을 했다.

"아, 예, 뭐 벼슬이라고 해야 대수로울 게 있겠습니까?"

너무나 우렁찬 목소리를 듣는 순간 무관은 속으로 다소 놀랐지만 짐짓 더 얕잡아보는 투로 물었다.

"그래, 성명은 무어라 하는고?"

오만무례하기 짝이 없는 질문이었다.

"예, 제 성은 송가이옵고, 이름은 때 시(時)자, 매울 열(烈)자, 송시열이라 하옵니다."
소리를 지르지는 않았지만 무관의 안색은 이미 새파랗게 질리고 있었다.
"송~시~열!?"
일국의 정승이요 대문장가일 뿐만 아니라 임금의 총애를 한몸에 받으며 나랏일을 좌지우지하고 있는 좌의정 우암 송시열 대감! 그에 비하면 무관 자신은 '십년 만에, 그것도 요행히 연줄이 닿아 안주 병사 자리 하나 얻어 하게 된, 그야말로 미관 말직에 지나지 않았다. 그렇게 어렵사리 얻은 자리마저 하루아침에 떨어질 생각을 하니 기가 막힐 노릇이었다. 입 한 번 잘못 놀렸다가 이런 난처한 지경에 빠지게 됐으니, 입이 화를 부르는 문이라는 말이 꼭 자기를 두고 만들어낸 것만 같았다.
그런데 우암이 무관의 급변하는 안색을 재미있다는 듯이 바라보고 있을 때였다. 어느 순간 그 무관의 얼굴이 벌겋게 달아오르더니 다짜고짜로 우암의 따귀를 보기 좋게 후려갈기는 것이었다. 철썩 하는 소리와 함께 우암의 얼굴에 무지막지한 무관의 손이 올라붙는다 싶었는데 이번에는 무관의 입에서 일장 연설이 쏟아져나왔다.
"이 고약한 첨지 놈 같으니! 네놈이 어찌 우암 송시열 대감의 존명을 사칭하는고? 우암 대감으로 말하자면 문장과 도덕과 식견이 당대를 흔드는 분인데, 네깟 영감쟁이가 어찌 감히 송시열 대감을 사칭한단 말이냐? 고얀 놈 같으니! 외람된 칭명을 당장 취소하지 못할까?"
그러고는 말을 그치기가 무섭게 문을 박차고 나가더니 뒤도 돌아보지 않고 말을 달려 북으로 달아나는 것이었다. 우암은 쏟아지는 빗줄기를 뚫고 산모퉁이를 돌아 사라지는 젊은 무인의 기지를 다시 한 번 칭찬하면서 혼자 중얼거렸다.

"실로 대단한 대장부다운 임기응변의 기지로다. 이야말로 천변만화(千變萬化)하는 장부의 재치가 아닌가. 능히 일감 하나 맡길 만한 사람일세그려."

그 후, 우암의 뺨을 때린 그 무관은 오히려 벼슬이 높아졌다고 한다.

자기의 실수나 약점이 확연하게 드러난 상황에서 우물쭈물하다가는 그 실수를 만회할 수 있는 기회를 영영 놓치게 될 뿐만 아니라, 기껏해야 이미 저지른 실수를 합리화하거나 그에 대해 변명을 늘어놓는 제2, 제3의 실수를 저지르기 십상이다.

그러나 자기의 실수를 깨닫는 순간 상대방의 존재를 인정하거나 오히려 상대방의 품격을 더 높여주는 쪽으로 방향을 틀어버리면, 자기가 그전에 저지른 실수는 젊은 사람의 패기쯤으로 넘어갈 수 있게 되고, 결국엔 칭찬의 대상이 될 수도 있다.

상대방을 최대한 띄워주거나 상대의 장점을 확실하게 드러내 보여줌으로써 내 잘못이나 실수를 희석시키는 것은, 어차피 저질러진 실수를 만회하면서 위기를 벗어나는 가장 좋은 방법 가운데 하나다.

원칙 6

상대방의 약점으로 내 약점을 가린다

이 세상에 완벽한 사람은 아무도 없다. 따라서 누구든, 그리고 싫든 좋든, 사람은 어차피 결점과 약점을 가지고 살아가기 마련이다. 서로가 약점 투성이이고 또 절대로 완벽해질 수도 없는 게 사람인 이상, 상대의 약점을 들추어내고 헐뜯는 것보다는 한 번이라도 더 감싸주고 묻어주는 것이 훨씬 더 인간적일 때가 많다.

나 자신의 이익을 위해 별 것도 아닌 상대방의 약점을 물고 늘어지는 모습은 분명 보기 사나운 것이지만, 그렇다고 나를 굳이 물겠다고 덤비는 상대를 이리저리 피해 다니며 소극적으로 대응하는 것도 그리 바람직스럽지는 않다. 이때 활용할 수 있는 것이 바로 상대의 약점을 활용해 내 약점을 감추어버리는, 이른바 이이제이(以夷制夷)의 전략이다.

김 과부와 자고 온 놈이 누구냐?

인색하기로 유명한 주지 스님이 아랫마을 김 과부와 좋아 지내는 걸 안 동자승은 배알이 꼬여 견딜 수가 없었다. 게다가 김 과부가 해오는 엿과 떡을 다락에 감추어놓고는 다른 스님들 몰래 혼자만 먹는 것도 속이 뒤집어질 일이었다.

어느 날 스님이 또 김 과부를 만나러 내려간 틈을 타 동자승은 다락에 올라가 스님이 감추어둔 엿과 떡을 모조리 꺼내서 다른 스님들과 나누어 먹어버렸다. 먹을 땐 좋았지만 먹고 나자 마음이 꺼림칙해진 스님들이 걱정을 하기 시작했다.

"대사님께서 돌아와서 꾸지람을 하시면 뭐라고 대답하지?"

그러자 동자승은,

"꺼내 먹자고 한 건 바로 저니까 여러 스님들은 제 핑계만 대세요."

하며 모든 책임을 자기가 지겠다고 장담을 했다.

그날 저녁 무렵이 되어서 절에 돌아온 주지 스님이 감추어둔 떡을 꺼내 먹으려고 다락문을 여니 엿과 떡은 보이지 않고 빈 그릇만 달랑 남아 있었다. 화가 난 주지 스님이 당장 모든 스님들을 불러 다그치니 한결같이,

"동자승 아이가 모두 꺼내 먹었습니다."

라고 말하는 게 아닌가! 아무래도 이 녀석 버릇을 단단히 고쳐놓아야겠다는 생각이 든 주지 스님이 동자승을 법당에 있는 부처님 앞에 불러세웠다.

"다락에서 떡을 꺼내 먹은 놈이 누구냐?"

그런데 동자승 녀석은 도무지 대답이 없다.

"떡을 꺼내 먹은 놈이 누구냐니까? 내 말이 안 들리느냐?"

"안 들립니다."
"안 들리다니! 이놈이 정말 뻔뻔스러운 놈이로구나. 그럼 어디 자리를 바꿔서 이쪽으로 와서 네가 말해 봐라."
주지 스님은 동자승을 부처님 뒤로 가게 하고 자신은 부처님 앞에 서서 다시 물었다. 그러자 부처님 뒤에 선 동자승이 법당이 떠나가도록 큰 소리로 외치는 것이었다.
"아랫마을 김 과부와 자고 온 놈이 누구냐?"
그래도 주지 스님 쪽에서 대답이 없자 동자승 녀석은 또다시 주지 스님을 향해 큰 소리를 내질렀다.
"아랫마을 김 과부와 자고 온 놈이 누구냐니까?"
그러자 얼굴이 벌개진 주지 스님이 목소리를 낮추며 대답을 했다.
"허어, 그것 참! 이쪽으로 오니까 정말 안 들리네그려."

산중에서 수도와 불공에 정진해야 할 주지 스님이 속세의 아낙네와 바람이 났으니 도저히 눈 뜨고 보아넘길 일이 아니다. 게다가 과부 보살이 해 오는 엿이며 떡을 감춰놓고 혼자만 즐기는 모습은 상상만 해도 주먹이 불끈거릴 노릇이다. 그러나 어쩌랴! 절간 살림의 모든 전권은 오로지 주지 스님 한 사람만이 꽉 쥐고 있는 것을!

그런데 아랫마을 내려가서 기분 좋게 바람을 쐬고 왔으면 좀 모른 척하고 넘어가 줄 일이지, 떡 몇 조각 꺼내 먹은 걸 갖고 온 절간을 뒤집어놓으니 동자승인들 마음이 편할 리가 없다. 에라, 모르겠다! 지렁이도 밟으면 꿈틀 한다고, 이왕 경을 칠 바에야 한 번 단단히 놀려먹기나 해야겠다는 생각이 절로 고개를 든다!

하지만 아무리 냉정하게 생각해 봐도, 죄가 더 큰 건 분명 주지 스님 쪽이다. 그래! 이 기회에 절간 안팎에 소문이나 확실히 내야겠구나! 동자승의 기지에 주지 스님인들 별 도리가 없다. 절간이 떠나가도록 질러대는 동자승의 고함 소리가 안 들리는 척 시치미를 떼는 것 외에는 이 궁지를 빠져나갈 방법이 없어 보인다.

'허참, 고얀 녀석이로고!'

링컨은 잡화상의 점원이었습니다

1858년 상원의원 선거에서 링컨과 맞붙었던 더글러스가 젊은 시절 잡화상의 점원을 지낸 링컨의 경력을 물고 늘어졌다.

"이 사람은 잡화상의 일개 점원에 지나지 않았습니다."

그러자 링컨은 청중을 향해 고개를 끄덕이며 아주 작은 목소리로 이렇게 대답했다.

"맞습니다. 저는 그때 잡화상의 점원이었습니다. 그렇지만 더글러스는 좀 달랐지요. 내가 점포에서 열심히 일을 하고 있을 때 그는 주인 눈을 피해가며 빈둥빈둥 놀고만 있었거든요."

당시만 해도 귀족적인 분위기가 넘쳐 흘렀던 상원인지라, 링컨의 점원 경력은 분명 큰 약점이 될 수도 있었다. 아무리 젊은 시절 한때였다고 하지만, 잡화상의 일개 점원이 어떻게 감히 연방 상원의원에 도전을 한단 말인가!

그러나 더글러스는 상대를 잘못 골랐다. 그동안 수많은 선거전을 치르면서 산전수전을 다 겪은 링컨이 이대로 물러설 리가 없다. 여기서 더글러스가 어느 주인 밑에서 무슨 일을 했느냐는 전혀 중요한 게 아니다. 핵심은 그가 뺀질뺀질한 사람이라는 사실뿐이니까.

요즘도 선거 때만 되면 난무하는 흑색선전과 다른 점은, 유세장에 모인 청중들 모두가 링컨이 하고자 하는 말이 무슨 뜻인지를 이미, 그리고 충분히 알아버렸다는 데 있다. 남의 약점을 들추어내려다 자기의 더 큰 치부가 만천하에 드러나는 꼴을 보며, 링컨이 과연 이 위기를 어떻게 넘길까 싶어 가슴을 졸이던 청중들은 박장대소와 함께 링컨의 깨끗한 판정승에 손을 들어줄 수밖에 없었다.

원칙7

진실에는 언제나 힘이 있다

'공격을 해 오면 그때 봐서 맞받아치면 되지, 뭐.' 하는 생각만으로는 상대방의 예봉을 꺾기 어려울 때가 있다. 이럴 때 상대가 지닌 약점 속에서 많은 이들이 인정할 수밖에 없는 보편적 진실이나 확실한 증거를 잡아낸 뒤, 이를 있는 그대로 적나라하게 드러내 보여주는 방법을 쓰면 예상 외로 좋은 효과를 거둘 수 있다. 진실 속에는 언제나 사람을 움직이는 힘이 있기 때문이다.

두 분은 아무래도

조선미술협회 창립 기념식이 성대하게 열렸다. 그 자리에는 조선 총독 이토 히로부미를 비롯해서 이완용, 송병준 같은 친일파들이 대거 참석했다. 그런데 그 자리에 와 있던 이상재 선생이 이완용과 송병준을 보며 넌지시 이렇게 말하는 것이었다.

"두 분 대감은 아무래도 일본으로 가시는 게 좋겠소이다."

난데없는 이상재 선생의 말에 영문을 몰라 서로의 얼굴을 쳐다보던 두 사람이 선생에게 되물었다.

"별안간 그게 무슨 말씀이십니까?"

그러자 이상재 선생은 눈썹 하나 까딱하지 않고 즉시 대꾸를 했다.

"대감들은 나라를 망하게 하는 데는 누구보다 재주가 뛰어나신 분들 아니오? 그러니 두 분이 일본으로 가기만 하면 틀림없이 일본이 망하게 될 것 아니겠소?"

두 사람은 물론 그 자리에 참석했던 친일파 인사들 모두가 창피해서 얼굴을 들지 못했다.

왜놈이 들어와 있는 나라에서 고개를 숙일 수는 없다며 뻣뻣이 선 채로 세수를 할 정도로 대쪽 같은 삶을 산 월남 이상재 선생에게는, 이완용이나 송병준과 같은 친일파들과 한자리에 있게 됐다는 사실 자체가 불쾌하고 기분 나쁘기 짝이 없는 일이다. 그래서 두 사람이 아무 말 않고 가만히 있는데도 불구하고, 우리의 이상재 선생은 속이 뒤틀려 죽을 지경에 이르렀다. 아무리 기념식장이라고 하지만 그저 좋은 게 좋다는 식으로 모른 척하고 넘어갈 수가 없게 됐다.

그가 던진 말은 눈앞에 있는 두 사람만을 대상으로 한 것처럼 보이지만, 실은 일본에 붙어 나라를 팔아먹은 모든 친일파를 향해 날린 스트레이트 펀치였던 셈이었다. 나라를 팔아먹는 특별한 재주를 가진 사람들이니 일본에 간들 그 짓을 못할 리가 없다.

상대가 지닌 약점을 보며 그 속에서 모든 사람이 수긍하는 진실을 찾아낸 것이 두 사람을 꼼짝 못하게 한 힘이 되었다. 이 이야기를 전해들은 다른 사람들이 어떤 반응을 보였을까를 상상하는 것만으로도 통쾌하기 짝이 없는 일격이었다.

뱃속의 때가지

서양인 선교사가 어느 대감에게 비누 한 궤짝을 선물했다. 대감이 손님들에게 비누 한 개씩을 나누어주자 아첨꾼들은 물을 떠다 손을 씻으면서 비누가 정말 좋다며 수선을 떨어댔다.

"대감, 기가 막히게 때가 잘 지는군요, 허허."

그들의 아첨이 비위에 거슬렸는지 이상재 선생은 비누를 칼로 썰더니 으적으적 씹어먹었다. 그 모습을 본 대감이 깜짝 놀라며 말했다.

"이 사람아, 그건 과자가 아니라 때를 씻는 비누란 말일세."

그러자 이상재 선생은 태연히 대답했다.

"물론 알고 있습니다. 여러분은 비누로 얼굴에 묻은 때를 씻으시겠지만, 저는 뱃속의 때를 벗겨 내려고 이걸 먹는 것뿐입니다."

월남 이상재 선생이 활동하던 시기는 서양의 문물이 물밀 듯 밀려 들어오던 시절이었다. 오랜 쇄국의 문이 열리면서 색다른 서양 문물을 접하게 되자 조선의 식자층이나 가진 자들 중에는 처음 보는 저들의 문화에 거부감을 나타내는 이들도 있었지만, 개중에는 서양 것은 무조건 좋은 것이라며 눈이 뒤집힐 정도로 환장하는 이들도 적지 않았다. 요즘도 남아 있는 양담배니 양복이니 하는 낱말들이 바로 그 시대의 소산이다.

평소에 그런 세태를 바라보며 혀를 차던 이상재 선생에게 눈앞의 광경이 곱게 보일 리 없다. 그렇다고 손님으로 간 대감댁에서 다른 손님들을 나무라거나 욕하며 볼썽사나운 일을 벌일 수도 없다. 끓어오르는 속을 가까스로 진정시키며 이상재 선생은 머리를 굴리기 시작한다.

비누는 물론 손이나 얼굴의 때를 씻거나 빨래를 하는 데 쓰는 물건이다. 그런데 비누가 때를 씻는 데 쓰는 거라면, 굳이 뱃속에 낀 때라고 벗겨내지 못할 이유가 없다. 이건 그 자리에 있는 누구도 부인할 수 없는 진실이다. 뱃속에 시커멓게 끼어 있는 사대주의의 때를 벗겨내지 못하고 있는 아첨꾼들을 향해 이상재 선생은 회심의 한 방을 날린다. '비누는 뱃속의 때를 벗겨내는 데도 그만이지!' 아첨꾼이 우글거리는 당시의 세태를 통렬하게 비판한 것이 후련한 카타르시스를 만들어낸 것이다.

그대에게는 특별히

프로이센의 국왕인 프리드리히 빌헬름 1세는 아첨을 하는 자들을 볼 때마다 그 자리에서 골탕을 먹여주는 것으로 유명했다. 어느 날 왕이 키다리 병사의 그림을 그리던 중 옆에 있는 시종에게 물었다.

"이 그림은 얼마 정도에 팔 수 있을까?"

그러자 시종은 왕의 비위를 맞추어 줄 생각으로,

"100두카텐(옛 독일의 금화)이라도 쌉니다."

하고 아첨을 했다. 그 돈이면 집을 몇 채 살 정도로 큰 금액이었다.

그러자 왕은 짓궂은 웃음을 지으며 이렇게 대답했다.

"이제야 내 그림을 이해하는 사람이 나타났구만. 그대에게는 고마움의 표시로 특별히 50두카텐을 깎아주겠네."

시종은 코가 납작해졌지만, 그렇다고 그림을 사지 않을 수도 없었다.

평소에도 아첨꾼을 싫어하던 왕인지라, 시종이 입에 발린 말을 하고 나서자 단단히 골탕을 먹여야겠다는 생각을 했을 것이다. 여기서 왕이 '마음에도 없는 소리 하지 말라.' 며 핀잔을 주었다면 공연히 왕과 시종 간의 관계만 껄끄러워졌을 것이고, 아첨을 싫어하는 자기의 뜻을 제대로 전달하지도 못했을 것이다. 하지만 왕은 자신의 그림을 알아보는 시종의 심미안을 칭찬하면서도, 아첨에는 그에 상응하는 대가가 따르기 마련이라는 만고의 진리를 확실하게 가르쳐주고 있다.

시종이 왕의 그림을 있는 그대로 보고 또 본 그대로를 얘기했다면 이런 손해는 피할 수 있었을 것이다. 아첨을 하는 사람은 상대방이 상황을 잘 모르는 것으로 착각을 하지만, 아첨을 받는 사람은 아첨하는 사람보다 훨씬 더 속속들이 사태의 본질을 꿰뚫고 있는 경우가 많다. 그래서 대부분의 경우, 아첨은 안 하느니보다 못한 결과를 낳는다.

원칙 8

오는 말이 고와야 가는 말도 곱다

상대방이 부드럽게 나올 때는 이쪽에서도 굳이 억세게 나갈 이유가 없다. 그러나 상대가 이쪽을 기어코 눌러버리겠다고 작정을 하고 덤비는 경우라면 이쪽에서도 그에 상응하는 대응이 필요하다. 어차피 지구전을 펼 생각이 아니라면, 그리고 아무리 생각해도 맞대응을 피할 수 없는 경우라면 상대방이 전열을 가다듬기 전에 확실한 한 방을 날려야 상대방의 전의를 처음부터 꺾어버릴 수 있다. 이런 원칙은 유머에서도 그대로 적용된다.

광견병 약이 필요한 이유

미국의 하원의원 밥 도넌은 극단적인 보수주의 성향의 공화당원(별명이 스텔스 폭격기였다.)으로서 자유주의자나 페미니스트는 물론 동성연

애자와 사회주의자들을 가차 없이 공격하곤 했다. 그런 그가 특히 싫어한 사람이 바로 클린턴 대통령이었다. 그는 클린턴을 '여자들의 체취가 밴 조깅 반바지와 허연 넓적다리로 백악관의 품위를 손상시킨 오입쟁이'라거나 '바람둥이', '수치스런 병역 기피자'라며 틈만 나면 독설을 퍼부었지만, 그 정도 표현은 오히려 칭찬에 가까울 정도였다. 대통령인 클린턴으로서는 정말 골칫거리가 아닐 수 없었다. 클린턴은 이 망나니 같은 의원을 어떻게 대했을까? 언젠가 기자들과의 만남에서 도넌의 독설에 대해 어떻게 생각하느냐는 질문이 나오자, 클린턴은 정색을 하더니 이렇게 대답했다.

"그 사람을 볼 때마다 광견병 약이 왜 필요한지 알 것만 같습니다."

미친 개한테는 물론 몽둥이가 약이다. 그렇다고 대통령 입장에서 '눈에는 눈, 이에는 이' 식으로 대응을 하다 보면 둘 다 똑같은 사람이 돼 버린다. 이럴 때는 맞대응을 피하고 아예 상대의 사정권 밖으로 멀리 떨어짐으로써 상대의 공격을 약화시키거나, 내가 전혀 다른 '물'에서 놀고 있음을 알려줌으로써 상대방의 공격 의지를 무력화시키는 것이 훨씬 더 우아하고 품위 있는 해결책이 될 수도 있다.

상대방을 얘기가 통하는 정상적인 '사람'이 아니라 도대체 말이 안 통하는 '미친 개'라고 규정함으로써, 클린턴은 자기가 사는 세상(인간)과 밥 도넌이 사는 세상(개판)을 완전히 격리시키는 데 성공하고 있다.

뒷집 개가 없었더라면

조계달은 지금으로부터 백 년 전에 의주에서 아전을 지낸 사람인데, 워낙 입이 험해 남에게 위태로운 농담을 곧잘 걸곤 했다. 그러나 이런 농담의 달인도 한 번은 호되게 당한 적이 있었다.

그가 어느 날 거리를 걸어가는데 앞서 가는 어떤 젊은 여자의 치마 뒷자락이 벌어져 있는 게 보였다. 그걸 본 조계달이 여자를 놀려주고 싶은 마음에 한 마디 던졌다.

"여보쇼, 아주머니! 임자네 뒷문이 열렸으니 좀 들어가도 되겠소?"

그러자 여자가 깜짝 놀라 뒤를 돌아보며 맞받아쳤다.

"에구머니나, 뒷집 개가 없었더라면 도둑 맞을 뻔했네!"

농담으로 던진 조계달의 말에 상대방은 더 생각하고 자시고 할 것도 없다는 듯이 험악한 말로 강펀치를 날렸다. 소위 초전박살의 전투 개념을 적용한 셈이다. 그러니 아무리 조계달이라고 한들 머쓱하니 물러날 수밖에 없다.

팽팽한 균형을 과감하게 깨어버리는 이런 전략은 농담을 걸어오는 상대방을 초반에 무참히 까뭉개고 싶을 때 흔히 사용하는 기법이다.

똥이 차야

시골의 버스 종점에서 버스가 출발을 기다리고 있었다. 차 안에는 동네 아저씨와 아주머니 대여섯 명이 타고 있었고, 운전사는 운전석에 앉아서 시동을 걸어놓은 채 손님들을 기다리고 있었다.
그런데 날도 더운 한여름에 시동만 걸어놓은 버스가 금방이라도 갈 것처럼 부릉부릉 엔진 소리를 내면서도 도대체 출발을 안 하는 것이었다. 이제나저제나 출발하기만을 기다리고 있던 사람들 가운데 어떤 성질 급한 아주머니가 참다 못해 운전사한테 큰 소리로 불평을 했다.
"기사 양반, 이 똥차 안 가요?"
그러자 더위를 참느라 잔뜩 열이 오른 운전사가 통명스럽게 대꾸를 했다.
"아, 똥이 차야 똥차가 가지요!"

가뜩이나 더운 날씨에 짜증이 나 있는데 손님이 모멸감을 느낄 정도로 험한 말을 던져오니 버스 기사 역시 악의에 찬 대답을 할 수밖에 없다. 버스 기사가 '조금만 더 기다렸다 가자.' 거나 다른 이유를 대면서 변명을 하려고 했다면, 이런 유머는 나올 수가 없었을 것이다.

공격을 받은 쪽이 일방적으로 당하지만 않고 오히려 통쾌한 역습을 펼치는 모습을 볼 때 사람들은 마치 자기가 그 반격 작전의 주인공이 된 듯한 기분에 사로잡히게 된다. 누구도 예상하지 못한 강력한 역습이야말로 통쾌한 웃음을 만들어내는 유머의 핵심 전략이다.

원칙9

눈에는 눈, 이에는 이

천칭의 한쪽에 추를 올려놓으면 추가 없는 쪽이 위로 올라간다. 세상의 모든 일에는 이처럼 균형의 원리가 작용한다. 오는 게 있으면 가는 게 있고, 주는 게 있으면 받을 때도 있다. '눈에는 눈, 이에는 이' 라는 탈리오의 법칙은 불꽃 튀는 공방이 오고가는 유머의 세계에서도 여전히 그 위력을 발휘한다.

무노동 무임금

양반의 첩으로 있는 젊은 여자 둘이 길에서 만났다.

"댁의 영감은 요즘 어때요?"

"말도 마세요! 지난달엔 생활비를 반밖에 안 주더라구요."

"그래, 가만 있었어요?"

"어떡해요. 그럼? 내가 반 달이나 앓아 누워 있었는데."

일한 만큼 받는 게 이 세상 모든 거래의 기본 원칙인 것은 사실이지만, 자기와 좋아 지내는 첩한테까지 그런 원칙을 적용하는 양반의 모습이 씁쓸한 웃음을 자아내게 한다.

그러나 어쩌랴! 악법도 법인 것을!

계산은 계산이니까

테드가 차를 타고 뉴잉글랜드의 시골 길을 달리다가 송아지를 치고 말았다. 그는 송아지 주인을 찾아 자초지종을 이야기하고는 보상을 해 주기로 합의하고 나서, 요즘 송아지 가격이 어떤지 물어보았다.

"글쎄, 현재 시세로는 40달러지만 앞으로 6년 후에는 300달러는 받을 수 있지요. 그러니 300달러 내시구려."

농부가 테드에게 말했다. 그러자 테드는 농부의 대답을 가만히 듣더니 수표를 끊어 그 농부에게 건네주며 말했다.

"말씀하신 대로 300달러, 여기 있습니다. 그러나 6년 후에나 지불이 가능한 약속어음이니까 그리 아십시오."

자기가 요구한 대로 계산이 된 거니까, 따지고 보면 송아지 주인이 손해본 건 하나도 없다. 하지만 6년 후의 가격을 지금 받을 거라고 기대했던 주인의 계산이 무너지는 순간, 그걸 지켜보는 관중의 입가엔 어쩔 수 없이 안타까운 웃음이 떠오른다. '뿌린 대로 거둔다.' 진리는 오늘도 죽지 않고 살아 있다.

얼마든지 빌려 가세요

마크 트웨인이 책을 빌리려고 이웃집에 가자 그 집 주인이 마크 트웨인을 보며 농담 섞인 말투로 말했다.

"빌려 드리고 말고요. 얼마든지 보십시오. 그러나 한 가지 말씀드리고 싶은 것은 여기서 보셔야 한다는 겁니다. 책은 서재 밖으로 절대로 내보내지 않기로 했거든요."

며칠 후 그 이웃집 주인이 마크 트웨인에게 잔디 깎는 기계를 빌리러 오자 트웨인은 그 사람을 보며 상냥하게 말했다.

"빌려 드리고 말고요. 얼마든지 쓰십시오. 그러나 한 가지 말씀드리고 싶은 것은, 여기서 쓰셔야 한다는 겁니다. 기계는 집 밖으로 절대로 내보내지 않기로 했거든요."

'난 평생 다른 사람들한테 아쉬운 소리 안 할 거야.' 라고 큰소리치는 이들도 있지만, 그렇게 마음대로 되지 않는 게 우리네 인생이다. 이웃끼리 서로 돕고 베풀며 살 수 있다면 얼마나 좋을까마는 '죽어도 내 집 마당에는 안 된다.(Not In My Back yard. NIMBY)' 는 이기주의 때문에 서로가 서로의 발목을 잡는 일들이 연일 벌어지고 있다.

과학 문명이 눈부시게 발전하는 21세기에도 여전히, '내가 원하지 않는 것은 남에게 베풀지 말아야 한다.(己所不欲 勿施於人)'

나중에 뭐가 될까?

교양 있는 어느 부인이 딸을 데리고 택시를 탔다. 택시가 용산역 앞을 지나고 있을 때, 휘황찬란한 불빛 아래서 창녀들이 손님을 끄는 광경을 본 딸이 엄마한테 물었다.

"엄마, 저 여자들은 누구야?"

당황한 엄마가 딸을 보며 말했다.

"응, 자기 남편들이 회사에서 오는 걸 기다리고 있는 거란다."

이 말을 들은 택시 기사가 부인에게 말했다.

"부인, 아무리 어린애지만 저런 나쁜 것은 솔직하게 가르쳐줘야 합니다. 얘야, 저건 창녀들이 남자 손님들을 유혹하는 거란다."

부인은 그 기사의 말에 잔뜩 화가 났다. 그 순간 딸이 다시 엄마한테 다시 물었다.

"으응, 그렇구나. 그런데 엄마, 저런 여자들도 아이가 있겠지? 그 아이들은 나중에 뭐가 될까?"

그러자 엄마가 기다렸다는 듯이 딸에게 대답했다.

"택시 기사나 하겠지, 뭐!"

택시 기사로서도 그런 광경이 아이들 교육에 좋은 영향을 끼칠 것으로 생각하지는 않았을 것이다. 다만 부인의 의중을 정확히 꿰뚫어보지 못한 게 불찰이라면 불찰이었다. 하지만 엄마의 감정은 전혀 달랐다.

그런 광경을 처음 대하는 딸아이 앞에서 엄마는 당연히 낯이 뜨겁고 당혹스러울 수밖에 없다. 어떻게 해서든 빨리 지나가 버렸으면, 그리고 제발 아이 입에서 또 다른 질문이 나오지 않았으면 하며 마음을 졸이고 있는 판인데, 이게 무슨 염장 지르는 소리란 말인가!

그런데 통쾌한 보복의 실마리를 풀어낸 것은 뜻밖에도 자랑스런 내 딸이었다. 엄마가 택시 기사에 대해 좋게 생각하고 있었다면 저런 대답이 나올 수 없다. 게다가 이 세상에 직업의 귀천은 없지 않은가! 결국 이 모든 결과는 택시 기사의 자업자득이 된 셈이다.

원칙10

기회는 항상 군중 속에 있다

많은 사람이 모여 있는 군중 속에서는 아주 작은 계기가 전혀 예상 밖의 커다란 파문을 만들어낼 때가 많다. 이른바 군중심리에 의한 집단 행동이 바로 그런 것이다. 군중이 일단 집단 행동의 조짐을 보일 때는 아무리 이성적인 근거를 들이대거나 논리적인 해명을 하려고 해도 그 흐름을 막기가 어려워진다. 소수의 군중이 그룹이 되고 그룹이 다시 모이면 폭력적인 집단이 되는 경우를 우리는 많이 목격해 왔다. 그러나 그런 집단 행동을 저지할 수 있는 단서 또한 군중 속에 존재하기 마련이다. 따라서 다수의 상대가 공격해 올 때에는 그 다수를 움직이는 논리나 정서 뒤에 숨어 있는 위기 탈출의 기회를 잘 살펴보아야 한다.

가장 헤픈 귀부인부터

프로방스 지방의 지체 높은 가문 출신인 기욤은 그 지방 귀족 부인들 중에서 자기와 관계를 맺지 않은 여자가 없다는 말을 공공연히 떠들고 다녔다.

심지어는 귀족들이 모인 자리에서조차 그런 말을 서슴지 않으면서, 자기가 프로방스의 모든 남편들에게 오쟁이를 지웠노라고 자랑했다.

"나도 그 남편들 중에 속하는가?"

프로방스 영주인 백작마저 기욤에게 그렇게 물을 정도였다. 그러니 원한을 품은 귀부인들이 가만히 있을 리가 없었다. 기욤에게 단단히 복수를 하기로 계획한 그들은 어느 날 연회석을 마련한 다음 기욤을 초청했다. 각자 날카로운 단검 하나씩을 치마폭에 숨기고 있던 그들은 기욤이 도착하자 일제히 몰려들며 그를 꾸짖었다.

"기욤, 그대는 어찌하여 프로방스의 귀부인들을 그토록 모욕했나요? 이젠 당신이 비싼 대가를 치를 차례예요. 이미 짐작했겠지만 당신은 오늘 여기서 살아 돌아갈 수 없어요."

그 말을 마치기가 무섭게 여인들이 날카로운 칼을 뽑아들고 달려들자 오도가도 못하게 된 기욤이 간곡한 어조로 애걸을 했다.

"사랑의 이름으로 부인들께 드릴 소청이 하나 있습니다."

"살려 달라는 말만 아니라면 들어줄 수도 있어요."

그러자 기욤이 음성을 가다듬으며 짐짓 엄숙한 어조로 말했다.

"사랑의 이름으로 간청하옵건대, 부인들 중 자신이 가장 헤픈 여자라고 확신하는 분께서 먼저 저를 찌르시옵소서."

까딱 잘못하면 목숨까지 잃을 수 있는 불리한 상황에서 나를 공격하는 상대방 모두를 물속으로 같이 끌고 들어가는 물귀신 작전을 편 셈이다. 신분이 고귀하신 귀부인들이 한낱 난봉꾼에 지나지 않는 남자 하나를 죽인들 결국 자기들의 흠만 인정하는 꼴이 될 뿐, 달라지는 것도 좋아지는 것도 없다.

상대방의 집단 공격이 그들 자신의 품위만 손상시킬 뿐 결코 자랑스럽거나 누구에게 도움될 일이 생기지 않는다는 점을 일깨워 줌으로써 난처한 상황에서 간단하게 벗어나는 경우는 얼마든지 많다. 예수 그리스도가 간음한 여인을 앞에 놓고 '너희 중에 죄 없는 자가 먼저 돌로 치라.' 고 했던 것도 같은 원칙을 적용한 경우라 할 수 있다.

폭도가 아닌 분들은

19세기에 파리에서 시민들의 폭동이 일어났을 때였다. 폭동 진압을 위해 출동한 어느 장교는 발포를 해도 좋으니 광장에 몰려든 폭도들을 무조건 해산하라는 명령을 받았다. 그는 부하들에게 광장에 모인 군중을 향해 사격 자세를 취하라고 명령했다.

한참 동안 일촉즉발의 정적이 감돌던 가운에 그 장교가 갑자기 칼을 뽑아들더니 큰 소리로 외쳤다.

"여러분, 저는 폭도들을 향해 발포하라는 명령을 받았습니다. 그러나 제 앞에는 점잖고 훌륭한 시민들이 더 많이 계십니다. 시민 여러분들께서는 빨리 이 자리를 뜨셔서 제가 안심하고 폭도들에게 사격을 할 수 있게 해 주시면 감사하겠습니다."

그러자 사람들은 썰물이 빠져나가듯 광장에서 철수하기 시작했다.

'여러분은 결코 폭도들이 아니다.'

폭동을 일으킨 군중을 향해 그렇게 말함으로써, 장교는 선량한 대다수 시민과 폭도들을 심리적으로 분리하는데 성공하고 있다. 뿐만 아니라 그 자리에 같이 있을지 모르는 폭도들에게도 확실한 경고의 메시지를 보냄으로써 대량 학살의 불행을 미연에 방지할 수 있게 된 셈이다.

다수의 상대방 속에 섞여 있는 소수를 찾아 공략하는 이런 유머는 내가 특히 불리한 상황에 처해 있을 경우 큰 효과를 발휘한다.

몇 해 전에 나왔던 영화 <주유소 습격사건>에서 유오성이 상대를 공격하는 장면에서 자주 사용했던 말도 같은 논리가 적용된 사례라고 할 수 있다.

"난 한 놈만 패!"

PART 4

유머의 달인을 만드는 다섯 가지 습관

좋은 습관은 좋은 행동을 낳고
좋은 행동은 성공하는 인생을 만든다.

유머의 달인,
성공하는 유머리스트가 되기 위해서도
반드시 길러두어야 할 습관이 있다.

습관1

속마음을 보여준다

누구든 자기가 마음속으로만 갖고 있는 생각이나 속셈을 들키고 나면 얼굴을 붉히거나 화를 내기 마련이다. 그러나 그런 속마음을 미리 드러내 보여줌으로써 상대방으로 하여금 웃음을 터뜨리게 하는 경우도 얼마든지 많다.

유머를 구성하는 주체인 공격자와 방어자, 그리고 청중은 모두가 본능과 욕망, 감정과 이성을 지닌 인간이라는 특징을 갖고 있다. 인간이 지닌 이러한 본성은 그가 처하는 상황에 따라 겉으로 드러나는 모습이 달라지기 때문에, 자기가 간직하고 있는 속마음을 어떤 상황에서 어떻게 드러내느냐에 따라 유머의 효과 또한 달라지게 된다.

말은 못하지만

이웃 마을에 장이 섰다. 마리우스는 싼 물건이라도 있나 싶어 이 가게 저 가게를 기웃거리면서 사지도 않을 물건값을 물어가며 장사꾼을 놀려대고 있었다. 어느 가게 앞에 가니 예쁜 초록색 앵무새를 팔고 있었다.

"이 암컷은 얼마지요?"

"5천 프랑이요."

"어이쿠, 비싸. 그런 터무니없는 값이 어디 있소?"

"이 새는 말을 잘 하는걸요."

"정말이에요? 무슨 말을 하는데요?"

"제 맘에 안 들 때는 '야, 이 등신아!' 란 말을 하지요."

"아니, 다른 것도 아니고 그런 못된 말을 하다니! 그렇지 않아도 집에서 마누라한테 밤낮 듣고 있는 말인데, 앵무새한테까지 그런 말을 들을 건 없지. 이왕 살 바엔 그쪽 칠면조가 낫겠네. 그건 얼마요?"

"이놈은 말은 못 하지만 아주 싸게 쳐서 1만 프랑만 내시오."

"이것 보시오. 1만 프랑이 싸단 말이오? 아까 저 앵무새는 '야, 이 등신아!' 라는 말이라도 한다지만, 이 칠면조는 말도 한 마디 못 하지 않소?"

"아닙니다, 손님. 이 칠면조는 말하는 대신 마음속으로 그 말을 한답니다!"

싸움은 말리고 흥정은 붙이는 게 모든 인간사의 기본 원칙이다. 그런데 흥정을 붙이자면 거래 당사자인 양쪽이 마음속으로 생각하고 있는 거래의 조건이 적정한 지점에서 서로 만날 수 있어야 한다. 그래야 서로가 손해를 최소화 할 수 있기 때문이다.

말하는 앵무새가 5천 프랑인데 말을 못 하는 칠면조가 1만 프랑이라면 애초부터 거래가 성립될 수 없을 만큼 터무니없는 조건이다. 그리고 장사꾼이 아무리 궤변을 늘어놓으며 우기려고 해도 사는 사람이 그 정당성을 인정하지 않는다면 그만이다. 그러나 손님은 이미 자기의 속마음을 장사꾼에게 들켜버리고 말았다. 그 결과 장사꾼이 내민 두 개의 옵션 중에서 어떤 하나를 놓고 고민할 수밖에 없는 상황에 빠져버렸다.

여기서 손님이 어느 것도 사지 않고 돌아서면 어떻게 될까? 앵무새와 칠면조한테서 똑같이 '야, 이 등신아!' 소리를 들어야 한다. 그러나 1만 프랑이라는 거금을 주고 말도 못 하는 칠면조를 사 가면 어떤 일이 벌어질까? 아무래도 바가지를 쓴 것 같아 속은 쓰리겠지만, 어쩌면 마누라가 맘에 안 드는 행동을 할 때마다 이 기특한 녀석이 자기 대신 속 시원하게 화풀이를 해 줄지도 모른다. 하지만 어떤 선택을 하더라도 그가 듣게 될 소리는 바뀌지 않는다. '야, 이 등신아!'

도대체 누가

젊고 아리따운 여자가 산부인과에 가서 진찰을 받았다.

"임신입니다."

"내 이럴 줄 알았다니까!"

"그래, 아가씨를 이렇게 만든 사람이 누군가요?"

"어머, 선생님이 그걸 알아 뭐 하시게요? 죄다 선생님이 모르는 사람들뿐인걸요."

언뜻 들으면 바보 천치이거나 정신 없는 여자라고 생각할 수도 있지만, 또 한편으로는 의사의 질문 때문에 생긴 곤란한 상황을 재치 있게 넘기는 여자의 기지가 돋보이는 장면이라고 볼 수도 있다.

여기서 여자가 '그런 것까지 일일이 밝혀야 하나요?' 하며 얼굴을 붉혔다면 이야기는 좀 이상한 방향으로 흘렀을지도 모른다. 의사의 질문은 엄연한 사생활 침해에 해당되기 때문이다. 그리고 '어차피 선생님이 모르는 사람인걸요.' 라고 대답했어도 상황은 싱겁게 끝나버렸을 것이다.

그러나 자기만이 아는 마음속의 진실을 살짝 드러내 보여줌으로써, 여자는 의사의 공격 의도를 단번에 무산시키면서 벌어진 입을 다물지 못하게 하는 데 성공하고 있다. 그래서 진실은 힘이 있다.

에펠탑 꼭대기에서

파리의 센 강변에 있는 어느 레스토랑의 지배인이 직원들을 모아놓고 일장 연설을 늘어놓았다.

"우리 식당의 매출을 올리기 위해서 온 시내에서 화제가 될 만한 일을 하나 벌여야겠다. 비용 적게 들고, 기발하고, 누구나 기뻐할 만한 좋은 아이디어를 하나씩 생각해 내도록."

요즘 말로 하면 판촉을 위한 이벤트 아이디어를 내라는 것이었는데, 그렇게 썩 좋은 아이디어란 게 쉽게 나올 리가 없었다. 그러고서 한 달이나 지난 어느 날 한 직원이 지배인에게 제안을 했다.

"멋진 아이디어가 있는데요."

"말해 봐."

"지배인님이 저 에펠탑 꼭대기에 올라가시는 거예요."

"그리고?"

"거기서 뛰어내리신다고 선전하는 거예요. 그렇게만 하면 비용도 한 푼 안 들고, 온 파리 시민들이 우리 레스토랑 이름을 다 알게 될 거고, 당연히 온 장안에 화제가 만발하지 않겠어요?"

"그 다음엔?"

"진짜로 뛰어내리시는 거죠, 뭐."

지배인과 직원 사이의 관계가 이 정도라면 그 레스토랑도 갈 데까지 다 간 셈이다. 어쩌면 그렇게 극도로 불만이 쌓인 상태이고 보니 직원들 입에서 그처럼 살벌한 농담이 쏟아지는 건지도 모른다.

어떤 회사의 사업장에서 노사 분규가 일어나면 으레 임금 인상이나 근무 환경 개선 같은 물리적인 이슈를 들고 나온다. 그런데 협상을 진행하다 보면 분규의 근본적인 원인은 임금이나 근무 환경보다는 평소 경영진과 직원들 사이에서 커뮤니케이션이 원활하게 이루어지지 않았거나, 관리자들이 직원들을 비인간적으로 대하는 데 있는 경우가 많다고 한다. 그러다 보니 노사 양쪽이 각자 자기들의 속마음은 철저히 숨긴 채 사태를 극단적인 상황까지 몰고 가는 일이 자주 벌어지는 것이다.

위기와 갈등이 생겼을 때 자기의 진정한 속내를 살짝 내비침으로써 서로가 파국이 아니라 공존과 상생의 기회를 찾는 습관을 기르는 것이야말로 우리가 유머를 배워야 하는 가장 큰 이유일 것이다.

부끄러워서

신혼 초에 아내는 섹스를 할 때마다 이렇게 말하곤 했다.
"여보, 제발 불은 켜지 말아요."
"왜?"
"부끄럽잖아요."
그런데 결혼 후 10년이 지났는데도 아내의 말은 달라지질 않았다.
"여보, 제발 불은 켜지 말아요."
"왜, 아직도 부끄러워?"
그러자 아내가 말했다.
"아뇨, 또 당신이구나 생각하면 맥이 빠져서요."

부부 사이는 무촌(無寸)이라고 하지만, 그처럼 가까운 사이에서도 할 말과 못할 말은 따로 있다. 차마 입 밖에 내지 못할 말을 아무렇지도 않게 내뱉는 사이라면, 그들은 심각한 문제를 안고 있는 부부임에 틀림없다.

결혼한 지 10년이 넘은 사람들 중에서 이런 유머에 웃음이 나오지 않는 사람이 있다면, 그는 그 방면에 도가 튼 남자이거나 아니면 원만한 대인 관계를 위해 무진 애를 쓰는 사람일지도 모른다. 남녀를 불문하고 그 정도 시간이면 어쩔 수 없이 권태를 느끼기 마련이고, 따라서 좀 더 신선한 자극을 원하게 되어 있다.

그런데 막상 아내가 눈앞에서 이런 말을 한다면 어떻게 될까? 아무리 이해심이 많은 남편이라고 해도, 실망을 넘어서 아내에 대한 노여움이 치밀어오를 것이다. 어쩌면 지레 풀이 죽어서 그나마 시원찮던 섹스가 더 재미없는 의무방어전으로 바뀌어버릴 수도 있다. 그러나 한편으로는 그동안 자기가 아내한테 얼마나 무심했는지 새삼 반성하면서, 지금부터라도 아내와의 관계를 개선해 보자고 스스로 다짐하게 될지도 모른다.

신혼 시절의 열정과 활력을 되찾고 싶으신가? 그렇다면 먼저 자기 자신을 향해 닫아가고 있던 마음의 문을 열고, 아주 조금씩이라도 속마음을 드러내는 습관을 길러보시라. 지금부터 당장!

그게 슬퍼서

어떤 사람이 백만장자 로스차일드 씨가 죽었다는 기사가 나와 있는 신문을 손에 쥔 채 통곡을 하고 있었다.

"아, 당대의 부호가 마침내 돌아가셨구나."

그 광경을 옆에서 보고 있던 사람이 위로의 말을 건넸다.

"정말 안타까운 일이긴 하지만, 당신은 로스차일드 씨와는 아무런 친인척 관계도 없는 사람 아니오?"

그러자 울고 있던 사람이 태연히 대답을 했다.

"바로 그게 슬퍼서 우는 겁니다."

아까운 사람이 죽은 게 정말 안타까워서 통곡을 했다거나, 그 사람이 살아생전에 했던 어떤 일이 생각나서 눈물을 흘렸다면 듣는 사람들이 그럴 수도 있겠다며 고개를 끄덕였을지 모른다. 그런데 단지 돈 많은 사람이 죽었는데도 정작 자기 자신은 그 사람이 남긴 재산에 손 하나 까딱할 수 없는 처지라는 게 서러워 운다니, 생각할수록 기가 막히는 노릇이 아닐 수 없다.

뜻밖의 상황에서 드러나는 인간의 본성은 우리를 웃음 짓게 한다. 내가 평소에 그 거부의 재산을 부러워하지 않았다면, 나와 아무런 관계도 없는 사람이 죽었다는 소식을 듣고 통곡을 할 이유가 전혀 없다. 그런 속마음이 자기도 모르는 사이에 드러났기 때문에, 그걸 듣는 사람들이 어이없는 웃음을 터뜨리게 된 것이다.

부러워라

세 쌍둥이를 낳은 산모에게 친구가 축하 인사를 하러 왔다. 산모는 세 쌍둥이는 만 번에 하나 꼴로 생긴다는 의사의 말을 자랑스럽게 들려주었다.

그러자 친구가 깜짝 놀라서 소리쳤다.

"얘, 넌 그럼 집안일은 도대체 언제 했니?"

생각하면 할수록 부럽기 짝이 없다. 만 번에 하나라니, 도대체 어떻게 된 거야? 일 년은 365일, 10년이면 3650번, 그럼 만 번이 되려면……. 아무리 머리를 굴려도 도무지 계산이 나오질 않는다. 아니, 그럼 밥도 안 먹고 허구한 날 그 일만 했단 말이야? 암만 그래도 그렇지, 이건 말도 안 돼!

산모가 한 말이 정말 무슨 뜻인지 알아듣지 못해서 친구가 이렇게 엉뚱한 질문을 한 걸까? 그럴 리가 없다! 세 쌍둥이를 낳은 산모에게 진심으로 축하를 해 주고 싶은 마음도 있었겠지만, 한편으로는 그렇게 부부 사이가 좋은 산모가 한없이 부러웠던 나머지 애써 숨기고 싶었던 속마음이 자기도 모르는 사이에 살짝 드러났을 뿐이다.

희망은 오로지

의사는 이제 사실대로 환자에게 얘기하기로 했다.

"어떻게 말해야 좋을지 모르겠습니다만, 어쨌든 사실을 알려드리는 게 마땅하다고 생각했습니다. 선생은 이제 길어야 이틀 정도밖에 살 수가 없습니다. 그러니 지금이라도 꼭 하시고 싶은 일이 있으면 서둘러 하십시오. 누구든 만나고 싶은 사람은 없습니까?"

그러자 환자가 잔뜩 풀 죽은 모습으로 모기만한 소리로 말했다.

"있긴 있는데요."

"누군지 말씀하십시오. 곧바로 연락해서 오시게 하겠습니다."

그 말을 들은 환자가 이젠 살았다는 듯이 환한 얼굴로 대답했다.

"다른 의사 선생님이요."

정말 맘에 들지는 않았지만, 그래도 담당의사 체면을 생각해서 이제까지 참고 참아온 거였다. 그런데 막상 이 양반한테서 사망선고를 듣고 나니, 그동안 왜 말 한 마디 딱 부러지게 하지 못했나 싶어 억울하고 원통한 마음뿐이다. 내가 죽고 나면 모든 게 다 끝장인데, 왜 그렇게 바보같이 수동적인 자세로 죽음을 기다리고만 있었단 말인가.

늦었지만, 그리고 정말 돌이키기는 힘들겠지만, 그래도 가슴속에 묻어두었던 마지막 말 한 마디는 해야겠다. 날 정신 나간 사람이라고 욕해도 좋고, 버럭 화를 내며 돌아나가도 좋아. 하루라도 맘 편하게 살다 죽을 수만 있다면, 그거야말로 환자인 나의 마지

막 권리 아니겠어? 그러니 기분 나쁘더라도 참고 들어줘. '다른 사람 없어?'

편지를 보내는 까닭은

오하이오 출신의 상원의원 스티븐 영은 잘 모르는 사람에게서 투서나 협박성 편지를 받을 때마다 이런 내용의 메모를 적어 되돌려 보내곤 했다.

"며칠 전 책상에서 편지를 발견했습니다. 본 의원은 귀하처럼 우리 사회의 책임 있는 시민이라면, 이따위 말도 안 되는 편지에 귀하의 서명을 붙여서 보낸 정신 나간 사람이 도대체 누구인지 알고 싶어하실 것 같아, 이 편지를 귀하에게 돌려 보내는 바입니다."

편지의 주인공이 누군지 빤히 알면서도 그는 일부러 모르는 척 딴전을 피우고 있다. 기분이야 더없이 나빴지만, 그는 자기의 지역구에 사는 주민들이라면 이렇게 정신 나간 행동을 할 리가 없다는 점을 은근히 강조함으로써, 상대방에게 다시는 이런 편지를 보내지 말라는 무언의 압력을 가하고 있다.

선뜻 얘기를 하기도 쉽지 않지만 그렇다고 아무 말 안 하고 넘어가는 것도 왠지 개운치 않다는 생각이 들 때는, 이처럼 논점을 흐려버리거나 공격의 화살을 엉뚱한 사람에게 돌리는 것도 좋은 방법이다.

습관2

급한 불을 먼저 끈다

불이 났을 때는 불이 나게 된 원인을 따지기 전에 우선 눈앞의 불부터 끄고 봐야 한다. 곤란한 일을 당하거나 위급한 상황에 처하게 됐을 때도 마찬가지다. 그 일이 일어나게 된 이유나 원인을 분석하는 데 시간을 쓰다 보면, 정작 눈앞에서 벌어지는 사태에 제대로 대응할 시간을 놓치게 될 때가 많다.

이 원칙은 유머에서도 그대로 적용된다. 상대방이 나를 궁지로 몰겠다고 덤비는 상황이거나 상대의 공격으로 인해 위기에 처하게 됐을 때는, 일단 눈앞에서 타오르는 불부터 달려들어 끄고 보는 게 상책이다. 일단 불을 끄고 나면 여유가 생기기 마련이고, 여유가 생기게 되면 2단계 유머를 구사할 수 있게 된다. 그리고 그런 태도가 습관으로 이어질 수 있다면 다른 이들에게서 '순발력 있는 사람' 이라는 평가를 듣는 것도 그리 어렵지 않을 것이다.

알려드릴 수는 없지만

서기 7세기 경 처음 도입된 가톨릭의 고해성사 제도에 획기적인 변화가 생긴 것은 그 제도가 도입된 후 천년 가까운 세월이 지났을 때였다. 1622년 8월 30일 교황 그레고리우스 15세는 신도가 고해한 내용을 이해 당사자에게 알려줄 수도 있다는 내용의 교서를 내렸다.

당시 예수회 소속 사제 중에 꼬똥이라는 이가 있었는데, 그는 세속 물정에 밝고 약삭빠른 사람이었다.

어느 날 루이 13세가 그에게 물었다.

"어떤 자가 짐을 시해하려고 작정한 다음 그러한 결심을 고해소에서 털어놓는다면 사제께서는 그 사실을 짐에게 알려주시겠소?"

부왕인 앙리 4세가 광신도의 손에 목숨을 잃은 아픈 기억이 아직도 생생한 왕으로서는 당연한 질문이었다. 그러자 꼬똥은 서슴지 않고 이렇게 대답했다.

"결코 폐하께 고변을 하지는 않겠사옵니다. 하지만 실제로 그런 일이 생긴다면, 제가 폐하와 암살범 사이로 뛰어들겠나이다."

왕을 시해할 음모를 꾸민 것만으로도 대역죄는 성립된다. 그러니 그런 음모를 알고도 고변을 하지 않는다면 그 또한 중벌을 받아 마땅한 일이다. 절대 권력을 휘두르는 왕 앞에서 말 한 마디라도 잘못 아뢰었다가는 아무리 사제라고 해도 목이 달아날 판이다. 게다가 상대방은 부왕의 암살이라는 비극적인 사건을 직접 경험한 아들이 아닌가!

왕의 요구를 곧이곧대로 들어주자니 그동안 자기를 철석같이 믿어온 신자들의 비난이 두렵기도 하거니와, 사제로서의 양심상 차마 그 일만은 할 수가 없다. 그렇다고 광신도도 신자인 이상 고해 내용을 알려줄 수 없다고 대답하자니 단 하나밖에 없는 목숨이 달아날지도 모른다는 생각에 온몸이 떨려온다. 이걸 어떻게 해야 하나?

하지만 궁리를 하다 보면 통하는 방법이 나오기 마련. 왕이 던진 논점에 말려들지 않고 그 논점과 일정한 거리를 둠으로써 모두를 한꺼번에 살리는 묘안이 나왔다.

당연하죠!

체중이 갑자기 늘어 130kg이 넘게 된 어느 교사가 아이들이 뚱보라고 놀리지나 않을까 걱정이 돼서 의사를 찾아갔다.
"제일 적게 나갔을 때의 체중이 얼마셨죠?"
의사가 묻자 그는 당연하다는 듯이 이렇게 대답했다.
"3.3kg요!"

그렇지 않아도 체중이 너무 많이 나가 고민인데 지나간 일들을 떠올려보라고 하니 더 죽을 맛이다. 환자의 병력에 대해 묻는 거야 의사의 권한이니 뭐라고 대들 수도 없다. 제발 질문 좀 그만하고 다이어트 처방이나 빨리 해 줬으면 좋으련만, 의사는 눈 하나 깜짝 하지 않고 집요하게 물고 늘어진다. 이걸 어떻게 한다?

초점의 대상이 되고 있는 논점에서 벗어남으로써(논점 일탈) 눈앞의 위기 상황을 탈출하는 기교는 유머를 만드는 데 있어서 가장 중요한 전략 중의 하나다.

누구나 이 세상에 처음 태어났을 때의 체중이 가장 가볍기 마련이다. 그런 당연한 사실(당연한 사실이기 때문에 난센스처럼 들릴 수도 있다.)을 들이댐으로써 교사는 의사의 추가 질문을 조기에 차단하는 동시에, 환자인 자기를 위해 의사가 해야 할 일이 무엇인지를 분명하게 알려주는 데 성공하고 있다.

'미안합니다, 솔직한 게 제 습관이라서요.'

임자가 오면

시골 할머니 한 분이 독립기념관에서 구경을 하며 돌아다니느라 몹시 피곤해서 의자에 앉아 쉬고 있는데 경비원이 다가와 제지를 했다.
"할머니, 그 의자는 김구 선생 의자예요. 앉으시면 안 돼요!"
그래도 할머니가 못 들은 척 태연히 앉아 있자 경비원은 다시 한 번 큰 소리로 자리를 비워 달라고 말했다. 그러자 할머니가 화를 버럭 내며 따졌다.

"아니, 이 답답한 양반아. 임자가 오면 비켜주면 될 거 아닌감!"

김구 선생이 누군지는 모르지만, 주인이 아직 오지 않았으니 잠깐 앉아 있는다고 해서 크게 잘못될 것도 없잖아! 게다가 이 넓은 독립기념관을 돌아다니느라 발이 부르틀 정도가 됐는데, 모처럼 찾은 이 편한 의자에 앉자마자 일어나라니! 그럴 수는 없지.

그러면서도 마음 한편으로는 왠지 꺼림칙한 것도 사실이다. '나도 김구 선생이 누군지 정도는 다 알아. 그리고 이 의자가 나 같은 관람객이 앉으면 안 되는 의자란 것도 다 알아. 하지만 말이야, 죽은 사람도 중요하지만 산 사람은 더 중요한 거 아냐? 잠깐 못 본 척하고, 이 할망구 좀 봐줘.'

미안한 내색을 감추며 조금만 더 앉아 있으려는데, 이놈의 경비원이 자꾸만 꼴사납게 딱딱거린다. 에라, 모르겠다. 못 먹는 감 찔러나 본다고 냅다 한 마디 질러버렸다. 그랬더니 웬걸, 경비원이 움찔 하며 슬쩍 물러서고 만다. 그럼 그렇지!

'나 같은 할망구 붙잡고 말싸움이나 해 본들 득될 게 뭐가 있겠어. 내 조금만 앉아 있다가 일어설 테니까 그리 알라구, 알았지?'

지금 당장은

질문자 : 대통령 각하, 각하는 대통령의 중임을 허용하는 현재의 제도에 만족하시는 것으로 알고 있습니다. 그렇다면 전임 아이젠하워 대통령처럼 대통령이 두 번째 임기 중에 제대로 임무를 수행할 수 없는 상황에 처하게 됐을 때, 의회에서 대통령을 뽑는 문제에 대해서는 어떻게 생각하시는지요?

케네디 : 그건 두 번째 선거에서 당선된 뒤에나 생각해 볼 문제 같네요.

새로운 전략이 마련될 때까지 시간을 벌어야 할 필요가 있을 때나 지금 당장 자신의 생각을 분명하게 밝히기 어려울 경우에는 일단 시간을 벌고 보는 전략이 도움이 될 수도 있다.

사람이 살다 보면, 적당한 답변이나 해결책을 찾기 위해 머리를 굴리다가 쓸데없이 책잡히는 것보다는 즉답을 보류하면서 여유를 갖는 쪽이 훨씬 더 마음 편할 때가 더러 있다. '세월이 약'이 되는 상황은 유머의 세계에서도 얼마든지 많이 만날 수 있다. 그리고 일단 벌어놓은 시간은 눈앞에서 타오르는 불을 끄는 데 아주 유용한 소방수가 되어주기도 한다.

습관3

남의 일처럼 얘기한다

빠져나가기 어려운 상황에 처하게 됐거나 위기를 탈출할 수 있는 묘책이 얼른 떠오르지 않을 때는, 눈앞에 벌어진 사태를 남의 일처럼 얘기하거나 제3자인 양 가장하며 능청을 떠는 습관도 꽤 유용한 전략이 될 수 있다.

이런 전략이 먹혀들 수 있는 이유는 간단하다. 어떤 문제를 제3자의 시각에서 바라본다는 것은 그 사태를 객관적으로 보고 판단할 수 있는 전지적(全知的) 또는 초월적 관점에 선다는 것을 뜻하기 때문이다. 이 전략은 청중으로 하여금 눈앞에서 일어나는 사건에 대해 거리를 갖게 하면서 이제까지 당연하다고 생각했던 일들을 비판적인 시각으로 바라보게 한다는 점에서, 독일의 극작가 베르톨트 브레히트가 즐겨 썼던 소외 효과(alienation effect)와도 비슷한 점이 있다.

일부러 그런 건 아냐

하버드 대학에 다니던 시절, 존 케네디는 여름 방학 기간 동안 룸메이트인 로버트 맥도널드와 함께 유럽 횡단 여행을 하기로 계획했다. 두 사람은 파리에서 중고 자동차를 빌려 리비에라까지 드라이브를 하게 되었다.

그런데 케네디는 맥도널드가 운전을 하는 내내 이런저런 잔소리를 해대며 친구를 귀찮게 했다. 참다못한 맥도널드가 핸들을 케네디에게 넘기자 그는 운전은 이렇게 하는 거라며 신나게 차를 몰기 시작했다. 그러던 중 갑자기 핸들이 흔들리면서 차가 길 옆으로 미끄러지기 시작하더니 급기야는 길 옆에 거꾸로 처박히는 사고가 일어났다. 자칫 잘못했으면 목숨을 잃을 뻔한 상황이었다. 그런데도 케네디는 마치 아무 일도 없었다는 듯 태연한 얼굴로 친구를 돌아보며 이렇게 말하는 것이었다.

"어이, 밥. 우리가 일부러 이런 건 아니지? 안 그래?"

조용이나 있었으면 모를까, 운전에는 내가 도사라며 그렇게 잘난 척하던 케네디가 사고를 냈으니 친구 입장에서는 기도 안 찰 일이다. 그렇다고 '까불더니 거 봐라.' 하며 면박을 줄 수도 없는 상황이라 잠시 머뭇거리고 있는 중인데 웬걸, 당사자인 케네디가 남 얘기 하듯 먼저 사태를 수습하겠다며 나선다.

어차피 차는 뒤집어졌는데 갈 길은 아직 많이 남아 있으니, 두 사람이 지금 당장 해야 할 일은 뒤집힌 차를 바로 세우는 일이다.

지나간 일을 들추며 신경전을 벌여봤자 서로 얼굴만 붉히게 될 뿐, 사태의 해결에 도움될 건 하나도 없다. 제 실수를 알기는 아는지 머쓱한 표정을 지으면서도 화해를 구하는 케네디의 모습을 보며, 맥도널드는 어쩔 수 없이 마음을 가라앉히고 만다.

'그래, 네 말이 맞다, 이 화상아!'

여자가 오래 사는 이유

아내가 남편에게 물었다.
"왜 여자가 남자보다 오래 살까요?"
그러자 남편이 비꼬듯 대답했다.
"여자한테는 밤낮 바가지 긁어대는 마누라가 없잖아!"

여기서 아내가 실제로 바가지를 자주 긁는 편이었다면 상황은 좀 심각해질 수도 있다. 스트레스가 수명을 단축하는 주범 가운데 하나라는 것이 의학적으로도 증명된 사실인 이상, 아내의 바가지 때문에 자기 수명이 단축될 수도 있다는 생각을 남편이 갖고 있다면 아내도 일말의 책임을 면할 수가 없기 때문이다. 이때 남편의 대답은 유머가 아니라 판을 뒤엎자는 폭탄 선언으로 들릴 수도 있고, 설령 그 정도까지는 아니라 하더라도, 최소한 부부 싸움의 도화선이 될 것만은 틀림없다.

그러나 아내도 남편한테 바가지를 긁은 기억이 별로 없고 남편

또한 아무 생각 없이 남의 일 얘기하듯 이런 대답을 한 것이라면, 두 사람 사이에는 아무 일도 생길 게 없다. 아내는 '이 양반 유머 감각이 그런 대로 괜찮은 수준이네.' 하며 웃고 넘길 수 있을 것이고, 남편은 그런 아내를 바라보며 자신의 유머 감각을 더욱더 갈고 닦아야겠다는 다짐을 하게 될지도 모르니까.

'훌륭한 유머 감각은 상대를 인정하는 습관에서 나온다.' 당신과 아내는 어느 쪽일까?

그러니까 그렇지

언젠가 케네디 대통령이 부인 재클린 여사와 함께 골프를 치고 있을 때였다. 재클린이 17번 홀에서 벙커에 빠진 공을 쳐내려고 안간힘을 다하고 있었지만, 웬일인지 공은 벙커를 벗어나지 못하고 번번이 그녀의 발 앞으로 굴러 내려오곤 했다.

그 모습을 본 케네디가 참견을 하고 나섰다.

"골프 클럽을 오른쪽으로 좀 더 돌려 봐요. 됐어요, 그렇게 해 봐요!"

케네디가 끊임없이 조언을 해 줬지만 재키에게는 아무 소용이 없었다. 그러자 참다못한 케네디가 재클린에게 뛰어가더니 그녀의 골프채를 낚아챘다.

"내가 하는 걸 잘 봐요."

케네디는 골프채를 두어 번 공에 갖다 대본 후 유연한 폼으로 골프채를 휘둘렀다. 그런데 공이 꽤 높이 솟아오르는가 싶더니 얄밉게도 케네디의 발 앞으로 다시 굴러 떨어지는 것이었다. 그러자 케네디는 골프채를 재클린에게 돌려주며 천연덕스럽게 말했다.
"거봐요. 당신이 이런 식으로 치니까 안 되는 거란 말이오."

일반 국민들에게는 부유한 가문 출신의 젊은 대통령과 지적이고 화려한 개성을 지닌 퍼스트레이디가 무척 좋은 사이처럼 보였지만, 정작 케네디와 재클린 부부는 여러 면에서 많은 갈등을 겪으며 지냈던 것으로 알려져 있다. 특히 케네디의 난잡한 여성 편력 때문에 재클린은 늘 노심초사하며 백악관 구석구석에 감시의 눈초리를 보냈던 모양이다.

그러면서도 부부는 세간의 이목을 의식하며 원만한 부부 관계를 과시하기 위해 나름대로 꽤 노력을 했던 것 같다. 같이 골프 치는 모습을 자주 보여주려고 했던 것도 그런 노력의 일환이었을 것이다. 하지만 골프를 그렇게 좋아하지 않았던 재클린으로서는 이처럼 남들 눈을 의식하며 코스를 돌아야 하는 전시용 골프가 엄청난 부담이 아닐 수 없었다.

벙커에 공이 빠지는 바람에 가뜩이나 낑낑 대며 땀을 빼고 있는 판인데, 남편인 케네디는 멀찌감치 서서 이래라저래라 끊임없이 훈수를 해댄다. 때리는 시어머니보다 말리는 시누이가 더 밉다고, 잔뜩 약이 올라 있는 마당에 케네디가 다가오더니 직접 한수 가르쳐주시겠단다. 어디 두고 보자!

그런데 몇 번 벙커 탈출을 시도하던 케네디가 끝내 팽개치듯 골프채를 그녀에게 돌려준다. 그럼 그렇지! 그러고 나서도 가만히나 있으면 2등은 할걸, 속 뒤집어지는 한 마디를 잊지 않는다. 그런 식으로 치니까 안 된다니! 이래저래 속은 불편하지만, 사돈 남 말 하듯 딴 소리를 하며 빠져나가는 남편을 바라보면서 그래도 재클린은 기자들의 카메라를 향해 활짝 웃음을 지어 보일 수밖에 없다. '아이고, 이 잘난 양반아!'

이래 봬도

미모의 여선생이 버스를 탔는데 옆자리의 승객이 질문을 던졌다.
"애들이 몇이나 되세요?"
여선생은 자기가 가르치는 학생 수를 묻는 줄 알고 '서른일곱 명'이라고 자신 있게 대답했다. 그런데 그 말을 들은 다른 사람들이 도저히 믿을 수 없다는 듯이 낄낄거리며 웃어대는 것이었다.
그러자 자기가 그렇게 많은 학생을 가르칠 능력이 없는 사람 같아 보여서 비웃는 거라고 생각한 여선생이 화를 내며 쏘아붙였다.
"사람 무시하지 마세요. 이래 봬도 우린 조수까지 쓰고 있다구요!"

곤란한 상황에 처하게 됐을 때 무슨 수를 써서든 거기에서 벗어나야겠다는 생각에만 골몰하다 보면, 상대방의 의도를 잘못된 방향으로 확대 해석하게 되거나 질문의 초점에서 벗어나는 엉뚱한 반응을 보이게 될 때가 있다. 그 결과, 나 때문에 일어난 일을 남의 탓으로 돌리거나 내가 당연히 책임져야 할 일을 나와는 전혀 상관이 없는 남의 일처럼 말하게 되는 경우가 생기게 된다. '남의 일처럼 얘기한다.' 는 유머 습관을 거꾸로 적용하는 경우이다.

문제는, 그럴수록 사태가 더 악화되기만 할 뿐 해결의 실마리를 찾기가 점점 더 어려워진다는 데 있다. 여기서도 마찬가지다. 아이 낳느라고 조수까지 채용하다니! 아이가 서른일곱 명이라는 대답에 사람들이 왜 웃었는지 물어보기만 했어도 이렇게 일이 커지지는 않았을 것이다. 결국 사람들이 자기를 무시하는 거라고 지레 짐작하면서, 어떻게 해서든 변명을 해야겠다고 생각하다 보니 이런 무리수를 두게 된 것이다.

그 다음 일이야 어찌 됐든, 이 선생님 정말 대단한 분이다!

습관4

마지막 순간을 기다린다

'호랑이한테 물려가도 정신만 차리면 산다.'

실제로 호랑이한테 물려갔다가 살아올 수 있는 사람이 과연 있을까마는, 적어도 유머의 세계에서는 벼랑 끝까지 몰렸다가도 불사조처럼 다시 살아날 수 있는 기사회생의 전략이 얼마든지 많다. 문제는 언제까지 참고 기다릴 수 있느냐, 그리고 그 기다림 끝의 마지막 반전을 위해 평소에 어떤 준비를 해 두느냐에 있다.

그게 바로 나였어

존이 죽어가고 있는 아내 곁에서 시중을 들고 있었다. 아내는 목소리조차 알아듣기 힘들 정도였다.

"여보."

아내가 숨을 헐떡이면서 말을 이었다.

"이 세상을 떠나기 전에 당신한테 고백하고 싶은 게 있어요. 당신 금고에서 1만 달러를 훔친 사람이 바로 저예요. 그리고 그 돈을 당신 친구인 찰스와 바람 피우는 데다 써버렸어요. 그뿐이 아니에요. 당신이 만나던 여자를 이 동네에서 쫓아낸 것도 바로 저예요. 당신이 탈세한 걸 세무서에 몰래 신고한 것도 저예요. 여보, 정말 잘못했어요."

그러자 남편인 존이 아내를 토닥거리며 달랬다.

"이젠 괜찮아. 여보! 뭐 그렇게까지 깊이 뉘우칠 필요는 없어. 그동안 당신한테 조금씩 독약을 먹여온 사람이 바로 나니까."

그럴 리가 없다고 철석같이 믿었는데 이게 웬 날벼락이란 말인가! 정직하고 정숙하고 마음씨 곱기가 비단결 같다고 생각했는데, 알고 보니 이 여편네야말로 거짓말쟁이에다 바람둥이에다 온갖 나쁜 짓은 혼자 다 저지르고 다닌 천하에 몹쓸 여자였다. 이걸 도대체 어떻게 해야 한다?

하지만 내가 그동안 아무것도 모르고 있었다고 생각했다면 그거야말로 오산이다. 진작에 아내의 못된 짓을 눈치 채고 있었다는 것, 그리고 조금씩 조금씩 이런 날이 올 것에 대비해 오고 있었다는 걸 아내는 꿈에도 생각하지 못했을 것이다. 자, 이제 아내의 고백은 다 들었으니, 그동안 내가 해 온 일에 대해서도 설명을 해 줘야 할 차례가 됐구만.

실제로 일어나기는 힘든 상황이지만 아내는 아내대로, 또 남편은 남편대로 각자 자기가 날릴 최후의 펀치를 준비하고 있었던 셈이다. 최종 승자는 누구일까? 감출 수 있는 데까지 자신의 속마음을 감추며, 마지막 순간에 날릴 최후의 일격을 끝까지 숨기는 쪽이 결국 이길 수밖에 없다.

약효를 증명하자면

어떤 도사가 여자를 유혹하는 약을 만들어 팔면서 그 약을 여자의 몸에 뿌리면 여자가 이내 흥분을 한다며 선전을 하고 다녔다.
어느 날 마을의 젊은이가 그 약을 사러 왔는데 마침 도사가 집에 없었다. 젊은이가 도사의 젊은 아내한테 사정 이야기를 하자 그녀는 할 수 없이 젊은이에게 약을 내주었다. 그런데 젊은이는 그 약을 받자마자 도사의 아내에게 뿌리고 나서 그녀를 강제로 범하고 말았다.
잠시 후 집에 돌아온 남편에게 아내가 그동안 있었던 일을 곧이곧대로 이야기하자, 도사는 불같이 화를 내며 소리를 질렀다.
"어떤 놈이야? 내 이놈을 당장 요절내고 말 테다!"
그러자 길길이 뛰는 남편을 달래면서 아내가 말했다.
"아까 내가 그 젊은이의 요구를 거절했더라면 당신이 만든 약이 가짜라는 소문이 파다하게 났을 거예요. 그러니 제발 노여움을 푸세요. 약의 효과를 제대로 한 번 증명했다고 생각하면 되잖아요."

젊은이한테 당한 게 서럽고 분해서 눈물을 흘리거나 얼굴을 붉히고 있었더라면 일이 한층 더 복잡하게 전개됐을 것이다. 그런데 곰곰 생각해 보니, 자기가 젊은이의 요구를 딱 부러지게 거절하지 못한 잘못도 분명히 있기는 있다. 하지만 남편인 도사 앞에서 그 사실을 이실직고할 수는 없는 일.

그래서 자기한테 불리한 얘기는 처음부터 쏙 빼버리고 젊은이의 폭행 사실에 대해서만 있었던 그대로 일러바친 것인데, 그 순간 분을 참지 못한 남편이 길길이 뛰기 시작한다. '이건 아니야, 이렇게 나가면 누구한테도 도움될 일이 없잖아.'

따지고 보면 젊은 여자가 혼자 있는 집에 그런 약을 두고 나간 남편에게도 책임이 전혀 없다고는 할 수 없다. 그리고 이제 막 만들어 팔기 시작한 약의 효과를 선전하는 일도 걱정이라면 걱정이다. 더구나 젊은이를 잡아다 혼쭐을 낸다고 해서 자기가 당한 일이 없어지는 것도 아닐 뿐더러, 온 동네에 소문이 날 경우에는 약장사에도 타격이 올 수밖에 없다.

궤변과 모순을 복잡하게 얽어가며 설득하자, 사람 좋은 남편이 가까스로 주저앉는다. 마지막 순간까지 내 속마음을 드러내지 않고도 사태를 진정시켰다는 걸 깨닫는 순간, 절로 안도의 한숨이 나온다.

'그나저나 그놈의 약, 효과 한 번 끝내주네!'

자네 부인이?

교회 장로의 품행에 문제가 있다는 소문이 자자했다. 그러던 어느 날 고지식하기 짝이 없는 한 사나이가 장로를 만나 대담하게 물고 늘어졌다.

"장로님, 우리 동네에 숨겨 놓은 애인이 있으시다면서요?"

"저런, 저런! 자네 부인이 그런 말을 하던가?"

제3자(청중 또는 독자)의 입장에서 이 유머를 들었다면 장로는 정말 나쁜 사람이 아닐 수 없다. 아무도 모를 거라고 생각하며 숨기고 있던 자신의 비행을 얼떨결에 털어놓을 만큼, 장로는 어리석은데다가 '제 발 저린 도둑'이 틀림없기 때문이다. 그 결과, 모두가 빤히 아는 사실을 장로 혼자만 모르고 있다는 게 드러나면서 주변에 있던 이들이 실소를 금치 못하게 된 것이다.

그러나 장로의 입장에서 보면 상황이 정반대가 될 수도 있다. 장로는 그 사나이의 부인뿐만 아니라 그 동네의 어떤 여자들과도 실제로는 아무런 관계를 맺고 있지 않을 수 있다. 그럼에도 불구하고 하도 소문이 무성하다 보니, 언제든 기회만 생기면 자기의 결백을 밝혀야겠다고 벼르던 참이었다. 그런데 마침 착하고 순진하기 짝이 없는 사내가 대놓고 질문을 던져 왔다. '그래, 이 친구라면 내 진실을 털어놓아도 괜찮을 거 같군.'

'자네 부인이 그럴 사람이 아니라는 걸 자네가 굳게 믿는다면,

나 또한 그럴 사람이 아니란 걸 당연히 믿어줘야 하지 않겠나?' 바로 이 말을 하고 싶었던 장로를 향해, 우리의 착한 사내는 기꺼이 무혐의 판정을 내려줄지도 모른다.

'그럼요, 우리 집사람은 절대로 그럴 리가 없어요. 그리고 우리 집사람이 안 그렇다면, 정말 아무 일도 없는 거예요.'

귀부인과 돼지

몸집이 풍만한 어느 귀부인이 한껏 치장을 하고는 공원에 나와 한가롭게 산책을 하고 있었다. 손가락에는 보석이 반짝거리고 진주 목걸이에서는 영롱한 빛이 뿜어져 나왔다. 당연히 공원에 있는 뭇사람들의 시선이 그 귀부인에게로 쏠리고 있었다. 특히 여자들은 질투와 부러움이 뒤섞인 복잡한 시선으로 그녀를 바라보고 있었다.

공원에서 가난한 청년과 데이트를 하고 있던 아가씨도 그 귀부인에게서 눈을 떼지 못하고 있었다. 그런데 애인의 그런 모습을 본 청년이 갑자기 속이 뒤틀렸는지 귀부인을 향해,

"이 돼지 같은 여자야!"

하고 소리를 쳤다.

"뭐, 뭐라고? 돼지라니?"

귀부인이 얼굴을 붉히며 대들었지만 청년은 오히려 코웃음을 쳤다.

"그래, 이 돼지야!"

청년의 모욕에 화가 난 귀부인은 청년을 끌고 가 고발을 했다. 그러자 한참 동안 자초지종을 들은 재판장이 이렇게 판결을 내렸다.

"귀부인께 돼지라고 한 것은 큰 모욕이다. 청년을 벌금형에 처한다."

그때 벌금형을 선고받은 청년이 재판장을 향해 입을 열었다.
"재판장님, 선고하신 벌금은 기꺼이 내겠습니다. 그런데 한 가지 여쭙고 싶은 말이 있습니다."
"무엇인가?"
"돼지한테 귀부인이라고 하면 죄가 됩니까?"
"아니다, 그건 상관없다. 돼지한테는 무슨 말을 해도 괜찮다."
그 순간 재판장의 말을 들은 청년은 얼굴을 묘하게 실룩거리더니 옆에 있는 귀부인 쪽을 바라보면서 이렇게 말했다.
"들으셨죠, 귀부인? 그럼 안녕히 가십시오."
청년의 말에 귀부인의 얼굴이 붉어지는 것과 동시에 법정이 떠나갈 듯한 폭소가 터져 나왔다.

아무리 어렵고 곤란한 상황에서도 탈출의 기회는 항상 있기 마련이지만, 그런 기회가 아무에게나 오는 것은 아니다. 홧김에 부인을 향해 모욕적인 말을 퍼붓기는 했지만, 청년으로서는 도저히 이대로 선선히 물러설 수가 없다.

물론 부인의 뚱뚱한 몸매를 돼지에 비유해 놀린 것은 잘못이다. 그러나 돼지같이 생긴 사람한테 돼지라고 했을 뿐인데 법정에 끌려가 벌금까지 내게 됐으니, 생각할수록 속이 끓어오르고 부아가 치민다. 도대체 있는 사실을 있는 그대로 얘기한 게 뭐가 잘못이란 말인가! 재판을 받는 동안 내내 머리를 굴리며 복수의 기회를 찾던 청년에게, 재판장은 뜻밖에도 천금 같은 유권해석을 내려주신다. 돼지한테는 무슨 말을 해도 좋다!

유머의 세계에서도, 나한테 불리한 상황을 일거에 뒤집어버리는 극적인 반전과 통쾌한 복수의 기회는 마지막 순간까지 준비하며 기다리는 사람에게만 온다.

도둑놈의 초상

어떤 사업가가 젊은 화가에게 자신의 초상화를 그려 달라고 부탁했다. 그러나 약속한 날짜에 초상화를 찾으러 화가의 집을 방문한 사업가는 그림 속의 인물이 전혀 자기를 닮지 않았기 때문에 초상화를 인수할 수 없다면서 약속한 5백 달러도 줄 수 없다고 말했다.

사업가의 말에 화가는 당황한 빛이 역력했지만 이내 마음을 가라앉히며 이렇게 부탁했다.

"그림이 당신 얼굴과 닮지 않았기 때문에 인수를 거부한다는 편지를 써서 제게 보내주실 수 있겠습니까?"

사업가는 화가의 요청을 흔쾌히 받아들였다.

몇 개월 뒤 시내의 한 미술관에서 전시회가 열렸다. 사전에 연락을 받은 그 사업가도 전시회를 관람하러 왔다. 그런데 미술관을 둘러보던 그의 눈에 자기가 부탁했던 초상화가 걸려 있는 게 보였다. 호기심이 발동한 그가 초상화를 들여다보는 순간 그의 얼굴이 갑자기 붉으락푸르락해지더니, 전시 책임자를 찾아가 저 초상화를 당장 떼내라고 큰 소리를 치기 시작했다.

하지만 그 책임자는 모든 작품이 6개월 동안 전시하기로 계약돼 있다며 난색을 표했다.

"저 초상화를 떼어내지 않으면 난 온 시내에서 웃음거리가 된단 말이오. 게다가 이건 중상모략이오. 난 반드시 고소하고 말 거요."

사업가가 절규하듯 말했다.

그러자 전시 책임자가 잠깐 기다리라면서 책상 서랍을 뒤지더니 편지 한 통을 꺼내 들었다.

"혹시 저 초상화가 실물과 닮지 않았다고 한 분이 선생님 아니신가요?"

속은 쓰렸지만 더 이상 할 말이 없게 된 사업가는 당초 가격보다 열 배나 많은 5천 달러를 주고 자기 초상화를 사면서, 그림 밑에 붙은 제목을 다시 한 번 내려다보았다.

'도둑놈의 초상'

초상화를 그려주기로 했을 때만 해도, 이렇게 못된 인간일 줄은 꿈에도 생각하지 못했다. 그래서 내 딴에는 혼신의 힘을 다해 그야말로 정성껏 그림을 그린 거다. 그런데 이제 와서 이게 웬 날벼락이란 말인가. 내가 계약 내용을 성실하게 이행하지 않았다면야 어떤 불이익을 당해도 할 말이 없다.

하지만 내 그림을 본 사람들 모두가 하나같이 대단한 작품이라며 칭찬을 아끼지 않았던가. 게다가 그림이 너무 좋다면서 특별전시회에 초대하겠다는 얘기까지 나왔는데, 이 잘난 사업가 양반이 이렇게 뻗대고 있으니 도대체 이걸 어쩐다? 그렇다고 지금 당장은 뾰족한 수도 없잖아. 힘없는 내가 잘못이지 뭐. 그래도 만약을 대비해 겨우 인수증에 거부 사유를 적어달라고 한 게 조금은 마음에 위안이 되었다. 사람 일은 모르는 거 아니겠어?

전시회에 그림을 보내면서 담당 큐레이터한테 신신당부를 한 것도 바로 그 때문이었다. 그림의 주인공이 와서 조용히 얘기를 걸어오면 원래 받기로 했던 5백 달러만 받아달라고 하면서, 혹시라도 불편한 일이 생기면 모든 걸 미술관 측에서 알아서 처리하라고 위임을 했던 것이다.

그런데 몇 달이 지났어도 이 사업가 양반은 하나도 달라진 게 없었던 모양이지? 할 수 없지 뭐. 나야 그림 값만 제대로 받으면 손해볼 거 하나도 없으니까, 나머지는 미술관에서 알아서 하겠지. 그나저나 그 양반, 생각할수록 괘씸하면서도 고소하네그려.

습관5

고맙다고 말한다

세계적인 부호인 록펠러는 '감사를 모르는 사람은 부자가 될 수 없다.' 고 단언했다. 사람과 사람이 모여 살아가는 이 세상에서 우리가 감사해야 할 대상은 이루 헤아릴 수 없이 많다. 나를 낳아준 부모, 나를 가르쳐준 스승, 어려울 때 힘이 되어준 친구, 내가 하는 일을 도와주는 이들은 분명 내가 감사해야 할 사람들이다.

그러나 내게 좋은 일을 해 주는 사람들만이 감사의 대상이 되는 건 아니다. 내 위치를 깨닫게 해주고 나로 하여금 한층 더 분발하게 해주는 경쟁자에게도 감사해야 할 때가 있고, 나를 쓰러뜨릴 정도로 힘겹게 다가오는 위기와 역경도 생각하기에 따라서는 진심으로 감사해야 할 대상이 될 수 있다.

그런 경쟁과 역경이 나를 단련시키고 더욱 단단하게 만든다는 것을 인정할 수만 있다면, 그리고 살아가면서 겪게 되는 이런저런 위기와 고난까지도 감사하는 마음으로 받아들이는 자세를 지닐 수만 있다면, 지금 우리 눈앞에 닥친 크고 작은 어려움들은 결국 우리를 한층 더 성숙하게 하는 원동력이 될 수밖에 없다.

그러고 보면, 유머가 필요한 상황이야말로 내가 고맙다고 말해야 할 대상이 이제 막 내 눈앞에 나타난 경우라고 할 수도 있다.

다시 시작하면 되지

1914년 12월 어느 날 밤, 뉴저지 주에 있는 에디슨 연구소에서 화재가 일어났다. 소방차들이 급히 달려왔지만 불길이 너무 거세게 일어나는 바람에 도무지 손을 쓸 수가 없었다. 아버지를 찾아 불길 속을 뛰어다니던 에디슨의 아들 찰스는 멀찌감치 서서 불타오르는 연구소를 바라보고 있는 아버지를 발견했다.

아버지가 평생 연구해 온 수많은 자료는 물론 수백 만 달러가 넘는 발명품과 기계 장비들이 사라지는 것을 보며 가슴 아파하는 아들 찰스에게, 에디슨은 환한 얼굴로 이렇게 말했다.

"얘야, 빨리 가서 네 엄마를 모셔 오너라. 네 엄마는 평생 이런 멋진 불구경을 하지 못했을 거 아니냐."

다음 날 화재 현장을 돌아보던 67세의 이 대발명가는 잿더미로 변해버린 연구소를 바라보며 혼잣말처럼 중얼거렸다.

"그렇지 않아도 언젠가는 없애버리려던 숱한 실수와 실패의 기록들이 흔적도 없이 깨끗이 치워졌구만. 이제 모든 걸 처음부터 제대로 시작할 수 있게 됐으니, 이거야말로 하나님께 감사할 일이 아닌가."

평생을 바쳐 연구하고 실험했던 귀중한 자료들이 한순간에 불길에 휩싸이는 걸 바라보는 에디슨의 심정이 과연 어떠했을까? 소방수들의 필사적인 노력에도 불구하고 대부분의 자료들은 이미 잿더미로 변해 버렸다. 그러나 온몸이 떨리고 눈물이 앞을 가리는 상황에서도, 에디슨은 오히려 아들에게 엄마를 찾아와 불구경을 하게 하라는 유머를 던진다.

사람이 살다보면 인력으로는 어쩔 수 없는 일들이 수도 없이 벌어진다. 그럴 때 대부분의 사람들은 절망한 나머지 삶의 의욕을 잃기도 하고, 도저히 만회할 수 없을 것 같은 손실을 생각하며 넋이 나가기도 한다.

불이 난 원인을 찾아내고, 잘잘못을 가리고, 피해 정도를 계산하는 일은 누구나 할 수 있는 일이다. 그러나 에디슨은 자신이 그동안 저질렀던 숱한 실수와 실패의 부끄러운 기록들을 깨끗이 치워주신 하나님의 뜻에 오히려 감사하면서, 오로지 잿더미 위에서 불사조처럼 다시 일어날 것만을 스스로에게 다짐한다. '천재는 1퍼센트의 영감과 99퍼센트의 노력으로 이루어진다.' 는 그의 평소 신념이 다시 빛을 발하는 순간이다. 이 화재가 일어난 3주 후에, 에디슨은 세계 최초의 축음기를 만들어내는 데 성공했다.

오래 살아야 하는 이유

엘리자베스 여왕 시대에 주교이자 사전학자로 유명했던 토마스 쿠퍼는 무려 8년여에 걸쳐 사전 집필에 필요한 방대한 자료를 수집해 놓았다. 그런데 그가 집을 비운 사이, 평소 히스테리 증세가 있던 그의 아내가 이 귀중한 자료들을 몽땅 난로에 넣어버렸다. 집으로 돌아온 쿠퍼 박사는 기절초풍할 지경이었다.

"대체 누가 이런 짓을 한 거요?"

아내가 대답했다.

"제가 그랬어요."

"뭐라고!"

"당신이 그 일에만 몰두하다가 세상을 떠나버리면 어쩌나 해서요……."

아내의 말에 쿠퍼는 몇 번이나 깊은 한숨을 내쉬더니 이윽고 이렇게 말했다.

"당신 말이 옳아. 최소한 8년 이상은 더 살아야 할 명분이 생긴 셈이구만."

그 말을 던지고 나서 쿠퍼는 조용히 서재로 들어갔다. 모든 것을 처음부터 다시 시작한 그는 8년 후, 3만 3천 단어가 들어 있는 《로마어 · 영어 동의어 대사전》을 완성했다.

컴퓨터로 문서 작업을 하다가 알 수 없는 이유로 그동안 작업한 내용이 갑자기 날아가버리는 경험을 한 이들이 더러 있을 것이다. 한두 시간 정도 작업한 내용이라면, 속으로는 화를 내면서도 기억을 더듬어가며 복구해 낼 수도 있다. 그러나 몇 달 동안 힘겹게 써 온 내용이 한순간에 사라져버렸다면, 문서를 복구하자는 생각은 커녕 넋이 나갈 정도로 깊은 절망에 빠져 어쩔 줄을 모르게 된다.

8년 넘게 힘들여 수집한 자료가 아내의 실수로 순식간에 사라져 버렸다. 눈앞이 깜깜해지는 이 사태 앞에서, 보통 사람 같았으면 아무리 몸이 편찮은 아내라 하더라도 길길이 뛰며 소리를 지르고 화를 냈을 것이다. 그걸 살려낼 생각을 하면, 어떤 행동을 해도 속이 풀릴 것 같지가 않다.

하지만 아무리 역정을 낸들, 한 번 불타 없어진 자료가 되살아 나올 수는 없다. 게다가 몸도 아픈 아내가 제 딴에는 남편이 걱정돼서 그런 일을 했다니, 한편 생각하면 가슴이 저려올 만큼 고맙고 고마운 일이 아닐 수 없다. 그래, 일이야 다시 하면 되고 자료야 다시 시간을 들여 수집하면 되지. 더구나 이제까지 걸린 시간만큼 더 살아야 하는 이유가 생겼으니 따지고 보면 이보다 더 고마운 일도 없지 않은가.

그렇게 마음을 고쳐먹고 서재로 들어가면서, 그는 고마운 아내의 등에 조용히 손을 얹어본다.

'기다려요, 당신 생각해서라도 빨리 끝낼 테니까.'

PART 5

마음을 움직이는 실전 유머 기술 16가지

필요할 때, 꼭 필요한 유머가
자연스럽게 나올 수 있다면 얼마나 좋을까?

사람의 마음을 움직이는 유머를 구사하기 위해서는
평소 다양한 실전 기술을 꾸준히 익혀두어야 한다.

기술1

물귀신이 사람을 잡는다

사태의 원인이나 책임을 상대방에게 전가함으로써 나를 긴장에서 해방시키거나 위기에서 탈출하는 것은 유머를 만드는 데 있어서 아주 중요한 기술이다. 물귀신 작전의 위력은 상대방을 관계에 끌어들이는 대신 나는 관계에서 빠져나가는 기교에 있다.

상대방의 말 꼬투리를 잡아 물고 늘어지는 것도 물귀신 작전의 좋은 예라고 할 수 있다.

구슬을 찾으려면

중국 전국 시대 제나라의 장축(張丑)이라는 사람이 연나라에 볼모로 가 있었다. 그런데 두 나라의 관계가 갑자기 악화되자 인질로 있던 장축의 생명이 몹시 위태로워지게 되었다.

눈치 빠른 장축은 천신만고 끝에 자기 나라로 도망칠 기회를 잡게 되었고 드디어 필사적인 탈출을 감행했다. 하지만 운이 나빴는지 국경에 이르러 연나라의 관문을 지키는 병사에게 발각되고 말았다. 그야말로 위기일발의 상황이었다. 그러나 일개 병사에게 자신의 목숨을 넘겨줄 장축이 아니었다. 장축은 태연한 얼굴로 병사에게 말했다.

"너희 왕이 나를 잡아 죽이려는 이유는 내가 연나라의 값진 구슬을 훔쳤다고 밀고한 자가 있기 때문이다. 그런데 내가 잘못해서 그 구슬을 잃어버렸는데도 너희 왕은 내 말을 믿지 않는다. 하지만 네가 지금 나를 잡아 왕에게 바친다면 나는 왕에게 네가 그 구슬을 빼앗아 입 속으로 삼켜버렸다고 말할 것이다. 그러면 왕은 틀림없이 그 귀한 구슬을 찾기 위해 네 배를 갈라 창자 구석구석까지 다 뒤질 것이다. 어떠냐? 네가 아무리 변명을 늘어놓은들 그 사납고 성질이 불 같은 왕이 네 말을 믿을 것 같으냐? 물론 나도 죽겠지. 네 창자를 갈기갈기 찢도록 해놓았는데 내 어찌 살기를 바라겠느냐?"

장축의 협박에 겁을 집어먹은 관문지기는 하는 수 없이 장축을 놓아주었다.

물귀신 작전의 핵심은 유머의 4대 변수 중에서 '관련'을 적절히 활용하는 데 있다. 이 예화에서, 병사와 장축은 서로 만난 적도 없고 아는 사이도 아니다. 그러니 전혀 관련이 없는 사이인 셈이다. 그러나 장축은 구슬을 미끼로 해서 관문지기의 운명을 자기의 손아귀 안에 움켜쥐었고, 장축을 놓아주는 일 외에는 어떤 선택도 불가능하게 만들어버렸다.

물귀신 작전은 이처럼 전혀 상관없어 보이는 사물이나 사건, 사람을 나와의 관계에 끌어들임으로써 모두를 공범으로 만드는 기술이다.

제 아비는

자신의 영지를 돌아보던 군주가 군중들 속에서 자기와 아주 닮은 젊은이를 발견하고는 눈짓으로 그를 불러세웠다.
"혹시 그대 어미가 궁중에서 일한 적이 있는가?"
"아닙니다, 전하. 하지만 아비는 그랬던 걸로 아옵니다."

젊은이는 궁중에서 일하던 어머니가 군주와 관계를 맺은 후 태어난 아들이다. 정황으로 보건대, 그는 태어난 후 몰래 궁 밖으로 내보내졌거나, 아니면 군주의 명령에 따라 추방되고 나서 혼자 숨어 살았던 것 같다. 그렇게 궁을 떠나 혼자서 외롭게 사는 동안 자기를 낳아준 어머니가 무척이나 그리웠겠지만, 그렇다고 어머니를 찾아 궁 안으로 들어갈 수는 없는 처지였을 것이다.

그러던 차에 아버지인 군주가 궁 밖으로 나온다는 소식에 먼발치에서 얼굴이라도 볼 생각으로 군중 속에 섞여 기다리고 있던 참이었다. 그런데 군주가 어머니와의 혈연 가능성을 먼저 묻자, 이때다 싶어 아버지를 절묘하게 끌어들인 것이다.

"뭐라고?"

흠칫 놀라며 뒤로 물러서는 군주의 모습을 보며 웃음이 나오는 것은 젊은이의 물귀신 작전이 제대로 맞아떨어졌기 때문이다.

악마가 이기는 이유

다른 사람을 골탕 먹이기 좋아하는 아주 못된 관리가 있었다. 자기의 화술에 자신감을 갖고 있었던 그는 교묘한 말재주로 만나는 사람마다 골탕을 먹이곤 했다.

어느 날 그가 우연히 영국의 유명한 소설가인 조나단 스위프트를 만나게 됐다. '옳지, 글깨나 쓴다고 으스대는 이놈을 크게 한 번 놀려줘야지.' 그렇게 생각한 관리가 스위프트를 붙잡아 세우고 질문을 던졌다.

"선생, 악마와 목사 사이에서 소송이 일어난다면 어느 쪽이 이기겠습니까? 선생의 생각을 들려주십시오."

작가인 동시에 목사이기도 했던 스위프트는 이 관리가 자신을 조롱하고 있다는 걸 금세 알아차렸다. 그래서 무척 불쾌했지만 스위프트는 조금도 내색하지 않고 웃으면서 대답했다.

"그야 악마가 이길 게 틀림없지요."

관리는 자기가 생각한 것과 정반대의 대답이 나오자 어째서 그러냐고 묻지 않을 수 없었다.

"거참 뜻밖의 말씀이군요. 이유를 설명해 주실 수 있겠습니까?"

스위프트는 내심 쾌재를 불렀다.

"우리나라 관리들은 모두 악마와 한편이니까요."

스위프트의 말을 들은 그 관리는 얼굴이 빨개지더니 서둘러 자리를 떴다.

평소 못된 짓을 많이 하는 관리들을 탐탁지 않게 생각해 온 스위프트가 목사를 걸고넘어지는 상대의 속셈을 모른 척하며 그냥 넘길 리가 없다. 그가 악마가 아니라 목사가 이길 거라고 대답을 했다면 상대방은 어떻게 나왔을까? 목사들의 흠집을 있는 대로 들춰내고, 목사가 악마보다 나은 게 뭐가 있느냐면서 눈앞에 있는 스위프트에게까지 온갖 모욕을 가했을 게 틀림없다.

영국의 성직자 토마스 풀러는 '남에게 진흙을 던지는 자는 제일 먼저 자기 자신을 더럽히게 된다.' 고 했다. 여기서도 스위프트를 골탕 먹이려던 관리가 되레 호된 반격을 받고 있지만 관리들의 못된 관행은 그 시절이라고 해서 다를 게 없었던 것 같다. 스위프트는 관리를 악마의 동아리에 끌어들임으로써 상대방의 손에 악마의 진흙이 묻어 있다는 것을 스스로 깨닫게 하는 데 성공하고 있다. '똥 묻은 개가 재 묻은 개 나무란다.' 는 우리 속담을 생각나게 하는 장면이다.

편찮으시면 언제든지

영국의 어느 장관이 의회에서 국민보건을 주제로 연설을 했다. 그때 한 의원이 벌떡 일어나 고함을 질렀다.

"장관은 수의사 출신이 아니오? 수의사가 사람의 건강에 대해 얼마나 안다고 그렇게 떠들어대는 거요?"

이 역시 치졸한 인신 공격이었다. 순간 모든 의원들의 시선이 연단으로 쏠렸다. 그러나 장관은 의원의 공격에 얼굴을 붉히기는커녕 환하게 웃는 얼굴로 이렇게 대답했다.

"네, 저는 수의사입니다. 그러니 혹시 어디가 편찮으시면 아무 때고 찾아오셔도 됩니다."

그 순간 의사당은 온통 웃음바다로 변해 버렸다.

상대방이 내 약점을 물고 늘어질 경우 사람들은 대부분 기분이 상한 나머지 얼굴을 붉히게 된다. 더구나 내 외모나 신체적 결함, 내 전공 분야같이 지금 당장 어떻게 바꿔볼 수 없는 것을 꼬투리 삼아 나를 공격해 오는 사람을 대하게 되면, 아무리 마음이 너그러운 성인군자라고 해도 불편한 심기를 감추기가 어렵다.

위의 예화에서 장관은 기지를 발휘해 의원의 공격을 재치 있게 피하고 있다. 그러나 자세히 들여다보면, 수의사라는 내 약점을 물고 늘어지는 상대방을 동물의 세계로 끌어내림으로써 상대방의 무례한 태도를 '사람으로서 차마 못할 짓' 으로 바꾸어버리고 있다. 졸지에 '사람' 이 아니라 '짐승' 이 돼버린 의원은 더 이상 '사람의 말' 을 할 자격이 없어져버린 셈이고, 그가 편찮을 때 가야 하는 곳도 당연히 동물병원이 된 것이다.

여기서 평상심이 흐트러지거나 자제력을 잃게 되면 제대로 반격을 가할 기회를 찾기가 힘들어진다. 그러고 보면, 유머를 창조한다는 것은 어떤 상황의 변화에도 흔들리지 않을 수 있는 마음의 수련을 한다는 뜻이기도 하다.

할아버지가 어렸을 때는

신동으로 유명했던 볼테르에게 고약한 노인이 짓궂은 장난을 했다.
"어릴 때 너처럼 영리하게 굴면 나이 먹어서 바보가 된단다."
그러자 볼테르가 초롱초롱한 눈을 굴리며 대답했다.
"그럼, 할아버지도 어렸을 때는 저처럼 영리했나 보죠?"

할아버지로서는 지나칠 정도로 똑똑하고 영악한 볼테르를 잠깐 놀려주려고 그런 말을 한 것인데, 결과는 현기증이 날 정도로 비참하게 돼버렸다. 여기서 어린 볼테르가 '왜 그래요?' 하고 반문을 했다면 두 사람 사이에는 길고도 지루한 공방이 오갔을 것이다. 그러나 볼테르가 누구인가! 시치미 뚝 떼고 할아버지를 자기 수준으로 끌어들임으로써, 볼테르는 할아버지의 공격 의도를 일격에 무너뜨리고 있다.

이 작은 에피소드는 평생 동안 권위와 편견을 부정하면서 봉건 영주와 종교계의 기득권에 용감하게 도전했던 볼테르의 비판 정신이 결코 우연한 것이 아님을 보여주는 사례라고 할 수 있다.

따지고 보면

첫눈이 내리던 어느 날 골목길을 걸어가던 남자가 난데없이 물벼락을 맞았다. 화가 난 그는 방금 물을 버린 여자를 쳐다보며 욕설을 퍼부었다.

"눈이 멀었어? 어디다 물을 버리는 거야?"
그러자 그 여자도 질 수 없다는 듯 같이 화를 냈다.
"당신은 눈도 없어요? 왜 보고도 안 피하는 거예요?"
"버리는 걸 봤어야 피할 것 아냐?"
"못 봤다면서 나한테 따지기는 왜 따져요?"

마지막 두 줄이 없어도 이 이야기는 충분히 유머가 된다. 그런데 여기에 두 줄이 더해지면 더욱 재미있는 상황이 된다. 이미 물속에 끌려 들어온 상대방을 '데리고 노는' 장면이기 때문이다.

물귀신 작전이 이처럼 재미를 배가시키는 것은, 끌려 들어온 상대방이 소용돌이에서 벗어나려고 몸부림을 치면 칠수록 점점 더 깊은 물속으로 빨려 들어가는 것이 보이기 때문이다. 그럴 때는 팔다리를 허우적거리며 가라앉지 않으려고 기를 쓰기보다는, 차라리 소용돌이에 차분히 몸을 맡긴 채 물속으로 들어가면서 빠져나갈 구멍을 찾는 게 상책이다.

도대체 자네는

과장이 부하 직원을 앉혀 놓고 다그치고 있었다.
"자네는 일도 느리고 걸음도 느리고 말도 더디고 알아듣는 것도 더뎌. 도대체 자네가 남들보다 빨리 하는 게 뭐가 있나?"
그러자 부하 직원이 자신 있다는 표정으로 대꾸했다.
"전 일을 좀 하고 나면 누구보다도 빨리 피곤해집니다."

왜 그렇게 일하는 게 시원찮냐며 질책을 하는 과장의 말에 겉으로는 쩔쩔매는 시늉을 하면서도, 속으로는 어떻게 해서든 이 위기를 벗어나보려고 머리를 굴리는 직원의 모습이 눈에 선하다. 게다가 신체적인 약점까지 들먹이며 무안을 주고 있으니 부하 직원으로서도 속이 부글부글 끓을 지경이다.

그러나 어쩌랴, 상대는 힘 있는 과장이고 나는 일개 직원에 지나지 않는 약자의 신세인 것을. 일단은 이 폭발 직전의 상태를 한시라도 빨리 벗어나는 게 급선무다. 그런데 과장이 하는 말을 곰곰 새겨보니, 그 말 속에 답이 보인다. 그래, 그걸 물고 늘어지는 거다!

나한테도 남들보다 '빨리' 하는 게 한 가지는 있잖아. 질문도 제대로 알아듣지 못한다고 날 바보 취급해도 좋아. 그렇게 '빨리'라는 말 한마디를 물귀신처럼 물고 늘어짐으로써, 부하 직원은 가까스로 과장의 맹공세를 피하는 데 성공하고 있다.

기술2

바보는 만인을 즐겁게 한다

내가 상대방보다 똑똑하거나 잘났다는 느낌이 들 때 사람은 자기도 모르는 사이에 여유와 자신감이 생기면서 경계의 끈을 늦추기 마련이다. 모두가 저 잘난 멋에 사는 이 세상에서 나보다 못난 인간이 있다는 건 분명 기분 좋으면서도 마음 놓이는 일이기 때문이다.

따라서, 어떤 상황에서 자신을 바보스럽게 보이게 함으로써 상대가 우쭐한 기분을 느끼며 웃게 만들 수 있다면, 그것만으로도 유머의 1차 목적은 달성되는 셈이다. 물론 내가 아닌 상대방이나 제3자를 바보로 만드는 것도 때로는 도움이 될 수 있다.

괜찮을까요?

자기가 쥐라는 생각을 하고 있던 어느 정신병자가 유능한 의사의 헌신적인 치료 덕분에 겨우 완치가 되어 몇 년 만에 퇴원을 하게 됐다.
"정말, 감사합니다! 선생님!"
그런데 의사와 작별 인사를 나눈 후 병원 정문 앞으로 나왔을 때 커다란 고양이 한 마리가 어슬렁거리며 다가오는 것을 본 그 환자는 겁에 질려서 얼굴이 하얗게 변했다.
그 모습을 본 의사가 환자의 등을 두들기며 말했다.
"괜찮소, 이제 당신은 다 나았다구요!"
그러나 의사의 말에도 아랑곳없이 환자는 사시나무 떨 듯 떨었다.
"알아요, 제가 더 이상 쥐가 아니라는 건 저도 잘 알고 있어요!"
"그런데 뭘 그렇게 겁내는 거죠?"
그러자 환자는 아주 애절한 눈빛으로 의사를 바라보며 말했다.
"하지만 저 고양이가 그걸 알까요?"

우리가 흔히 듣는 유머 가운데 현실에서는 웬만해서 만나기 어려운 바보나 정신병자를 소재로 한 것이 특히 많은 이유는 간단하다. 보통 사람들이 그런 유머의 주인공을 대하면서 상대적인 우월감을 느끼는 경우가 많기 때문이다.

애써 치료를 한 끝에 겨우 완치가 되었다고 생각한 환자가 이런 지경이니 의사로서도 더 이상 어쩔 도리가 없다. 듣고 나서 가만히 생각해 보면 환자에 대한 동정심 때문에 마음 한 구석이 짠해질 수도 있는 이야기지만, 말하는 사람이 익살스럽게 표현한다면 충분히 재미있는 웃음을 만들어낼 수 있는 유머이기도 하다.

그러고 보면, 바보를 소재로 하거나 상대를 바보로 만드는 유머를 생각할 때는 인간에 대한 따뜻한 시선이 배제되지 않도록 각별히 주의할 필요가 있다.

어제 먹은 게 아니라

한 유대인이 친구의 수염에 묻은 음식물 찌꺼기를 보며 말했다.
"난 자네가 어제 뭘 먹었는지 알지."
"그래? 어디 한 번 알아맞춰 봐."
"음… 콩이지?"
"틀렸어. 그건 그저께 먹은 거야."

전혀 그럴 리 없다고 생각했던 사람이 실수나 바보 같은 언행을 했을 때 우리는 그 사람의 권위나 체통이 무너지는 모습을 보면서 일종의 쾌감 같은 것을 느끼게 된다. 그런 잘못이나 실수가 의도적인 것이냐 아니냐는 그다지 중요하지 않다. 사람들의 눈에 먼저 띄는 것은 의도가 아니라 실수 그 자체이기 때문이다.

위 예화는 논점을 벗어나는 의외성이 가미된, 일종의 난센스 유머라고 할 수 있다.

어떤 걸로 할까요?

사장이 총무과장을 불렀다. 신문에 낼 사진이 필요하니 그동안 찍어 두었던 사진 앨범을 가져오라는 것이었다. 앨범을 들고 사장실에 간 총무과장이 이 사진 저 사진을 짚으며 사장의 의중을 물었다.

"이놈으로 할까요, 저놈으로 할까요?"

그러자 과장의 얼굴을 흘깃 쳐다보던 사장이 마침내 입을 열었다.

"이놈으로 합시다."

별 생각 없이 뱉은 말인데, 아뿔싸! 상대가 사장이란 걸 깜빡하고 말았다. 과장의 등줄기에는 식은땀이 흐른다. 이 순간 사장이 정색을 하거나 화를 낸다면 어떻게 될까? 생각하기도 싫은 장면이 벌어질 것이다.

다행히 사장이 재치 있게 받아넘기는 바람에 별 탈 없이 지나가기는 했지만, 사장실에서 물러나오는 동안 과장은 마음속으로 몇 번이고 이런 다짐을 했을 게 틀림없다.

'아이고, 요놈의 바보 같은 입이 화근일세!'

가만히 있기나 하지

영국의 디즈레일리 수상 부인으로서 남편보다 14세 연상이었던 메리 앤은 좀 무식한데다 교양도 부족한 사람이었던 것으로 알려져 있지만, 실은 헌신적인 내조로 남편의 성공을 도운 현모양처이기도 했다. 한 번은 사람들이 조나단 스위프트의 《걸리버 여행기》를 화제 삼아 떠들썩하니 이야기를 하고 있는 것을 듣던 그녀가 불쑥 끼어들며 말했다.
"그 걸리버 씨를 초대해서 직접 여행담을 듣고 싶군요."
썰렁한 이야기를 들은 좌중의 점잖은 신사 숙녀들이 벌어진 입을 다물지 못하자 그녀는 한술 더 뜨며 사람들에게 말했다.
"혹시 그분 주소를 아시면 좀 가르쳐주세요. 제가 연락을 해 보죠."

무식도 이쯤 되면 가히 세계 챔피언급이라고 할 만하다. 부인의 말에 좌중의 손님들이 조소를 터뜨리며 비웃었다면, 그야말로 낯뜨거운 상황이 벌어졌을 것이다. 그러나 부인이 자신의 실수를 깨닫는 순간 변명하는 데 급급하기보다는 오히려 사람들의 마음을 편하게 해주려는 의도에서 그런 유머를 던졌다는 걸 손님들이 눈치 챘다면 어떻게 됐을까? 메리 부인의 실수를 비웃는 대신, 《걸리버 여행기》의 작가인 조나단 스위프트의 주소를 적어 슬그머니 부인 손에 쥐어주는 손님이 나타났을 것이다.

내 실수나 잘못이 드러났을 때 내 뜻은 그게 아니었다고 목소리를 높이며 변명하는 것보다는, 자신의 실수를 인정하고 스스로를 낮추는 것이 훨씬 더 부드럽게 상황을 반전시켜줄 때가 많다.

기술3

단순한 생각이 돌파구를 연다

어떤 상황에 대해 단순하게 생각하는 것과 거기에 단순 논리를 적용하는 것은 분명 다르다. 그런데 사람들은 대개 단순 논리라는 말 자체를 부정적으로 생각하는 경향이 있다. '이러이러하니까 이러이러하다.'는 식의 단순 논리는 단선적이거나 이분법적이기 때문에 바람직하지 않다고 여기는 것이다. 그러다 보니 어떤 사태를 단순하게 바라보는 것 자체를 나쁘게 생각하는 이들도 적지 않은 것 같다.

그런데 어떤 일이나 문제가 한 번 꼬이기 시작하면 사태 해결을 위해 아무리 발버둥을 쳐도 일이 더 복잡하게 얽혀버릴 때가 많다. 그럴 때는 눈앞에 보이는 여러 가닥의 실마리를 붙잡고 골머리를 앓을 게 아니라, 차라리 한 발짝 물러서서 사태를 단순한 시각에서 바라보면서 보다 근원적인 해결책을 찾는 게 나을 수 있다. 마치 알렉산더 대왕이 저 유명한 고르디우스의 매듭을 단칼에 두 동강냈듯이.

수면제 안 주면

아빠가 몸이 편찮아서 병원에 입원을 하자 딸아이가 수발을 들기로 했다.

딸아이는 평소 무척 건강했던 아빠가 병상에 누운 것이 안쓰러워 물끄러미 아빠의 얼굴을 지켜보고 있었다. 그때 아빠가 몸을 뒤척이며 가만히 말했다.

"얘야, 간호사 언니가 수면제를 아직 안 가져왔니?"

"네, 아빠. 아직 안 가져왔는데요. 다시 전화를 걸어볼까요?"

그러자 아빠가 못 참겠다는 듯 하품을 하며 딸에게 말했다.

"그래, 전화 걸어서 5분 내로 안 가져오면 그냥 잔다고 그래라."

병원에 입원을 해 보면 의료진과 환자 사이의 관계는 물론 그들 사이에서 이루어지는 커뮤니케이션의 양상이 얼마나 다양한지에 대해 새삼 깨닫게 되는 게 많다. 환자 입장에서야 의사나 간호사가 늘 곁에 붙어 있으면서 사소한 것도 놓치지 않고 세심하게 신경 써주기를 기대하지만 현실은 그렇게 넉넉한 편이 아니다. 의료진 입장에서도 마찬가지다. 밀려드는 환자를 기계적으로 응대하기에도 바쁘다 보니 정성껏 의료 서비스를 하려고 해도 제대로 할 수 없는 게 사실이다.

수면제를 먹지 않고도 잠을 잘 수 있다면 굳이 간호사를 불러댈 이유가 없다. 하지만 이 환자가 꼭 수면제를 먹어야 하는 사람이라면 사정은 좀 달라진다. 자야 할 시간에 자기 위해서는 수면제가 있어야 한다. 그런데 간호사가 약을 갖다주는 걸 깜박 잊었는지 시간이 지나도 도대체 나타나질 않는다. 전화로 독촉을 해? 아니면 쫓아가서 병원이 떠나가라 소리 지르며 화를 내? 그러나 그 도저도 다 내 정신 건강에 도움될 게 없다. 이럴 땐 맘이라도 편하게 먹는 게 그저 상책이다.

'안 주면 말지 뭐.'

당연한 거지

남편과 말다툼 끝에 몇 대 얻어맞은 아내가 눈물을 흘리며 따지고 들었다.

아내 : 결혼만 해 주면 날 여왕같이 모시겠다고 하더니, 그래 이게 여왕 대접하는 거예요?

남편 : 그럴 리가 있나! 여왕이 정치를 잘 못하니까 민중들이 들고 일어난 거지!

어쩌다 손찌검을 하긴 했지만 어쩐지 마음 한켠이 짠하다. 괜히 그랬다 싶어 후회를 하고 있는데 아무래도 아내의 반발이 심상치 않다. 이럴 땐 구차한 변명을 늘어놓아 봤자 서로 언성만 높아질 뿐, 누구에게도 도움이 안 된다. 그렇다고 아내한테 무조건 사과를 하며 손을 내밀자니 그것도 마뜩찮다. 그런데 아내의 말을 곰곰이 되짚어보니, 그 속에 해답이 숨어 있다.

'그래, 이제껏 내가 당신을 여왕처럼 모신 건 사실이라구. 하지만 여왕이 나라를 제대로 다스리지 못하는데, 그걸 못 본 체할 수는 없잖아? 자, 어차피 반란은 일어났으니까 이젠 당신이 진압을 해 보라구.'

장사가 잘 되니까

지하도 입구에서 양손에 모자를 든 채 구걸하는 거지 앞을 지나가던 행인이 모자에 동전을 넣으며 물었다.

행인 : 왜 모자를 두 개나 들고 있는 거요?

거지 : 장사가 잘 돼서 체인점을 하나 냈습니다.

'두 개를 들고 있으면 아무래도 돈이 더 들어올 것 같아서요.' 이렇게 설명조로 대답했다면 웃을 일이 없다. 일감이 늘어나면 사람을 더 쓰면 되고, 장사가 잘 되면 지점이나 분점을 더 내는 게 순리다. 여기서는 '체인점'이라는 단어의 선택이 유머의 효과를 배가시키고 있다. 이처럼 대화나 유머에서 특별한 힘을 발휘하는 단어나 표현의 속성을 광휘성(光輝性)이라고 한다.

한 발도 못 되는 지점에 체인점을 낸 게 잘못이라면 잘못이지만,

그거야 주인이 알아서 판단할 일이지 지나가는 나그네가 이래라 저래라 할 건 못 된다.

'왜, 뭐가 잘못 됐소?'

당신이 무슨 수로

어느 날 밤, 환자가 있는 병실에 도둑이 들어왔다.
"꼼짝 마라!"
"누구냐?"
"도둑이다, 가진 돈 모두 내놓아라. 그러면 목숨만은 살려주겠다."
그러자 침대에 누워 있던 환자가 벌떡 일어나며 벌컥 화를 냈다.
"아니, 지금 누굴 놀리는 거요? 의사 선생도 도저히 가망이 없다고 했는데 당신이 무슨 수로 날 살린단 말이오?"

맞다. 물건 훔치러 들어온 도둑이 사람 살리는 재주를 가졌을 리 없지만, 설령 그런 재주를 가졌다고 해도 의사가 내린 진단을 바꿀 권리까지 가진 건 분명 아니다. 물론 환자가 도둑의 의도를 모를 리는 없지만, 일부러 모르는 척하며 단순하게 대답한 것이 웃음을 유발하고 있다. 너무나도 단순 명쾌한 환자의 대답을 듣고 나니, 아무리 간 큰 도둑인들 가슴이 철렁할 수밖에.

'이래저래 오늘은 정말 일진 사나운 날이네.'

그것도 몰라?

두 남녀가 길을 걷고 있는데 개 한 마리가 겅중겅중 뛰어다니는 게 보였다.

남자 : 눈 오는 날 왜 개가 뛰어다니는 줄 알아?

여자 : 글쎄요…….

남자 : 발에 묻은 눈 털어내려고 그러는 거야!

개가 눈이 오는 날 이리저리 뛰어다니는 이유가 무엇인지에 대해서는 아직까지 정확한 정설이 없는 것 같다. 검은 하늘을 배경으로 끝없이 내리는 흰 눈의 움직임을 보며 흥분이 되기 때문에 그런다는 사람도 있고, 발바닥에 전해오는 폭신한 느낌이 좋아서 그런다는 이들도 있다. 이유가 뭐가 됐든, 그렇게 뛰어다니다 보면 발바닥에 눈 묻을 틈이 없는 것만은 사실이다.

그러니 묻은 눈 털어내리고 그런다는 대답에 '아니다.' 라고 부정하며 다른 이유를 들이댄들 재미있을 일이 없다. 어차피 웃자고 한 이야기니까.

기술 4

모순이 있는 곳에 유머가 있다

모순(矛盾)은 중국 전국 시대 초나라의 고사에서 나온 말이다.

어떤 상인이 '이 창(矛)은 너무나 예리해서 어떤 방패든 다 뚫을 수 있다. 그리고 이 방패(盾)는 너무나 단단해서 어떤 창이든 뚫지 못한다.' 고 자랑하며 두 가지 무기를 팔고 있었다. 그런데 지나가던 사람이 '그 창으로 그 방패를 찌르면 어떻게 될 것인가?' 하고 묻자 상인은 아무 말도 못했다.

창과 방패가 따로 떨어져 있을 때는 전혀 문제될 게 없지만, 두 물건이 한자리에 있다면 얘기가 달라진다. 이 경우 어느 쪽이 옳은지를 알기 위해서는 둘을 맞부딪치게 하는 수밖에 없다. 그렇게 둘이 부딪칠 때 나는 소리 즉, 모순 속에는 웃음을 일으키는 유머의 요소가 들어 있는 경우가 많다.

모순은 그것을 보여주는 주체가 누구냐, 모순의 성격과 내용이 어떠냐에 따라 크게 세 개의 범주로 나눌 수 있다.

모순의 주체에 따른 구분

① 공격자 모순

보면 몰라?

장님 두 사람이 서로 삿대질을 하며 싸움을 하던 중 한 사람이 상대방에게 모욕적인 말을 내뱉었다.

"넌 눈도 없냐?"

그 소리를 들은 상대방이 벌컥 화를 내며 대꾸했다.

"보면 몰라?"

실제로는 있을 수 없는 일이라 억지로 만든 것같이 보이지만, 남의 결점이나 약점을 꼬투리 잡으며 싸움을 벌이거나 다른 이들을 모욕하는 경우를 우리는 얼마든지 볼 수 있다. 그래서 이런 모순이 포함된 유머는 듣는 이들에게 씁쓸한 웃음을 짓게 할 때가 많다.

치과 병원에서

의사 : 자, 입을 좀 벌려 봐요. 아~.
환자 : 선생님, 너무 아파요.
의사 : 그래도 이를 악물고 참아야지.

입을 벌리는 것과 이를 악물고 참는 것은 서로 모순되는 행동인데, 그 두 가지를 동시에 하라고 하니 환자로서도 죽을 맛이다. 그렇다고 뭐 이런 의사가 있느냐며 자리를 박차고 나갈 수도 없는 일. 피치 못할 상황에서 맞닥뜨리게 되는 모순은 우리로 하여금 허탈한 웃음을 짓게 한다.

② 방어자 모순

모름지기 정치가라면

신문 기자가 처칠에게 물었다.
"정치가에게 가장 필요한 재능은 무엇이라고 생각하십니까?"
그러자 처칠이 진지한 표정으로 대답했다.
"정치가라면 모름지기 내일 어떤 일이 일어날지를 정확히 예견할 수 있어야 합니다. 그리고 그 다음 날에는 그 일이 왜 일어나지 않았는지를 그럴 듯하게 설명할 수 있어야 합니다."

'오늘 한 말을 내일 뒤집을 수 있는 능력이 없으면 우리나라에서 정치할 생각일랑은 아예 하지 말아야 할 것 같다.' 이것은 내가 아는 어느 정치인에게서 실제로 들은 이야기다.

적당히 둘러대며 넘어가도 될 질문에 대해 작심을 하고 답변에 나선 처칠은 과연 어떤 심정이었을까? 우리 사회에서도 하루가 멀다 하고 말을 바꾸는 정치인들의 행태를 비난하는 이들이 많지만, 자기가 한 말을 손바닥 뒤집듯 바꿔버리는 정치인들의 행태는 동서양과 고금을 막론하고 똑같은 것 같아 절로 쓴웃음이 나온다.

그럼 안 되잖아

회교 지도자인 물라 나스루딘이 좌절한 나머지 자살을 하기로 결심했다. 어느 날 저녁 그는 빵 한 덩어리를 겨드랑이에 끼고 교외로 나가서 조그만 간이역 주변의 철로 위에 드러누웠다. 그때 마침 길을 지나가던 어떤 농부가 그를 발견하고는 깜짝 놀라며 물었다.

농부 : 선생님, 철길 위에 누워서 뭘 하시는 겁니까?
물라 : 보면 모르나? 나는 지금 자살하려는 거라네.
농부 : 자살을 하실 거라면서 빵은 왜 그렇게 많이 갖고 계신가요?
물라 : 기차가 오기 전에 굶어 죽으면 안 되잖나!

어차피 죽으려고 작정한 사람이 정작 굶어 죽을 일을 걱정하고 있으니 기가 막힐 노릇이다. 이처럼 자신의 생각이나 행동을 합리화하기 위해 앞뒤가 맞지 않는 모순을 이용하는 것이 대표적인 방어자 모순이다.

③ 제3자 모순

둘 다 옳다

여종들이 서로 싸우는 걸 목격한 황희 정승이 두 여종을 불러세웠다. 한 여종이 이러저러 해서 싸우기는 했지만 나는 잘못이 없다고 호소하자 황희 정승은,

"네 말이 옳구나."

라고 했다. 그 말을 들은 다른 여종이 자기도 잘못이 없다며 항변을 하자 황희 정승은 또, "네 말이 옳구나."

라고 했다. 그때 옆에서 잠자코 듣고 있던 조카딸이 숙부의 얼굴을 쳐다보며 물었다.

"저 애는 저랬고 이 애는 이랬으니 마땅히 저 애가 나쁜데, 왜 둘 다 옳다고 그러십니까?"

그러자 황희 정승은 "네 말도 옳다."라고 대답하고는 읽던 책으로 눈길을 돌렸다.

어떤 일이 생겼을 때 서로 날카롭게 대립하고 있는 양쪽 당사자들보다는 한 발 떨어진 곳에서 그 장면을 지켜보는 제3자가 사태를 훨씬 더 객관적으로 판단할 수 있는 경우가 많다. 바둑을 두는 기사들보다는 옆에서 훈수하는 사람이, 경기를 하고 있는 운동선수보다는 해설자나 관중이 판세의 흐름을 더 잘 읽는 것과 마찬가지다.

이런 상황은 유머에서도 비슷하다. 생각이나 주장이 판이하게 다른 두 사람이 맞부딪쳤을 때 당사자인 두 사람 가운데 어느 한 쪽이 나서서 문제 해결의 실마리를 잡아내기란 매우 어렵다. 그럴 때일수록 양쪽의 입장을 최대한 존중하면서 서로가 상생(윈윈)할 수 있는 묘안을 짜내는 제3자의 역할이 한결 중요해진다.

천한 노비 신분인 두 여종들의 싸움에 대해서까지 그렇게 신경을 쓸 게 뭐 있느냐고 할지도 모르지만, 아무리 작은 갈등도 모른 체하고 그대로 두면 나중에 큰 불화를 일으키는 불씨가 된다는 것을 황희 정승은 너무나 잘 알고 있었다. 고려 말에서 조선 초에 이르는 격변의 시기에 살면서 항상 일반 백성의 입장에 서서 정사를 돌보았던 그의 고매한 인품을 엿볼 수 있는 사례이다.

같은 말도 사람 따라

자로(子路)라는 제자가 스승인 공자에게,

"옳은 말은 듣는 대로 곧 실천해야 하지 않겠습니까?"

하고 묻자 공자는,

"어버이와 형님이 살아 계시니 찾아가 상의해 보거나 조금 시간을 두고 생각해 봐야 하지 않겠는가?"

라고 대답했다. 그런데 어느 날 염자유라는 제자가 스승에게 똑같은 질문을 하자 공자가 대답했다.

"당연히 듣는 대로 실천해야 하지."

그 얘기를 들은 공서자화(公西子華)가 공자에게 물었다.

"스승님, 자로가 여쭈었을 때에는 '어버이와 형님이 살아 계시니 듣는 대로 곧 실천할 수는 없다.' 라고 말씀하시더니, 염자유가 여쭈었을 때에는 '듣는 대로 곧 실천해야 한다.' 고 말씀하셨습니다. 두 사람에게 대답하신 스승님의 말씀이 서로 달라 갈피를 잡을 수가 없습니다. 스승님의 생각을 다시 한 번 들려주십시오."

그러자 공자는 이렇게 대답했다.

"염자유는 무슨 일에나 좀 망설이는 경향이 있으므로 용기를 내라고 그렇게 말한 것이고, 자로는 지나치게 대담하여 성급하게 일을 처리하는 경향이 있으므로 좀 더 신중하라고 그렇게 이른 것이니, 그 두 가지는 서로 모순되는 것이라고 할 수 없다. 그런데 자네에게는 어떻게 대답해야 넘치거나 모자라지 않을까?"

공자는 제자들과 대화를 하거나 그들을 가르치면서 모순과 비유를 많이 활용한 것으로 유명하다. 그것은 춘추 시대 말기에 태어난 그가 주나라의 봉건 질서가 무너진 세상에서 전통적인 가치관과 관습이 흔들리는 것을 목격하며 세상의 무상함을 깨달았기 때문일 수도 있지만, 도처에서 수많은 제후와 군왕들이 들고 일어나 끊임없이 이웃 나라들과 전쟁을 일으키며 세상을 혼란으로 몰고 가는 것을 보며 안타까운 마음이 들었기 때문인지도 모른다.

사람의 성격이 다르면 그 행동도 달라지기 마련이다. 자로는 공자의 제자 중에서 나이가 제일 많은 사람이었으며, 원래는 나쁜 짓을 일삼고 다니는 건달이었다고 한다. 성격이 급하고 거칠기는 했지만, 한편으로는 꾸밈이 없고 소박한 성품이라서 공자는 특히 자로에게 애착을 갖고 많은 것을 가르쳤다.

반면에 염자유는 소심하고 소극적인 성격에 의심도 많은 사람이었다. 그래서 마음속으로는 스승을 더없이 존경하면서도 자신은 스승의 가르침대로 따라 할 '힘이 부족하다.(力不足)' 는 생각을 늘 갖고 있었다.

공자는 성격이 조급한 자로에게는 무슨 일이든 한 번 더 신중하게 생각한 다음 행동에 옮길 것을 주문했지만, 항상 자신감이 부족해 무슨 일에든 망설이는 염자유에게는 옳다고 생각되는 일이 있으면 즉시 실행에 옮기라고 가르치고 있다. 얼른 보기에는 모순이 있는 것 같은 대답이지만, 제자의 성격과 행동상의 특성까지 고려해 각자에게 맞는 가르침을 주는 공자의 높은 안목이 돋보이는 장면이다. 그러고 보면, 공자야말로 요즘 유행하는 1:1 맞춤식 학습의 선구자라고 해야 하지 않을까?

모순의 성격에 따른 구분

① 적대적 모순

전쟁이 일어났을 때 적군과 아군은 서로 적대적 관계에 놓이게 된다. 그러나 부부의 경우에는 서로 대립 관계를 유지하기는 하지만 적대적 관계에 있다고 할 수는 없다. 이처럼 대립하는 두 사물이나 사람의 관계가 적대적인 경우에 나타나는 모순을 적대적 모순이라 하고, 그렇지 않은 경우의 모순을 비적대적 모순이라 한다.

적대적 모순이 있을 때는 어느 한쪽이 다른 쪽을 이기거나 극복해야 모순이 해결된다.

고쳐 달라고 했잖아

어떤 의원이 자기 실력을 자랑하며 떠들어댔다.

"세상에 어떤 병이라도 내 손만 거치면 다 나을 수 있다. 등이 새우처럼 꼬부라진 꼽추라도 고쳐 달라면 즉시 고쳐줄 수 있지."

이 말을 들은 어떤 꼽추가 좋아라 하며 치료를 받으러 갔다. 의원은 커다란 널빤지에 꼽추를 눕히고 새끼줄로 꽁꽁 동여맨 다음 그 위에 다른 널빤지를 얹어놓고 나서 꼽추의 몸 위에 올라가 사정없이 밟아대기 시작했다.

"제발 그만하시오. 사, 사람 살류!"

꼽추가 애원했지만 의원은 더 세게 밟으며 오히려 꼽추를 나무랐다.

"원, 무슨 사람이 그리도 참을성이 없단 말인가?"

그 모습을 본 사람들이 달려들어 꼽추를 풀어준 다음 의원을 두들겨 패자, 의원은 낯빛 하나 바꾸지 않고 태연하게 대답했다.

"꼽추가 고쳐달라기에 고쳐준 것뿐인데 내가 뭘 잘못했다고 이러는 거요? 이 사람이 목숨을 살려달라고 했으면 이렇게까지 하지는 않았을 거 아뇨!"

의사는 환자의 병을 고침으로써 그의 생명을 지키는 사람이다. 그런 의사가 병을 고치기 위해 환자의 몸을 죽인다면 그것은 있을 수도 없고 있어서도 안 되는 일일 것이다. 꼽추에게 있어서 곱사병은 마땅히 극복해야 할 적대적 모순이다. 그러나 그 병을 고치다가 죽을 수도 있다는 걸 알았다면, 아무리 불편할지언정 꼽추를 고치려 들지는 않았을 것이다.

우리는 살아가는 동안 셀 수 없이 많은 적대적 모순을 경험하게 된다. 가족 가운데 누군가가 중한 병을 앓게 돼서 수술을 해야 할 경우, 병원에서는 보호자에게 수술동의서를 쓰게 한다. 그런데 동의서에 서명을 하기 전에 의사의 설명을 듣다 보면, 수술 도중에 환자가 위중한 상태에 빠지게 되거나 수술이 잘못돼서 죽을 수도 있다는 얘기를 듣게 된다. 그 순간 보호자는 적대적 모순에 빠지게 된다. 환자를 살리자면 반드시 수술을 해야 할 것 같은데, 그 수술을 하다가 죽을 수도 있다고 하니 이거야말로 진퇴양난이다. 그러나 어떤 위험이 예상된다 하더라도 환자의 병을 고치는 게 목적이라면 어쩔 수 없이 수술동의서에 서명을 해야 한다.

그러고 보면, 적대적 모순을 극복하는 데 있어서 가장 중요하게 생각해야 할 점은, 눈앞에 보이는 모순을 극복하려는 목적과 함께 그 모순의 본질이 과연 무엇인지를 정확하게 이해하는 것이라고 할 수 있다.

허락만 하신다면야

뷔르템부르크의 칼 공작이 말을 타고 산책하던 도중 우연히 작업을 하고 있는 염색공을 만나게 되었다.

"내 백마를 파란색으로 염색해 줄 수 있는가?"

공작이 묻자, 염색공은 전혀 문제될 게 없다는 듯이 대답했다.

"물론입죠, 전하. 그 말을 삶아도 괜찮다는 허락만 하시면 얼마든지 그렇게 해드리겠습니다."

상대가 말이 되는 말을 했을 때 나 또한 말이 되는 말로 대답했다면 전혀 문제될 것도 없고 웃을 일도 안 생긴다. 그러나 상대방이 말 같지도 않은 말을 하는 걸 들었다면 과연 어떻게 대응해야 할까? 공작이 그저 파란색을 칠해 달라는 거라면 나중에 벗겨지든 말든 내가 알 바 아니다. 그러나 제대로 된 염색을 하자면 염색하려는 물건을 반드시 끓는 물에 담가야 한다. 공작도 그걸 모를 리가 없다. 문제는 이놈이 공작 각하가 애지중지하는, 살아 있는 말이라는 사실이다.

공작이 던진 적대적 모순에 대해 염색공 역시 적대적 모순으로 맞받아치자, 도저히 극복될 수 없는 두 개의 모순이 부딪치며 두 사람 사이에 불꽃 튀는 불협화음이 일어나고 있다. 그러나 겁 없이 공작 각하에게 대든 염색공의 운명이 그 후 어떻게 되었는지에 대해서는 아직까지 알려진 게 없다.

저희 병원에서는

어느 날 프랑스의 국왕 루이 15세가 유명한 외과의사의 병원에 친히 들렀다.

국왕 : 나를 이 병원에 있는 다른 환자들과는 다르게 대우하겠지?

의사 : 전하, 황송하옵니다.

국왕 : 황송하다니, 무슨 말인고?

의사 : 저희 병원에서는 모든 환자를 왕처럼 대우하고 있답니다.

모든 환자를 다 왕으로 모시고 있으니 진짜 왕을 왕처럼 모신다고 해도 표가 날 리가 없다. 그렇다고 국왕의 요구를 들어주기 위해 다른 환자를 차별 대우하자니 병원의 방침이 허락하지를 않는다. 국왕의 요구를 들어주는 것은 곧 모순을 인정하는 게 되기 때문이다.

그러고 보면, 힘이 있는 이들이 자기의 지위를 이용해서 사사건건 특별대우를 요구하는 행태는 지금도 여전한 것 같다. 그런 특별대우를 받는 것이 바로 자기의 권위를 인정받는 것이라고 생각하기 때문이겠지만, 권위란 다른 이들이 마음속으로부터 인정해줘야 나타나는 것이지 자기가 요구하거나 내세운다고 해서 보여지는 게 아니다.

그나저나, 불합리한 국왕의 요구에 응하지 않고 평등 서비스를 실천한 이 멋진 의사가 과연 무사했을지 궁금하기만 하다.

② 비적대적 모순

비적대적 모순에서는 어느 한쪽이 다른 쪽을 극복하는 게 아니라 서로의 차이를 인정하면서 양자가 조화를 이루게 하는 것이 중요하다. 남녀가 만났을 때 어느 한쪽이 자기의 개성과 취향을 죽이고 무조건 상대방한테 맞춰가며 살아야 한다면, 이 세상에서 부부로 살아갈 수 있는 사람이 과연 몇이나 될까?

바꿔 생각하면

어떤 여자가 현자를 찾아와 자기 며느리의 험담을 늘어놓았다.

"제 아들이 불쌍해서 죽겠어요. 어쩌다 여우 같은 여자를 만나 결혼하더니 요즘은 아침밥도 제대로 못 얻어먹고 출근을 한답니다. 그러면서도 제 아내한테는 큰 소리 한 번 못 치고 살아요. 며느리가 얄미워 죽겠어요."

현자는 여인에게 딸은 어떻게 사느냐고 물었다.

"내 딸은 정말 훌륭한 남편을 만났어요. 우리 사위는 딸이 잠에서 깰까 봐 잠자리에서 살그머니 빠져나와 아침도 먹지 않고 저 혼자 알아서 출근한답니다. 그러면서도 딸한테 큰 소리 한 번 친 적이 없어요."

그러자 현자가 여인에게 충고를 했다.

"잘 됐네요. 며느리를 딸이라고 생각하고 사위를 아들이라고 생각하면 되겠네요."

재 묻은 개가 똥 묻은 개더러 더럽다고 짖어대는 게 바로 이런 경우일 것이다. 제 눈의 들보는 보지 못하면서 남의 눈에 든 티끌 뽑아내려고 기를 쓰는 이들이 우리 주위에는 얼마든지 많다. 남의 탓을 하기 전에 한 번이라도 자신을 돌아볼 수만 있다면 이런 일이 없으련만, 세상이 늘 그렇게 이성적으로만 돌아가는 건 아닌가 보다.

하나밖에 없는 귀한 아들 제대로 챙겨주지 않는 며느리가 맘에 안 들다 못해 얄미워 죽을 지경이지만, 요즘이 어떤 세상인가! 언감생심, 며느리 앞에서는 대놓고 나무라지도 못하는 신세다. 방법은 오직 하나, 시집간 딸이 제 남편한테 대접 받으며 사는 걸 그나마 위안으로 삼는 수밖에.

그래, 내가 생각을 바꾸자. 나 하나가 바뀌어서 온 집안이 편안해진다면 당연히 그래야지. 마침 고명하신 현자께서도 그리 말씀하시는 걸 보니 다른 방법이 없긴 없는 모양이다.

훈장이 두 개나

음악을 무척이나 좋아하는 칼 대공이 어느 날 베를린 궁정가수의 노래를 듣고 있는데 암만 봐도 서툴기가 짝이 없었다. 그러나 음악회에 참석한 모든 측근들이 입을 모아 그 가수를 칭찬하는 바람에, 할 수 없이 그 가수를 불러 훈장을 주기로 했다.

그런데 상자를 열어본 가수는 놀라움과 기쁨에 어쩔 줄 몰랐다. 훈장이 한 개 들어 있으리라고 생각했었는데 두 개나 보였기 때문이었다.
"대공 전하! 후, 훈장이 두 개씩이나……."
가수가 감격한 나머지 말을 잇지 못하자, 대공은 아무렇지도 않다는 듯이 내뱉었다.
"하나는 자네 마부 걸세!"

박수를 쳐주기는커녕 그냥 자리에서 일어나버리고 싶을 정도로 형편 없는 실력이었는데, 옆에서 하도 칭찬을 해대니 대공으로서도 모른 체할 수가 없게 됐다. 그나저나 이 사람들, 모르면 가만이나 있을 일이지, 음악에 대해서 뭘 안다고 저렇게 난리들이람?

생각할수록 마음에 들지 않지만 그렇다고 대공 체면에 내색을 할 수도 없다. 그런데 마침 좋은 생각이 떠올랐다. 오늘의 연주가 있기까지 정작 고생을 한 사람은 이 가수를 태우고 온 마부가 아니던가!

측근들의 강요에 못 이겨 가수한테도 훈장을 주기는 준다만, 내가 진짜 훈장을 주는 사람은 가수인 당신이 아니라 당신을 태우고 온 마부란 말이야! 알기나 알아? 그러니 앞으로는 제발 똑바로 좀 하라고, 똑바로! 그렇게 하고 나니 내 체면도 멋지게 살았지만, 내 속 또한 이렇게 후련할 수가 없구만.

마음은 사랑따라

늘 바람을 피우며 아내를 거들떠보지도 않던 남편이 모처럼 아내의 환심을 사려고 선물을 사들고 들어오자 아내가 물었다.
"여보, 당신 진심에서 이런 선물을 사들고 온 거예요?"
"뚱딴지같이 그게 무슨 소리야?"
"생각해 보면 알 거 아녜요. 몸은 나한테 와 있지만 마음은 분명히 그년한테 가 있잖아요!"
그러자 남편이 얼른 말을 받았다.
"그럼 앞으로는 몸은 그쪽에다가 두고 마음은 당신한테 와 있게 하지 뭐."

남편의 몸과 마음이 안팎을 드나들며 따로 놀고 있으니 모순도 이런 모순이 없다. 그러나 악을 써가며 남편의 바람기를 잡아보려고 덤비는 순간 남편의 몸은 물론 마음까지 다 달아나버릴까 걱정이 되어 그동안은 꾹 참고 지냈다. 그런데 갑자기 이 남자가 평소에 안 하던 짓을 하는 바람에 참았던 의심이 고개를 쳐든 것이다.

생각 같아서는 더 독한 소리를 해대고 싶지만, 그래도 오늘따라 하는 짓이 왠지 밉지만은 않다. 그래서 이참에 슬며시 남편의 속내를 떠볼 작정으로 아내는 짐짓 어깃장을 놓는다. '그래도 마음은 나한테 있을걸!' 그런 기대를 하며 맘에도 없는 말을 해본 건데 웬걸, 이 화상이 미꾸라지처럼 손아귀에서 쏙 빠져나가고 만다.

결국은 먼저 심리전을 시작한 아내가 두 손을 들 수밖에 없는 상황이 됐다. 그래도 가정의 평화를 위해, 그리고 언젠가는 내게로 돌아올 남편을 위해, 어쩌겠어 내가 참는 수밖에!

모순의 내용에 따른 구분

① 개체 모순

모순의 주체가 되는 사람이나 사물이 지니고 있는 생각이나 사고 방식, 또는 각자가 처한 상황의 차이에서 모순이 생기는 경우이다.

이젠 안심이네요

"여보 잘 들어둬요!"

침대에 누워 있던 헨리가 수심에 싸여 있는 아내에게 말했다.

"나한테 무슨 일이 생기더라도 당신만큼은 걱정 없이 살게 해야겠다 싶어서 얼마 전에 10만 달러짜리 생명보험을 들었다오."

그 말을 듣자 아내는 언제 그랬냐는 듯이 얼굴이 환해졌다.

"여보, 정말 잘했어요. 그럼 이제부턴 당신이 아파도 병원에 갈 필요가 없겠네요."

아픈 남편 병시중 드느라 아내의 몸고생 마음고생이 무척 심했지만, 그런 와중에서도 남들에 비하면 우리 부부는 꽤 오랫동안 비교적 구순하게 살아온 편이었다. 그래도 돌이켜보면 고생만 시킨 것 같아 미안하기도 하고 한편으로는 새삼 고마운 마음도 들어, 얼마 전부터는 아내를 위해 뭔가 해야겠다는 생각을 하던 터였다. 아내 몰래 생명보험을 들어둔 것도 실은 그런 마음의 표현이었던 셈이다.

그런데 이게 웬일인가! 생명보험 들었다는 얘길 했더니 아내 얼굴이 언제 그랬냐는 듯이 싹 달라진다. 이런 사람을 믿고 내가 여태껏 살아왔단 말인가! 억울하기도 하고 서럽기도 하지만, 이제 와서 뭘 어떻게 하랴. 그게 바로 사람의 본성인 것을!

② 시차 모순

전에 한 말이 지금에 와서 모순을 일으키거나, 오늘의 사실이 다음 어느 시기에 거짓말로 드러나면서 모순이 생기는 경우이다.

실수는 병가지상사

헨리가 한 달 동안 건설현장에서 일을 하고 나서 월급을 받았는데 평소보다 5달러가 더 들어 있었다. 하지만 그는 그에 대해 아무에게도 말하지 않았다.

그런데 다음 달에 월급을 받아보니 이번에는 5달러가 모자라는 것이었다. 헨리가 달려가 항의를 하자, 사장은 궁금하다는 듯이 헨리에게 물었다.

"왜 지난번에는 5달러를 더 주었는데도 아무 말 하지 않았나?"
"한 번 실수는 병가지상사 아닙니까? 하지만 이런 실수가 더 이상 계속되면 안 되겠다 싶어서 말씀드린 겁니다."

뒷간 갈 때와 돌아올 때 생각이 다르다는 게 이런 경우를 두고 하는 말일 것이다. 속이 빤히 들여다보이는 짓을 하면서도, 어제와 오늘이 다르다는 핑계로 자신의 행동을 합리화하는 게 사람이다. 그나저나, 직원들이 모두 이 친구 같은 사람들이라면 사장 입에서 나올 소리는 단 한 마디밖에 없다.

"이 세상에 믿을 놈 하나 없구만!"

③ 상황 모순

어떤 상황에 빠지게 되거나 그 상황을 벗어나려고 할 때 일어나는 모순이다.

꿈속에서 만난 주공

어느 글방 훈장이 자기는 항상 낮잠을 자면서 아이들이 잠깐 졸기라도 하면 불호령을 내리곤 했다.
그러던 어느 날 참다못한 학동이 훈장에게 따지고 들었다.
"훈장님은 주무시면서 저희는 못 자게 하는 이유가 무엇입니까?"
"나야 꿈에 주공(周公)을 만나기 때문에 그렇지."
그런데 이튿날 학동이 낮잠을 자다 훈장에게 들켜 매를 맞게 됐다.

"번번이 그러지 말라고 일렀는데도 왜 또 낮잠을 잤느냐?"
"꿈에 주공을 만나느라고 그랬습니다."
"그래, 주공이 뭐라고 하시더냐?"
"이제까지 한 번도 훈장님을 만난 적이 없다고 그러시던데요."

훈장이나 학동이나 꿈에 주공을 만났을 리가 없다는 것은 서로가 이미 알고 있는 사실이다. 또 양쪽 모두 자기가 잠잔 것을 합리화하기 위해 주공을 이용하고 있을 뿐, 주공과의 만남에 특별한 비중을 두고 있는 것도 아니다.

여기서는 유머의 다양한 속성을 복합적으로 활용하고 있는 학동의 유머 능력이 특히 돋보이고 있다. 훈장이 주공을 만난 시점과 자기가 주공을 만난 시점의 차이로 모순을 만들어내고(시차 모순), 주공을 이용해 위기에서 빠져나가려는 훈장을 주공의 이름으로 붙잡아매는 한편(관련), 주공의 말을 통해 밝혀진 진실과 거짓을 절묘하게 대비시키는(이원성) 등 유머의 진수가 골고루 들어 있는 보기 드문 사례라고 할 수 있다.

④ 해석 모순

특정한 사안에 대한 해석의 차이로 인해 모순이 생기는 경우이다. 주관적 해석에 의해 생긴다는 점에서 개체 모순과 비슷한 면이 있다.

무슨 말씀을 하셨길래

사이가 그다지 좋지 않은 집사 부부가 있었다. 그런데 어느 주일날 남편 혼자 저녁 예배를 갔다 오더니 그날 밤 아내를 뜨겁게 사랑해 주는 것이었다.

오랜만에 기분이 좋아진 아내는 흐뭇한 눈초리로 남편을 보면서 물었다.

"당신 오늘 웬일이유?"

하지만 남편은 아무런 대꾸도 하지 않았다. 다음 날 아침, 어젯밤 남편의 갑작스런 변화가 필시 목사님의 설교 때문이었으리라고 생각한 아내는 고마운 마음에 과일 바구니를 사들고 목사를 찾아갔다.

"목사님, 정말 감사합니다. 어제 저녁 설교가 참 좋았던 모양이지요? 혹시 '아내를 제 몸같이 사랑하라.'는 내용이었나요?"

그러자 눈이 휘둥그래진 목사가 그럴 리가 없다는 듯이 고개를 저으며 이렇게 대답했다.

"아뇨, '원수를 사랑하라.'는 설교였는데요."

갑자기 달라진 남편의 행동에 아내는 그만 감격하고 만다. '역시 우리 목사님은 대단한 분이셔! 그분 말씀이 아니었다면, 우리 남편이 이렇게 하루아침에 딴 사람이 될 수가 없어. 그나저나, 도대체 무슨 말씀을 하셨길래 이렇게 대단한 역사가 일어나는 건지 정말 궁금해 죽겠네.'

그런데 막상 목사님 말씀을 듣고 보니, 진짜 대단한 분은 목사님이 아니라 그분의 말씀을 잠시도 지체하지 않고 즉각 실천에 옮긴, 사랑하는 우리 남편이 아닌가!

'날더러 착각은 자유라며 놀려도 좋아. 날마다 사랑을 받을 수만 있다면 무슨 설교인들 귀에 안 들어오겠어?'

기술5

궤변도 때로는 말이 된다

궤변(sophism)은 원래 그리스의 궤변학파 철학자(소피스트)들이 처음 사용하기 시작한 철학적 사유의 수단이었지만, 지금은 자기의 목적을 위해 규범을 무시하고 아무렇게나 둘러대는 논리를 뜻하는, 다소 부정적인 의미로 쓰이고 있다.

사람들을 만나다 보면, 얼른 들으면 그럴 듯해 보이지만 실은 이치에 닿지 않는 말을 억지로 둘러대며 자기의 생각을 합리화시키려는 이들을 가끔 대하게 된다. 그런 이들의 말을 듣고 있으면, 뭐라고 막 부러지게 반박을 할 수는 없지만 왠지 모르게 신뢰가 가지 않거나 혼란스러운 느낌을 갖게 될 때가 있다.

시도 때도 없이 거짓말을 밥 먹듯 하거나 늘 자기 합리화를 하려는 사람을 보면 거부감이 드는 게 인지상정이다. 그러나 내가 평소에 다른 사람들에게서 믿음과 호감을 얻고 있는 편이라면, 궤변을 활용한 유머를 통해 나름대로 큰 효과를 볼 수도 있다. 특히 내가 어떤 사안에 대해 갖고 있는 생각이나 신념이 확고하면 확고할수록, 궤변은 눈앞의 불리한 상황을 돌파하는 데 유리한 무기가 될 때가 많다.

머리를 조아린 까닭은

소크라테스의 제자인 아리스티포스가 어느 날 자기의 친구를 위해 시라쿠사의 참주인 디오니시오스 1세에게 부탁을 하러 갔다. 그런데 왕이 자기의 청을 들어주지 않자 아리스티포스는 왕의 발밑에 머리를 조아리며 몇 번이고 간청을 했다.

그 소문을 들은 어떤 사람이 그의 비굴한 처신을 비난하자, 그는 태연히 대꾸했다.

"내가 그렇게 머리를 조아린 건 디오니시오스 왕의 귀가 이상하게도 발에 뚫려 있었기 때문이라네."

아리스티포스에 대해서는 지금까지도 수많은 일화가 전해 내려온다. 그가 처음 디오니시오스 1세를 만나러 갔을 때 왕이 무엇하러 여기까지 왔느냐고 묻자, 그는 '장사를 하러 왔습니다. 제게 필요한 것과 전하에게 필요한 것, 즉 전하의 은총과 제 지식을 맞바꾸러 왔습니다.' 라고 대답했다. 그 말을 들은 왕은 즉시 그를 왕실의 고문으로 임명했다고 한다.

소크라테스의 대표적인 제자 가운데 한 사람으로서 퀴레네 학파를 창시한 그는 현실 속에서의 행복과 쾌락이 인간의 삶에서 가장 중요한 가치임을 주장한 쾌락주의 철학자인 동시에, 자신의 목적 달성을 위해서라면 이 세상 누구와도 대화와 타협을 할 수 있어야 한다고 생각할 만큼 철저한 현실주의자이기도 했다.

그런 사람이었기 때문에, 그가 친구의 부탁을 성사시키기 위해 왕 앞에 무릎을 꿇고 머리를 조아린 것쯤은 전혀 이상한 일이 아니었다. 문제는 주변에서 그를 바라보는 시선들이었다. '소위 철학자라는 사람이 왕 앞이라고 해서 그렇게 비굴한 처신을 하다니.' '그렇지 않아도 온통 아부하는 사람들로 넘쳐나는 세상인데 당신마저 그러면 되겠느냐.' 그는 귀가 따갑도록 그런 소리를 들었을 것이다.

물론 이 세상에서 귀가 발에 달린 사람은 없다. 그러니 평소 하는 짓이 얄밉거나 신뢰가 안 가는 사람이 위와 같은 궤변을 늘어놓았다면 가증스럽다 못해 역겨운 느낌까지 들었을 것이다. 그러나 아리스티포스가 누구인가! 어떤 수단과 방법을 동원해서라도 자기가 한 번 설정한 목표는 반드시 달성하고야 마는 사람이었기 때문에, 그는 왕의 발에 달린 귀에 대고 친구의 청탁을 속삭인 자신의 행동을 멋지게 합리화하는 데 성공하고 있다.

산이 오지 않으면

이슬람교의 창시자인 마호메트가 산도 움직일 수 있다는 소문을 전해 들은 군중들이 그를 찾아와 정말 산을 움직일 수 있는지 숨을 죽이며 지켜보고 있었다.

하지만 아무리 해도 산이 움직일 기미가 보이지 않자 군중들 속에서 웅성거리는 소리가 들리기 시작했다. 그러자 마호메트는 산을 향해 걸음을 옮기면서 이렇게 말했다.

"산이 정말 움직인다면 위험한 일이 생길 것이다. 따라서 산이 움직이지 않는 것은 바로 알라가 우리에게 자비를 베풀었기 때문이라고 할 수 있다. 그리고 산이 내게로 오지 않는다면 내가 산으로 가면 될 게 아닌가!"

비단 이슬람교뿐만이 아니라, 지구상의 모든 종교는 신의 의지와 인간의 욕망 사이에 놓여 있는 모순과 불일치에 대해 그들 나름대로의 독특한 해석을 제시하고 있다. 그렇기 때문에 종교적인 가르침이나 종교의 창시자들과 관련된 일화 속에는 일반인의 논리나 상식으로는 도저히 이해할 수 없는 그들만의 사고 체계가 엄연히 살아 움직이고 있다.

'산이 내게로 오지 않으면, 내가 산으로 가리라.'

어느 모로 보더라도 결코 합리적이지도 않고, 자칫 잘못했으면 사람들의 조소와 비아냥을 받았을 법한 이 한 마디가 그들의 마음을 움직인 힘은 어디에서 나온 것일까?

언뜻 보면 궤변이나 역설의 모음집 같기도 하고 또 한편으로는 도저히 서로 공존할 수 없는 모순들이 복잡하게 얽히고설켜 있는 것 같은 종교의 경전들이 그토록 오랫동안 많은 사람들에게 강력한 설득력을 갖는 이유는 무엇일까? 아마도 그 속에 들어 있는 확고하고 일관된 신념과, 그 신념이 현실 속에서 구체화된 여러 가지 증거들 때문일지도 모른다. 그러고 보면 확고한 믿음은 그것이 설령 궤변이라 하더라도, 산을 움직이고 바다를 가르는 힘을 발휘하는 게 분명한가 보다.

살 속에 박혔으니까

전쟁터에서 등에 화살을 맞은 어느 병사가 외과 의사를 찾아왔다. 그런데 의사는 등에 박힌 화살의 자루 부분을 가위로 잘라낸 다음 치료가 다 끝났다며 돌아가라는 것이었다. 깜짝 놀란 병사가 의사에게 물었다.

"박혀 있는 화살촉 부분은 어떻게 하라는 거죠?"

그러자 의사는 귀찮다는 듯이 대꾸했다.

"내가 할 일은 다 끝났습니다. 화살촉은 살 속에 박혀 있으니 내과 전문의를 찾아가서 치료 받으세요."

이런 식으로 치료한다면 못 고칠 병이 하나도 없을 테고 이 세상 모든 의사들은 하나같이 신출귀몰한 명의가 돼야 마땅하다. 더구나 아무리 깊숙이 살을 뚫고 들어가 박혔다 하더라도 화살촉을 빼내는 수술은 분명 외과 진료에 해당되는 내용이다.

그럼에도 불구하고 자기는 외과 의사라서 '바깥' 에 있는 화살대 부분만 제거하면 되니까, '안' 에 있는 화살촉을 빼내고 싶으면 내과 의사한테 가보라는 의사의 궤변을 들으며 환자는 꼼짝없이 실소를 머금게 된다. 궤변에 의한 합리화가 반론의 싹을 잘라버린 셈이다.

이거라도 걸쳐야

뻔뻔하기 짝이 없는 룸메이트 때문에 늘상 골머리를 앓고 있던 철수가 오늘은 더 열이 올랐다. 룸메이트가 허락도 없이 자기 레인코트를 입고 나갔다가 들어오는 걸 발견했기 때문이었다.

"야, 너 이거 너무하지 않아? 내 레인코트를 허락도 없이 그렇게 입고 다녀도 되는 거야?"

그러자 그 친구는 오히려 당연하다는 듯이 태연하게 말했다.

"무슨 소리야? 이 레인코트라도 걸쳐야 네 양복이 비에 젖지 않을 거 아냐!"

허락 없이 레인코트를 걸치고 나간 것도 괘씸한 일인데 가만 듣고 보니 이 친구, 내 양복까지 챙겨 입었잖아! 그러면서도 얼굴색 하나 바뀌지 않고 되레 자기 쪽에서 큰소리를 치고 있으니 적반하장도 유분수지, 이쯤 되면 도무지 말이 통하지 않는 벽창호나 마찬가지다.

이처럼 내가 상대적으로 불리한 상황에 놓이게 되었을 경우 그 상황에서 벗어나기 위해서는 관심의 초점이 되는 논점(또는 이슈)에서 의도적으로 벗어나거나(논점 일탈), 어떻게 해서든 그 논점을 회피하는 전략이 나름대로 효과를 발휘할 때가 있다.

여기서 룸메이트는 의도적으로 논점을 회피하는 쪽을 택하고 있다. 논점을 효과적으로 회피하기 위해서는 궤변이나 모순을 활용하는 방법도 있지만, 이 사례처럼 의도적으로 논리의 오류를 동원하는 것도 괜찮은 선택이 될 수 있다. 양복이 젖지 않게 하려면 레인코트를 입는 게 당연하지만, 문제는 그 양복과 레인코트가 자기 것이 아니라 친구의 것이라는 데에 있다. 즉 사고의 주체를 의도적으로 바꿔버림으로써 논리에 오류가 생기게 됐고, 그 잘못을 발견한 순간 어쩔 수 없이 웃음이 나오게 된 것이다.

기술 6

억지 주장도 가끔은 통할 때가 있다

자기 주장을 뒷받침하기 위해 전혀 관련이 없는 사건이나 사람을 끌어다 붙이고, 뻔히 드러나 있는 명백한 사실을 부정하면서 빠져나갈 구멍을 찾거나, 되지도 않을 일에 고집을 피우는 사람을 볼 때 우리는 그가 '억지를 부린다.' 고 말한다.

보통 때 실제로 그런 사람을 만나게 된다면야 그야말로 속이 터지고 환장할 노릇이겠지만, 적어도 유머가 필요한 상황에서는 그런 억지 주장이 위기를 탈출하게 해 주고, 보는 이로 하여금 '기가 막히는' 웃음을 짓게 만드는 위력을 발휘할 때도 있다.

간단하게 끝냅시다

제1차 세계대전 당시 미국의 코미디 작가 윌 로저스는 전쟁을 단번에 끝낼 수 있는 좋은 방법이 있다고 큰소리치곤 했다. 그게 과연 무엇이었을까?

"내가 보기에 문제는 독일의 U보트들이 자꾸만 우리 선박들을 침몰시킨다는 데 있습니다. 그러니 대서양의 바닷물을 팔팔 끓여버리면 바다가 뜨거워질 것이고, 그렇게 되면 독일 잠수함들이 바다 위로 떠오르지 않을 수 없을 것입니다. 그때를 기다렸다가 호수에서 오리 사냥 하듯이 그놈들을 하나하나 박살내 버리면 됩니다."

그리고 로저스는 말 끝에 이렇게 덧붙였다.

"물론 내가 이렇게 말하면 사람들은 어떻게 대서양 물을 섭씨 100도로 끓일 수 있느냐고 물을 것입니다. 하지만 그 문제는 기술자들이 알아서 할 일이지 내가 해결할 문제는 아닙니다. 나야 정책과 전략을 수립하면 그만이지, 그걸 집행할 책임까지 질 필요는 없으니까요."

말도 안 되는 이런 이야기가 말이 되는 배경은 의외로 단순한 것이었다. 고립주의를 주창하면서 대서양 바다 건너 유럽에서 벌어지는 제1차 세계대전에 어떻게든 개입하지 않으려고 애를 쓰던 미국이 독일의 잠수함(U보트) 공격 때문에 엄청난 피해를 입게 되자, 울며 겨자 먹기로 참전하게 된 것이 바로 이 유머의 배경이다.

물 밑에서 공격해 오는 독일군 잠수함에 미국의 대형 상선들이 속수무책으로 침몰당하는 사태가 벌어지면서, 미국 전역은 전쟁에 참전해 독일 제국주의자들을 응징해야 한다는 여론으로 연일 들끓어 올랐다. 대서양 물을 팔팔 끓여버리자는 로저스의 이 유머는 당시 미국 내에서 비등하던 전쟁 개입 여론과 독일 잠수함에 대한 증오심을 잘 보여주는 세태 유머인 셈이다.

물론 전쟁이 끝날 때까지 로저스의 제안은 실현되지 못했지만, 바닷물을 끓이는 대신 바닷속을 헤집고 다니는 독일의 U보트들을 잡기 위해 미국이 대대적인 폭뢰 개발과 생산에 나선 것을 보면, 로저스의 억지가 어느 정도는 먹혀 들어간 게 아닐까?

다 마시기 전에

《이솝 우화》의 저자인 이솝은 남의 집 종살이를 하는 하인이었다. 그런데 어느 날 자기 주인이 술이 잔뜩 취한 채 많은 사람들 앞에서 돌이킬 수 없는 약속을 하는 것을 보고는 깜짝 놀랐다. 그의 주인이,

"나는 저 바다의 물을 몽땅 마실 수 있다."

라며 엉뚱한 헛소리를 해댄 것이었다.

"술 주정 그만하고 집에 가서 잠이나 자게!"

사람들은 그의 말에 콧방귀를 뀌었지만, 이솝의 주인은 아랑곳하지 않고 계속 큰소리를 쳤다.

"내가 술이 취해서 그러는 게 아니라니까. 나는 분명히 저 바닷물을 몽땅 마실 수 있어요, 내일 술이 깨고 나서 직접 마시는 걸 보여줄 테니 다들 와서 구경이나 하시구려!"

"그래? 당신 말이 정말 허튼소리가 아니라면 우리와 약속을 하시지.

큰소리를 칠 때 치더라도 약속은 해야 할 것 아니오?"
그러자 이솝의 주인은 더욱더 목청을 높였다.
"좋소, 내가 내일 이 바닷물을 몽땅 마시지 못하면 내 재산을 모두 여러분한테 나눠주겠소. 그럼 내 말을 믿겠소?"
그렇게 해서 사람들과 약속을 하고 온 이솝의 주인은 술이 깨자 난감하지 않을 수가 없었다. 지금과는 달리 그때는 구두로 한 약속도 반드시 지켜야 하는 관습이 있었기 때문에, 그가 정말 바닷물을 몽땅 마시지 못한다면 모든 재산을 내줘야만 할 판이었다. 그러나 그날 밤 이솝에게서 묘책을 전해 들은 주인은 다음 날 아침 사람들 앞에서 오히려 더 큰소리를 쳤다.
"자, 약속대로 이 바닷물을 몽땅 마셔버릴 테니 와서 구경들이나 하시구려!"
주인의 호언장담에 사람들은 모두 어이가 없다는 듯 그를 쳐다봤다.
'알거지가 되려니까 정말 정신이 나갔군그래, 이렇게 두 눈 뜨고 보고 있으니 어서 마셔 보시지!'
그러자 이솝의 주인은 정말 바닷물을 마실 듯한 자세를 취하며 사람들에게 이렇게 말했다.
"자, 내가 지금부터 이 바닷물을 다 마실 테니까 이 바다로 흘러 들어오는 저 강물을 여러분이 막아주시오."
"뭐! 강물을 막으라고?"
사람들이 웅성거리자 이솝의 주인은 그것 보라는 듯이 배를 내밀며 큰소리로 말했다.
"그렇소! 나는 바닷물을 마신다고 했지 강물까지 마신다고 하지는 않았소! 그러니 어서 저 강물을 막아주시오. 아, 어서!"

암만 생각해도 말도 안 되는 소리 같은데, 그렇다고 딱히 반박을 할 수도 없다. 억지 주장이 제대로 먹히고 있기 때문이다. 처음 약속한 논리대로 따지자면 강물이 있든 없든 이솝의 주인은 바닷물만 마시면 된다. 사람들이 이 점을 물고 늘어졌다면 아무리 이솝이 코치를 했더라도 그의 주인은 꼼짝없이 바닷물을 마셔야 했을 것이다.

비록 술기운이기는 하지만 너무나도 당당하게 호언장담을 하는 바람에 듣는 이들의 경계심이 상당 부분 흐트러진 것도, 그의 주인이 위기를 넘기는 데 도움이 되기는 했다. 거기에 이솝의 기지가 더해진 결과, 별다른 대비책 없이 다음 날 현장에 나타난 사람들은 전혀 뜻밖의 반전에 당황할 수밖에 없었고, 결국은 자기들이 주장해야 할 논리를 제대로 펼쳐보지도 못한 채 일방적으로 당하게 된 것이다.

그러고 보면, 아무리 억지 주장을 하는 경우라 하더라도 상대를 이기기 위해서는 나름대로의 논리 개발과 자료 준비가 필요한가 보다.

우리 애를 보면

전쟁이 언제 끝날지 몰라 온 국민이 불안에 떨고 있던 어느 날, 기자 회견장에 나온 대학교수가 전쟁은 반드시 두 달 안에 끝날 거라는 장담을 했다.

기자 : 군사전문가도 예측을 하지 못하는데 어떻게 그런 확신을 하십니까?

교수 : 이번 전쟁에 우리 집 작은애가 참전을 했기 때문이오!

기자 : 그게 이번 전쟁과 무슨 상관이지요?

교수 : 그 녀석은 무슨 일을 하든 두 달을 못 넘기거든요!

대학교수가 철석같이 장담을 하니 슬그머니 기대심리가 발동했다. 이 지긋지긋한 전쟁을 확실하게 끝낼 수 있는, 뭔가 그럴 듯한 얘기가 나올지도 몰라! 명색이 대학교수라는데 설마 헛소리야 하겠어?

그런데 겨우 한다는 얘기가 못난 자기 아들 흉보는 소리다. 무슨 일이든 두 달을 못 넘기는 아들이 참전하기 위해 군대를 갔으니 전쟁이 두 달 안에 끝날 건 당연하다? 과연 그 아비에 그 아들이다. 억지도 이런 억지가 없지만, 듣는 사람들로 하여금 흥미와 우월감을 함께 느끼게 하는 데에는 나름대로 성공한 셈이다. 앞서 설명한 대로 '바보가 만인을 즐겁게 한다.' 면 억지는 사람을 기가 막히게 한다.

양말이 아니라

상해 임시정부 시절에 해공 신익희 선생은 늘 바닥이 다 해진 양말을 신고 다녔다. 그걸 본 동지 한 사람이 안쓰럽다는 듯이 한 마디 했다.

"여보시게, 해공. 아무리 궁하기로서니 양말이 대체 그게 뭐요? 숫제 바닥이 없질 않소?"

그 말에 신익희는 빙그레 웃음을 지으며 대답했다.

"허허, 이건 양말이 아니라 발 이불이라오. 양말을 신어야 한다면 내가 하필 왜 이런 걸 신고 다니겠소?"

생활이 어렵고 궁핍한 때일수록 사소한 불편을 참기 어렵고 시시콜콜한 불만도 대범하게 보아 넘기기 힘든 게 인지상정이다. 그러나 말로 표현하기 힘들 정도로 곤궁한 가운데에서도 해공 신익희 선생은 눈앞의 가난에 연연하지 않고 오로지 조국의 광복만을 위해 모든 것을 바친 분이다.

해공이 그렇게 당당하고 밝게 사는 모습을 보여줄 수 있었던 것은 무엇보다도 그 자신의 마음이 밝고 순수했기 때문이었을 것이다. 바닥이 다 해진 낡은 양말을 '발 이불'이라고 억지를 부리면서도 아무 거리낌 없이 그 누더기 양말을 신고 다닌 그의 이야기를 대하면서, 우리는 남의 나라 땅에서 온갖 어려움과 설움을 겪으면서도 꿋꿋한 기개와 품위를 잃지 않았던 대인의 풍모를 발견하게 된다. 자기 자신에 대해서는 더할 나위 없이 엄격하면서도, 같이 고생하는 동지들에게는 항상 따뜻하고 너그러운 웃음을 잃지 않았던 고매한 인격의 소유자. 해공 선생이 아니면 누구도 감히 상상할 수 없는 유머 감각이 돋보이는 예화이다.

기술7

고정관념을 깨면 새 세상이 보인다

사람은 누구나 자기 나름대로의 사고 체계를 가지고 있고, 그 사고 체계에 근거해서 새로운 사물이나 대상을 판단하게 된다. 따라서 우리가 통상 고정관념이라고 부르는 것을 반드시 부정적으로만 볼 필요는 없다. 그런 고정관념이 없으면 새로운 일이나 사람을 접하게 될 때 혼란을 느끼게 될 수도 있고, 그 결과 시의 적절한 반응을 하지 못하게 될 수도 있기 때문이다. 그러고 보면, 고정관념은 우리가 이 세상을 살아가는 데 필요한 생존 수단의 하나라고 볼 수도 있다.

그런데 우리가 살아가는 인생에서는 우리의 고정관념을 흔드는 사건들이 쉴 새 없이 일어난다. 그리고 그런 일이 벌어질 때, 우리는 '뜻밖이다.' '그럴 리가 없다.' '그래서는 안 된다.' 는 식의 부정적인 반응을 먼저 보일 때가 많다. 눈앞에 나타난 그 사건 때문에 기존에 갖고 있던 우리의 사고 체계나 논리가 흔들리고, 궁극적으로는 우리의 생존에 위협이 닥칠 수도 있다는 생각을 하기 때문이다.

새로운 학설이나 발견에 대해 합리적인 비판이 아니라 감정적인 비난을 먼저 쏟아붓고, 기존의 생산 공정을 획기적으로 개선할 수 있는 새로운 생산 기술에 대해 대다수의 현장 직원들이 반발하는 것도, 따지고 보면 자기들이 갖고 있는 고정관념의 틀이 깨지는 것을 참을 수 없기 때문인 경우가 많다.

그렇다고 해서 새로운 것이 항상 반감과 거부감만을 불러일으키는 것은 아니다. 여행을 가서 처음 보는 멋진 풍경을 대할 때, 우리는 놀라움과 함께 찬사를 쏟아낸다. 눈앞에 펼쳐진 새로운 세상이 우리의 오감을 즐겁게 하기 때문이다. 유머에서도 마찬가지다. 당연히 그래야 한다고 생각한 일이 전혀 의외의 방향으로 전개될 때, 사람들은 자기들이 느낀 놀라움이나 낯선 감정을 웃음으로 표현하게 된다. 그러고 보면, 창조적인 유머의 달인이 되기 위해서 가장 먼저 해야 할 일은 바로 고정관념을 깨는 훈련이 아닐까 싶다.

이렇게 좋은 걸

"요즘 신혼 재미가 어때?"
"후회하고 있어!"
"왜, 신부가 맘에 안 들어?"
"아니, 내가 왜 진작 결혼하지 않았나 하고 말야!"

'이 친구 부부 생활에 뭔가 단단히 문제가 있는 게 틀림없어. 그렇지 않고서야 결혼한 지 몇 달 되지도 않은 친구가 이렇게 후회한다는 말을 할 리가 없잖아.'

그의 고정관념은 바로 이것, 즉 친구의 아내에 대해 부정적인 관점에서 바라보는 것이었다. 그런데 정작 당사자인 친구는 자기의 아내를 더없이 만족스럽게 생각하고 있다. 긍정과 부정이라는 이원성과 함께, 내가 갖고 있던 고정관념이 깨어지면서 나타난 의외성이 웃음을 만들어낸 것이다.

생각이 났다 하면

동팔이가 기차 여행 중에 옆에 앉게 된 스님에게 넌지시 질문했다.
"스님께서는 출가하신 지 10년이 넘으셨다고 했는데, 그럼 여자 생각은 완전히 잊으셨겠네요?"
"글쎄올시다, 저도 사람인지라 그래도 한 달에 서너 번 정도는 생각이 간절하곤 하지요."
"서너 번이라, 역시 속세를 등진 분이라 다르긴 다르군요. 저는 매일 생각나던데요."

"과찬의 말씀. 그런데 한 번 생각이 났다 하면 한 열흘쯤 계속되는 게 문제이긴 합니다."

'산 속에서 수도를 하는 스님이라고 해서 왜 여자 생각이 나지 않을까마는, 그래도 속세의 번뇌를 끊겠다고 서원을 한 분이니까 세속에 사는 우리들과는 어디가 달라도 다를 거야.'

이런 생각을 하며 질문을 한 거였다. 그러길래 한 달에 서너 번 정도는 생각이 간절하다는 스님의 대답에도 '그래, 수도하시는 분이라 역시 다르긴 다르군. 그 정도면 속세의 육욕을 끊기 위해 나름대로 노력하고 계신다는 증거지 뭐.' 하며 대수롭지 않게 넘긴 것이다. 그런데 이 스님, 달라도 너무 다르시고 나가도 너무 나가신다. 결국 매일 여자를 생각하는 나나 한 달 내내 여자 생각이 떠나지 않는 스님이나 다를 게 없잖아.

머릿속에서 열심히 굴러가던 논리의 수레바퀴가 덜커덩 하고 빠지는 순간 기가 콱 막혀버린다. 그렇다고 십 년 적공이 도로 아미타불된 거 아니냐며 대놓고 위로할 수도 없는 노릇. 생각할수록 안타까운 마음에 안쓰러운 웃음을 짓고 있는데 이 스님, 되레 날 쳐다보며 눈으로 물으신다.

'왜, 스님은 사람 아닌 줄 아셨수?'

요건 몰랐지?

어떤 남자가 당나귀를 끌고 국경을 넘었다. 경비대원들은 그가 밀수하는 물건은 없는지 확인하기 위해 몸수색을 한 다음에야 그를 풀어주었다. 다음 날 그는 또다시 당나귀를 끌고 국경을 넘었다. 경비대원들은 그가 전날에는 그냥 국경을 넘었지만 이번에는 정말로 밀수를 할지 모른다는 생각에 더 철저히 몸수색을 했다. 그러나 아무것도 찾아내지 못하자 경비대원들은 다시 그를 풀어줄 수밖에 없었다.

그 후로도 2년 동안 그는 매일같이 당나귀를 끌고 국경을 넘었다. 경비대원들은 그 남자가 뭔지는 몰라도 밀수를 하는 게 틀림없다는 생각이 들어 계속 수색을 했지만, 아무것도 나오는 게 없었기 때문에 번번이 그를 보내줘야 했다.

몇 년이 지나 그 남자가 더 이상 국경을 넘지 않게 된 어느 날, 경비대원으로 근무하다 제대한 사람이 시장에서 우연히 그 남자와 마주쳤다.

"이거 오래간만이구려. 그런데 당신이 국경 너머로 밀수하던 게 도대체 뭐였소?"

그러자 그 남자는 전역한 군인의 귀에 대고 나지막한 목소리로 속삭였다.

"당신이 전역을 해서 날 체포할 수 없게 됐으니까 이젠 알려드릴 수 있겠네요. 내가 밀수한 건 바로 당나귀였다오."

범죄 수사와 관련된 언론 보도나 드라마를 보면 어떤 고정관념 때문에 엉뚱한 사람이 범인으로 몰리거나, 충분히 의심을 받을 만한 용의자인데도 불구하고 아예 수사 대상에도 포함시키지 않는 경우를 발견하게 된다. '흑인은 범죄를 저지를 가능성이 높다.' 거나 '범행의 잔혹성으로 미루어볼 때 범인은 여자가 아니다.' 라는 식으로 사건과 범인의 범위를 미리 축소해 버리는 경우가 그런 것들이다.

이런저런 고정관념에 묶여 살고 있는 우리가 그것을 깬다는 것은 결코 쉬운 일이 아니다. 뭔가를 깬다는 것은 내 눈앞에 있는 것을 버리고 눈에 보이지 않는 전혀 새로운 것을 취한다는 뜻이며, 그것은 당연히 불안감과 거부감을 일으키기 때문이다. 그러나 껍질이 깨지는 아픔을 이기지 않고는 새로운 생명의 탄생을 기대할 수 없듯이, 고정관념을 버리는 훈련 없이는 창조적인 유머의 탄생도 불가능하다는 것을 알 필요가 있다.

구석구석을 다 뒤져도 아무것도 나오지 않는데 이 남자를 붙잡아둘 명분은 분명 없다. 하지만 경비대원들이 다른 시각에서 남자의 행동을 주시했다면 그가 밀수하고 있는 것이 어떤 물건인지 찾아낼 수 있었을지도 모른다. 2년이 넘도록 바뀌지 않은 그들의 고정관념이 결국 희대의 밀수범을 검거할 수도 있는 기회를 날려버린 셈이다.

실패의 원인

철수가 몇 년 만에 만난 친구를 붙잡고 하소연을 하고 있었다.

"나는 그동안 두 번이나 결혼에 실패했어."

"어떻게 된 거야?"

"첫 번째 아내는 내가 싫다고 도망을 쳤어."

"그럼 두 번째는?"

"죽어도 못 가겠대."

두 번이나 결혼에 실패했다는 얘기를 듣는 순간, 친구는 철수가 지금은 혼자 살고 있을 거라는 결론을 내려버린다. 그래서 첫 번째 아내가 도망갔다는 말을 들었을 때, 당연히 두 번째 아내가 떠난 이유는 무엇인지를 묻게 된 것이다. 여기까지가 고정관념에 의한 추론이다.

그런데 가만히 듣고보니 철수가 두 번째 아내와의 결혼 생활에도 실패했다고 말한 이유가 자기의 추론과는 영 딴판이다. 철수 아내가 철수를 싫어해서 떠난 게 아니라, 철수가 당신과 살기 싫으니 가라고 사정을 하는데도 아내가 가지 않겠다며 버티고 있기 때문이다. 가축이 보기 싫으면 장에 내다 팔면 그만이지만, 사람은 싫다고 해서 그렇게 할 수가 없다. 그런데 싫은 얼굴을 쳐다보며 살자니, 철수야말로 죽을 맛이 아닐 수 없을 것이다.

보통 사이라면 웬만해서 꺼내기 힘든 얘기를 이렇게 거침없이 내뱉는 걸 보면 이 친구, 그래도 나를 편하게 생각한 건 사실인 것 같다. 하지만 어쩌랴! 지금 당장은 내가 해 줄 말이 이것밖에 없는 걸. '웬만하면 참고 살아!'

기술8

기대심리를 뒤집어야 크게 웃는다

앞서 설명한 고정관념이 어떤 사람이 갖고 있는 사고 체계에 들어 있는 논리의 틀 속에서 나오는 것이라면, 기대심리는 그 사람이 품고 있는 욕구나 감정의 흐름에서 나오는 것이라고 할 수 있다.

마음속에 숨기고 있던 어떤 욕구나 기대가 눈앞의 현실로 나타나는 것을 볼 때, 사람들은 성취감이나 승리감 또는 만족감 같은 것을 느끼게 된다. 그러나 이와는 반대로, 자기가 기대하거나 바라던 일이 이루어지지 않거나 전혀 예상 밖의 엉뚱한 결과로 이어질 때는 패배감이나 좌절감 또는 불만 같은 느낌이 밀려오게 된다.

특히 두 사람 이상의 등장인물이 있는 상황에서, 다른 쪽보다 신분이나 지위가 높거나 상대적으로 유리한 위치에 있는 강자 쪽의 기대가 무너지는 것을 보게 되면, 사람들은 모든 면에서 불리한 위치에 있는 약자의 입장을 떠올리면서 대리만족을 느끼는 경우가 많다.

따라서 약자를 동정하는 대신 강자는 견제하고 싶어하는 사람들의 심리를 잘 활용하면, 상황의 반전에서 오는 뜻밖의 웃음을 만들어내는 데 큰 도움이 될 수 있다.

숨겨준 이유

1999년 어느 날, 어떤 독일 남자가 성당에 와서 고해성사를 했다.

"신부님, 저는 중죄를 지었습니다. 제2차 세계대전 동안 유대인 한 명을 저희 집 다락에 숨겨주었습니다."

"형제여, 그건 죄가 아닙니다."

"하지만 그 사람한테서 계속 숙박비를 받아왔습니다."

"글쎄, 썩 좋은 방법은 아니지만 그렇다고 죄가 되는 건 아닙니다."

"감사합니다, 신부님! 제 마음이 훨씬 편해졌네요. 그런데 한 가지 꼭 여쭤볼 게 있습니다."

"말씀해 보세요."

"그 사람한테 제2차 세계대전이 끝났다는 얘기를 해 줘야 할까요?"

히틀러의 나치 독일 치하에서 독일 국민이 유대인을 숨겨주었다는 것은 분명한 실정법 위반이지만, 적어도 종교적인 입장에서는 죄를 물을 수 없는 사안이다. 남자의 행위는 오히려 '원수를 사랑하라.'는 예수의 가르침을 실천한 것으로써, 종교적인 사랑과 용기의 표본으로 칭찬받아 마땅한 일이다.

비록 숙박비를 받기는 했지만, 신부는 그동안 위험을 무릅쓰고 유대인을 숨겨준 것만으로도 이 남자의 신앙심과 인간미에 대해 나름대로 꽤 긍정적인 평가를 하고 있는 중이었다. 그래서 이 남자가 꼭 물어볼 게 있다는 얘기를 했을 때도, 최소한 숙박비를 받은 것보다는 훨씬 가벼운 잘못에 대해 고백을 하려고 그러는 거겠지 하고 생각했다.

하지만 신부의 그런 기대는 남자의 본심이 드러나면서 완전히 산산조각이 나버렸다. 이제 보니 이 친구야말로 유대인을 학살한 히틀러조차도 고개를 돌릴 정도로 악랄한 인간이 아닌가! '거참, 뛰는 놈 위에 나는 놈이 있다더니, 이놈이 바로 그놈일세.' 생각할수록 괘씸하기 짝이 없는 이 친구의 뻔뻔스러움 앞에서, 나오는 건 기가 막히는 웃음밖엔 없다.

얼마나 좋은데요!

아버지가 딸에게 물었다.

"너 학교에서 무슨 과목을 제일 좋아하니?"

"영어요."

"왜?"

"영어 선생님이 결근을 자주 하시거든요!"

눈만 뜨면 아이한테 공부하라는 잔소리를 퍼부으면서도, 막상 아이가 무슨 과목을 좋아하고 어떤 과목을 싫어하는지 그리고 그 이유는 무엇인지 제대로 알고 있는 부모는 그리 많지 않은 것 같다. 어쩌면 가족이나 부모와 자식 간의 대화가 부족한 요즘에, 모처럼 부녀가 마주앉아 주고받는 대화의 내용이 이 정도라면 문제가 그렇게 간단하지 않을 수도 있다.

그래도 아버지는 딸아이에 대한 희망을 버리지 않는다. 국어 수학 제쳐놓고 영어가 제일 좋다는 대답에 마음 한구석에서는 대견하다는 생각까지 슬며시 고개를 든다. 그럼, 요즘 같은 국제화 시대에 영어보다 더 중요한 과목이 또 있을라구. 과연 내 딸이로구만! 그래, 네 생각을 한 번 들어보자꾸나. 혹시 아니? 내친 김에 이 아빠가 해외 어학연수라도 보내줄지 모르잖아!

그런 속마음을 감추며 바짝 다가앉는 아빠를 향해 꿈에도 상상하지 않았던 딸애의 일격이 날아 들어온다. 그 순간, 허탈한 웃음을 지으며 고개를 돌리는 아빠의 머리 위에서 노란 하늘이 빙글빙글 돌아간다.

'으이그, 혹시나 하고 기대를 했던 내가 잘못이지.'

그게 정말이오?

어떤 신자의 부인이 교회에 올 때마다 신부님한테 남편에 대한 불만을 털어놓았다. 늘 술주정을 하고 소란을 일으키는데다 자정이 되기 전에 집에 들어오는 적이 한 번도 없다는 것이었다. 신부는 그때마다 언젠가 기회가 생기면 꼭 남편을 타일러보겠다고 약속했다.

그러던 어느 날, 신부님이 버스 안에서 그녀의 남편을 만나게 되었다. 남자가 신문으로 얼굴을 가리고 열심히 읽는 체하는 모습을 발견한 신부는 일부러 그 남자의 옆자리에 앉게 되었다.

"안녕하세요, 선생?"

"안녕하십니까, 신부님?"

남자는 힐끔 신부를 보고 나서 다시 신문에 얼굴을 파묻어버렸다. 한참 후 남자가 얼굴을 쳐들면서 신부에게 물었다.

"그런데 신부님, 통풍이라는 병은 어째서 생기게 되는 겁니까?"

"통풍이라구요?"

남자에게 일장 훈계를 해 줄 수 있는 절호의 기회라고 생각한 신부가 얼른 말을 받았다.

"그건 대개 지나친 음주 때문에 생기는 병이지요. 그리고 하나님 앞에서 서로 계약을 맺은 배우자에 대한 불성실과, 밤늦게까지 먹고 마시면서 죄 많은 생활을 거듭한 나머지 얻게 되는 병이 바로 통풍이지요."

"그것 참, 어떻게 그럴 수가!"

남자는 알 수 없다는 듯 묘한 웃음을 지으며 말을 이었다.

"이 신문 좀 보세요. 로마 교황께서 심한 통풍에 걸렸다는 기사가 나와 있네요, 글쎄!"

그렇잖아도 틈만 나면 단단히 훈계를 하리라 벼르던 친구였는데, 마침 딱 걸려들었다. 통풍이라니! 그렇게 착한 마누라 속을 썩이며 개차반같이 굴더니 고것 참 잘코사니일세. 그래도 가만 보아하니 신문에 난 기사를 보고 나서 속이 뜨끔하긴 한 모양이네? 잘됐지, 뭐. 이참에 술도 끊고 착실한 생활로 돌아갈 수 있게끔 내가 확실하게 다짐을 받아둬야겠어.

사내의 과거지사를 일일이 들춰낼 생각은 없지만, 그래도 반성의 기회는 마련해 줘야겠다 싶어 통풍이라는 몹쓸 병이 걸리게 되는 경위를 자세히도 설명해 줬다. 이만 하면 충분히 알아듣고도 남을 거야. 순간, 사내의 얼굴이 처연하게 일그러지며 웃음인지 울음인지 모를 묘한 표정이 떠오른다. 그래, 이제서야 제 상태가 얼마나 심각한지 깨닫는 모양이로구만. 역시 내 말이 효과가 있긴 있었나 보네.

내친 김에 마지막 마무리 펀치를 날려주려고 입을 떼려는데, 이 친구 갑자기 엉뚱한 소리를 해댄다. 교황이 통풍이라니, 이게 말이나 되는 소린가! 갑자기 온몸에 힘이 쪽 빠지면서 어디서 불어온 건지 알 수 없는 찬바람이 등줄기를 훑고 내려간다. '그나저나 교황께 지은 이 불경의 대죄를 어떻게 속죄해야 한담?'

기술 9

거짓말도 잘 쓰면 약이 된다

농담이라도 거짓말을 해서는 안 된다고 《탈무드》에 나와 있지만, 다음 두 가지 예외는 인정했다고 한다.

첫째, 이미 사버린 물건에 대해서 의견을 물어왔을 때는 설령 그 물건이 형편없이 나쁘더라도 아주 좋은 물건이라고 말해 줘야 한다.

둘째, 친구가 결혼했을 때는 부인이 대단한 미인이며 두 사람은 틀림없이 행복하게 살 거라고 말해 줘야 한다.

여기서 만약 세 번째 예외를 인정한다면 어떤 내용이 될까? '누구에게도 피해를 주지 않을 거라는 점만 분명히 한다면, 듣는 사람을 기분 좋게 해 주거나 웃기기 위한 거짓말은 언제든 해도 좋다.' 정도가 되지 않을까? 특히 제3자를 인용한 거짓말이나 남의 일 얘기하듯 끌어다 붙이는 거짓말은 눈앞의 위기를 벗어나는 데 있어서 아주 좋은 무기가 될 때가 있다.

침을 뱉고 싶을 땐

네덜란드 사람들이 세계에서 가장 깨끗한 국민이라는 소문을 들은 어떤 사람이 네덜란드를 여행하고 돌아온 친구에게 물었다.

"그 나라 국민들이 정말 그렇게 깨끗하던가?"

그러자 친구가 싱긋 웃으며 대답했다.

"그래, 그 나라 수도에 사는 사람들은 길에다 아예 침을 안 뱉더라구. 그리고 정 침을 뱉고 싶을 때는 기차를 타고 시골까지 가서 뱉고 온다고 하던데."

기독교의 성서를 비롯한 이 세상의 모든 종교의 경전들은 하나같이 거짓말과 거짓된 증언을 죄악시하고 있다. 그것은 어쩌면 우리 인간의 내면 깊은 곳에 뿌리를 내리고 있는, 남을 속임으로써 내 이익을 구하려는 이기적인 욕구를 경계하기 위함인지도 모른다. 물론 굳이 종교를 거론하지 않더라도 거짓말은 분명히 나쁜 것이고, 따라서 거짓말을 하는 사람은 법적으로든 도덕적으로든 사회의 규제와 지탄을 받아 마땅하다.

그러나 이런 거짓말이라면 백 번 천 번을 해도 나무랄 사람이 없을 거라고 필자는 확신한다. 네덜란드 사람이라고 해서 길에다 침을 뱉지 않을까마는, 깨끗하고 아름다운 우리 동네를 위해서 그리고 네덜란드 사람들의 자존심을 위해서라도 이 정도쯤은 틀림없는 사실이라고 우겨도 괜찮지 않을까?

여지껏도 살았는데

아내의 임종을 지켜보던 남편이 물었다.

"당신이 죽은 뒤 내가 어떤 여자를 후처로 맞아들이는 게 좋겠소?"

그 말을 들은 아내가 고래고래 소리를 지르며 욕을 퍼부었다.

"이런 망할 놈! 내가 아직 시퍼렇게 살아 있는데 그따위 말을 해? 너 같은 놈은 염라대왕 에미하고 살아야 돼!"

그러자 남편이 머리를 절레절레 흔들며 대답했다.

"무슨 심한 말씀을! 내가 여지껏 염라대왕의 딸하고 살았는데, 그 에미까지 데리고 살아야 한다면, 부끄러워서 어떻게 낯을 들고 다니란 말이오!"

그저 농담 삼아서, 웃자고 한 마디 해 본 것뿐인데 아내가 이렇게 대차게 치고 나올 줄은 꿈에도 상상을 하지 못했다. '내가 아무리 못된 놈이기로서니, 설마 당신이 죽어가는 자리에서 새 장가들 생각을 하겠어? 그동안 들었던 고운 정 미운 정 생각해서라도 이렇게까지 할 건 없잖아? 굳이 정 떼려고 그런 것도 아닌데, 어차피 가는 사람이 그까짓 말 한 마디 갖고 뭘 신경 쓰고 그래! 염라대왕

딸이라고 한 것도 실은 다 거짓말이라구. 여지껏 같이 살아오면서도 내 맘을 그렇게 몰랐어?'

'당신 입에서 염라대왕 에미 소리가 나오니까 나도 홧김에 그런 말을 한 것뿐이야. 그리고 말이 나와서 하는 얘기지만, 당신 하나면 족하지 내가 이제 또 어떤 사람을 찾겠어? 그러니 제발 맘 편히 먹으라구. 나한테는 앞으로도 당신뿐이야, 알았지?'

초조할 때는

루즈벨트 대통령이 기자회견을 시작하자 한 기자가 질문을 던졌다.
"걱정스럽거나 초조할 때는 어떻게 마음을 가라앉히십니까?"
그러자 루즈벨트 대통령이 미소를 지으며 대답했다.
"초조하고 걱정스러울 때는 휘파람을 불지요."
그 대답에 의외라는 표정을 지으며 기자가 다시 물었다.
"대통령께서 휘파람 부는 걸 봤다는 사람은 없는 걸로 아는데요?"
그러자 루즈벨트 대통령은 자신 있게 대답했다.
"당연하지요. 초조하고 걱정스러웠던 적이 아직은 없었으니까요."

프랭클린 루즈벨트는 미국 역사상 유일하게 4선을 기록한 위대한 대통령이지만, 그가 처음 취임한 1933년은 대공황의 후유증으로 인해 나라의 경제가 파산 직전의 위기에 몰려 있던 시점이었다. 전체 인구의 4분의 1이 실업 상태에서 길거리를 방황하고 있었고, 도시에서는 매일 수많은 사람들이 굶어 죽어가고 있었으며,

5천 개 이상의 은행이 파산해 실물경제가 거의 마비된 상태였다. 한 마디로 미래가 없는 암울한 나날을 보내면서 온 국민이 불안과 공포에 떨고 있을 때였다.

그대로 가면 불과 몇 달 안에 나라의 존재 자체가 흔들릴 정도로 전대미문의 비상사태를 맞았음에도 불구하고, 루즈벨트는 조금도 흔들리는 기색을 보이지 않았다. 그러면서 그는 보수세력의 격렬한 반대를 무릅쓰고 뉴딜 정책을 비롯한 경기부양책을 과감하게 집행하는 한편, 노변정담(fireside chats)이라는 라디오 프로그램을 통해 미국 국민들에게 직접 호소하는 방식으로 국민적인 단결을 이끌어내는 데 성공했다.

휘파람 부는 걸 본 사람이 없지 않느냐는 기자의 추궁에 초조하고 걱정스러웠던 적이 한 번도 없었기 때문에 휘파람 불 일이 없었다고 대답했지만, 루즈벨트 자신은 물론 그 이야기를 들은 대다수 미국 국민들은 그의 말이 거짓말이라는 걸 너무나도 잘 알고 있었다. 그러나 정작 하루도 잠잠할 날이 없는 불안과 초조의 나날을 보내면서도, 행여나 국민들을 불안하게 할까 걱정한 나머지 자신의 어려움은 한 번도 내색조차 하지 않는 대통령을 보며, 미국 국민들은 한없는 신뢰와 함께 더없는 안도감을 느꼈을 것이다.

바로 그런 탁월한 리더십과 국민에 대한 깊은 애정을 지닌 대통령이었기에, 미국 국민들은 헌법과 관례를 뛰어넘어 4선이라는 전무후무한 영광을 기꺼이 그에게 안겨주었는지도 모른다.

기술10

복선을 깔아놓고 때를 기다린다

소설을 읽거나 영화를 보고 났을 때, 우리는 나중에 일어날 일을 암시하는 어떤 표현이나 단서가 작품의 어느 부분에 교묘하게 끼어들어가 있었던 것을 발견하게 될 때가 있다. 얼른 보면 잘 보이지 않는 것이지만, 그런 복선은 작가가 자기 작품의 스토리를 끌고 나가는 방향타 같은 역할을 하는 동시에, 스토리가 주는 감동의 강도를 단계적으로 높여나가는 가속페달로 작용할 때가 많다.

복선은 유머에서도 아주 중요한 역할을 한다. 특히 어느 정도 길이가 있는 유머를 구사해야 할 경우에는 복선이 되는 단서나 표현을 어느 지점에 어떻게 배치하느냐에 따라 유머가 주는 웃음의 강도가 크게 달라질 수 있다.

생일 축하합니다

"왜 그렇게 오만상을 찌푸리고 있나?"

"정말 죽고만 싶은 심정일세! 자네도 내 여비서 알지?"

"아, 그 금발 미녀 말인가?"

"그래. 그 애가 말이야, 내 생일날 저녁에 혼자서 자기 집으로 와 달라지 뭐야. 생일 축하를 해 주겠다길래 기꺼이 갔지."

"거, 참 재미있었겠군."

"그게 아니라니깐! 글쎄 그날 오후에 일을 대충 끝내고 그 친구 집에 갔더니 맛좋은 칵테일을 내놓길래 몇 잔 마셨다네. 알맞게 취기가 돌아서 황홀경을 헤매는데 그 애가 와서 내 귀에 대고 속삭이는 거야. '사장님을 깜짝 놀라게 해 드릴 일이 있으니까, 5분 뒤에 제 방으로 오세요. 너무 일찍 오시면 안 돼요, 아셨죠?' 아, 이러질 않겠나?"

"허허, 일이 잘 돼 갔군그래!"

"나도 그럴 줄 알았지. 그런데 내가 5분 뒤에 살금살금 그 애 방 앞으로 가서 문을 활짝 열었을 때 무슨 일이 벌어졌는지 알아?"

"그 비서가 준비를 해 놓고 기다리고 있던가?"

"천만에! 우리 회사 직원들 수십 명이 튀어나오면서 '사장님, 생일 축하합니다!' 하고 소리를 지르지 뭔가!"

"저런! 그래도 직원들 하고라도 같이 어울리게 됐으니 그나마 괜찮았겠군."

"괜찮았겠다구? 이봐, 난 그때 홀랑 벗고 있었단 말이야!"

이 이야기의 복선은 앞부분에 있는 '여비서'와 '혼자'라는 단어

속에 깔려 있다. 그렇잖아도 평소에 호감을 갖고 있던 마당에, 금발에다 미인으로 소문난 여비서가 사장 생일을 축하해 주겠다며 혼자만 집으로 초대를 했으니, 하루 종일 가슴이 두근거려 일까지 손에 잡히지 않을 정도였다. 그래서 일도 하는 둥 마는 둥하며 오후 시간을 대충 때우고 부리나케 여비서 집으로 달려갔는데, 이거 왠지 초장부터 분위기가 심상치 않았다.

'야, 드디어 이 친구가 회사에서와는 완전히 다른 원초적 본능을 드러낼 모양이로구만. 요즘 젊은 사람들은 정말 속을 알 수가 없어. 하지만 불감청이언만 고소원이라고 이거야말로 나 또한 내심 바라던 게 아닌가.' 그래서 머릿속으로 화끈한 상상과 기대를 하며, 남자가 갖춰야 할 최소한의 채비를 한 채, 너무도 당당하게 문을 열어젖힌 것이었다.

그런데 이게 무슨 단체 축하란 말인가!

'사장님, 생일 축하한다고? 그래, 따지고 보면 태어날 때 내 모습이 꼭 이랬을 테니까, 나도 할 말은 없다!'

난 그 꼴 못 본다

병달이가 고통으로 신음하는 아버지를 모시고 병원에 가자, 의사는 한참 진찰을 하더니 어두운 표정으로 이렇게 말했다.

"너무 늦었습니다, 말기 암입니다. 길어야 한 달 정도입니다."

그런데 그 말을 들은 아버지는 의외로 담담한 표정이었다.

"인명은 재천이라고 하지 않느냐? 갈 때가 됐다면 가야지. 그나저나 갈 날이 얼마 남지 않았다니 좋아하는 술이나 실컷 마시고 싶구나."

병달이는 내키지 않았지만 할 수 없이 아버지를 모시고 술집으로 들어갔다. 그런데 술을 마시던 아버지가 갑자기 여기저기 전화를 하더니 친구들을 불러내는 것이었다. 얼마 후 친구들이 모이자 아버지는 오늘 병원에 다녀왔다며 침통한 표정으로 친구들에게 선언했다.

"에이즈라서, 앞으로 한 달밖에 살지 못한대."

난데없는 말에 친구들도 놀랐지만, 옆에 있던 병달이는 더 어안이 벙벙했다.

술집에서 나와 집으로 돌아올 때 궁금증을 참지 못한 병달이가 아버지한테 물었다.

"암에 걸렸는데 왜 에이즈라고 거짓말을 하셨어요?"

그러자 아버지가 나직한 목소리로 대답했다.

"내가 죽은 다음에 그놈들이 젊은 네 엄마한테 추근대는 꼴을 어떻게 두고 보란 말이냐?"

'암'과 '에이즈'라는 병명에 이 이야기의 복선이 깔려 있다. 병원에서 암 진단을 받는 순간 하늘이 무너지는 충격이 밀려왔지만,

그래도 아들 앞이라 애써 담담한 척하며 버티고 있었다. 그런데 아직도 앞길이 창창한 젊은 아내를 두고 떠날 생각을 하니, 그렇잖아도 무겁던 마음이 아예 땅속으로 가라앉는 기분이다.

빤히 예상되는 앞날의 사태에 어떻게 대비해야 할까? 내가 죽은 다음에야 아내의 재혼을 말릴 재간도 없고, 또 그럴 일도 아니다. 그거야 전적으로 아내의 선택에 달린 거니까. 하지만 이렇게 아름다운 아내를 두고 가는 것도 서러운데, 친구 녀석들 가운데 몇 놈이 아내한테 집적거릴 걸 생각하면 자다가도 벌떡 일어날 일이다. 안 돼, 그것만은 절대로 안 돼!

방법은 단 하나, 아내를 접촉 기피 인물로 만드는 수밖에 없다. 젊은 아내한테야 더없이 미안한 노릇이지만, 아내가 딴 남자한테 가는 꼴을 속수무책으로 바라보며 속이 뒤집어지는 것보다는 그래도 이 방법이 아무래도 나을 것 같다.

'그래, 어차피 못 먹을 감, 찔러나 두자고!'

벌써 받았거든요

작곡가 마이어베어와 로시니는 음악에 관한 한 지고는 못살 정도로 경쟁심이 강했다. 두 사람은 서로 앞서거니 뒤서거니 하며 명곡을 다투어 작곡해 냈다.

어느 날 아침 마이어베어가 피아노 앞에 앉아 한참 작곡에 골몰하고 있을 때 창문 밖에서 아코디언 소리가 잔잔하게 울려왔다. 그런데 가만히 들어보니 아코디언 연주자가 로시니의 <세빌리아의 이발사>에 나오는 아리아만 계속해서 연주하는 것이었다. 은근히 화가 치민 마이어베어는 더 이상 참지 못하고 아코디언 연주자를 불렀다.
"이보게, 자네한테 5프랑을 줄 테니, 로시니의 집 앞에 가서 한 시간만 내가 작곡한 노래를 연주해 주지 않겠나?"
"죄송합니다만 그렇게는 안 되겠습니다."
"아니, 왜 안 된다는 건가?"
마이어베어가 눈이 휘둥그래져서 이유를 묻자, 연주자는 천연덕스럽게 대답하며 연주를 계속했다.
"선생님 집 앞에서 연주를 하는 조건으로 로시니 선생님한테서 이미 10프랑을 받았거든요."

생각할수록 울화통이 치미는 일이다. 모처럼 상쾌한 아침 공기를 마시며 기분 좋게 피아노 앞에 앉았는데, 이게 웬 사람 속 뒤집는 소리란 말인가! 다른 사람도 아니고, 하필이면 꼴도 보기 싫은 로시니의 작품이라니.

하기야 로시니의 존재가 내 작곡 활동에 자극이 된 건 분명하고, 그 덕분에 내가 한 곡이라도 더 많이, 더 좋은 음악을 만들려고 기를 쓴 것도 사실이었다. 그 점에서는 로시니야말로 내게는 더없이 고마운 존재임에 틀림없다. 그러나 그건 어디까지나 각자 자기만의 독립된 공간에서 각자의 영역을 최대한 존중하면서 작업을 할 때나 그렇다는 얘기지, 이렇게 내 작업에 방해가 되는 자극까지 참아야 한다는 건 아니었다.

'그래, 이참에 로시니 속을 한 번 긁어놔야지! 저 악사한테는 5프랑이 결코 적은 돈이 아닐 테니까 틀림없이 내 말을 들어줄 거야.' 그렇게 생각하며 아코디언 연주자를 불러세운 거였는데, 이게 웬 뚱딴지 같은 소리람! 로시니가 깔아놓은 그물에 또 걸려들었다 싶은 순간, 마이어베어의 가슴은 질투와 패배감으로 시커멓게 타들어가고 있었다.

기술11

동쪽에서 떠들고 서쪽을 때린다

중국 사람들이 많이 인용하는 삼십육계의 여섯 번째 항목이 바로 성동격서(聲東擊西)이다. 사람에 따라서는 이 말을 '소리는 동쪽에서 내면서 실제 공격은 서쪽에서 한다.'로 해석하는 경우도 있고, 또 '동쪽을 향해 소리를 내되 실제로는 서쪽으로 공격한다.'로 해석하는 이도 있지만, 두 경우 모두 자기의 진짜 속셈을 숨기기 위해 전혀 엉뚱한 행동을 하는 위장전술이나 우회작전을 뜻하는 것은 분명하다.

다른 사람과 언쟁이 붙거나 다른 이를 비난해야 할 경우, 우리는 직접적인 표현보다는 간접적인 표현을 통해 상대방에게 가해지는 심리적인 압박감을 조금이라도 완화시키려고 노력할 때가 있다. 특히 상대방과 나 사이에 팽팽한 긴장이 조성되어 있는 상황에서는, 직설적인 대응보다는 우회적인 표현을 동원하는 것이 상대방의 경계심과 거부감을 누그러뜨리면서 유머의 효과를 배가시키는 좋은 방법이 될 수 있다.

베란다로 간 까닭은

어느 화창한 일요일 아침, 거실에서 아내가 노래를 부르기 시작하자 남편이 갑자기 베란다로 나갔다.
"아니, 내 노래가 그렇게도 듣기 싫어요?"
화가 난 아내가 목소리를 높이자 남편이 목소리를 낮추며 대답했다.
"아니 무슨 소리야! 난 그저 동네 사람들한테 내가 당신을 때리는 게 아니란 걸 보여주고 싶어서 그러는 거라구."

평소에도 별로 좋지도 않은 목소리로 온 집안을 시끄럽게 하던 아내가 하필이면 이 조용한 일요일 아침에까지 사람 귀를 피곤하게 하시겠단다. 못 이기는 척 들어주자니 귀가 따가워 죽을 지경이고, 그렇다고 그것도 노래라고 하는 거냐며 대놓고 핀잔을 주자니 제멋에 겨워 저렇게 흥이 오른 아내의 기분을 잡치게 될까 망설여진다.

'그래, 이럴 땐 내가 자리를 피하는 게 상책이지.' 그런데 방귀 뀐 놈이 되레 성낸다고, 악을 쓰며 돼지 멱따는 소리를 뽑아대던 아내가 눈에 쌍심지를 켜고 달려든다. '당신 노래가 그렇게도 듣

기 싫으냐고? 그럼, 듣기 싫은 정도가 아니라 아예 귀를 막고 싶은 심정이라구!'

하지만 그런 속셈을 있는 그대로 드러냈다가는 집안이 온전할 것 같지가 않다. 아무리 성인군자라도 제 잘못을 대놓고 지적하는 데야 기분이 좋을 리 없으니까. 그래도 듣기 좋은 목소리가 아닌 건 분명하니까, 그 점만은 짚어줘야지. 그런 궁리를 하고 있는데, 얼마 전 나도 모르게 손찌검을 했을 때 악에 받친 아내가 고래고래 소리를 지르던 일이 갑자기 생각났다. 그래, 바로 그거야.

'동네 사람들 들어보시오. 내 손버릇이 나빠서 아내가 이런 소리를 내는 건 절대 아니라우.'

제대로 아셔야죠

90세가 다 된 노인이 건강진단을 받으러 병원에 갔다. 검사를 마치고 나서 의사가 기분이 어떠냐고 묻자 노인은 싱글벙글하며 자랑을 늘어놓았다.

"아, 기분이야 최고지. 글쎄 이제 스무 살 먹은 새 마누라가 내 아이를 임신했지 뭔가. 자네 생각은 어때?"

의사는 잠시 생각을 하더니 노인에게 이야기를 했다.

"사냥을 아주 좋아하는 친구가 있거든요. 그런데 이 친구는 사냥철만 되면 절대로 그냥 지나치질 않아요. 하루는 너무 서두르다가 그만 총 대신 우산을 들고 사냥에 나섰는데, 산 속에서 그만 곰과 정면으로 마주치게 됐대요. 그래서 할 수 없이 손에 든 우산으로 곰을 겨냥하고는 손잡이를 힘껏 당겼대요. 그 다음에 과연 어떤 일이 일어났는지 아세요?"

노인이 모르겠다고 대답하자 의사는 얘기를 계속했다.

"그 곰이 그 자리에 쓰러져 죽더랍니다."

의사의 얘기가 믿어지지 않는다는 듯 노인이 고개를 저으며 말했다.

"그럴 리가 있나? 누군가 다른 사람이 쐈겠지!"

그러자 의사가 입가에 미소를 지으며 말했다.

"제가 하고 싶은 말이 바로 그겁니다."

최근 들어 노인 인구가 빠른 속도로 늘어나면서 우리나라도 선진국형의 노령사회로 변해 가고 있다. 노인 인구의 폭증은 여러 가지로 복잡한 문제를 우리에게 던져준다. 노동력의 감소로 인한 젊은층의 부담 증가와 복지 수요의 확대에 따른 사회 전체의 비용 증가가 맞물리면서, 우리 사회에서는 계층간 갈등과 대립이 늘어나는가 하면 전통적인 가치관과 미풍양속이 사라지는 현상까지 나타나고 있다.

검사를 마친 의사는 고민에 빠졌다. 아무리 정력이 절륜한 사람이라고 해도, 90세가 다 된 노인이 아이를 임신시키기란 그리 만만한 일이 아니다. 아이가 노인의 아들이 틀림없다면 그나마 다행이지만, 만에 하나 젊은 아내가 다른 남자와 바람을 피우다 아이를 갖게 된 거라면 상황은 아주 복잡해진다. 아이를 낳는 것도 그렇다. 아이가 노인의 삶에 새로운 활력을 불어넣어 주는 건 틀림없겠지만, 그보다는 아이를 키우는 일이 더 큰 문제일 것이고, 설령 잘 키운다 하더라도 아빠인 노인이 몇 년 후 세상을 떠날 경우를 생각한다면, 그야말로 신중에 신중을 기해야 할 일이다. 게다가 새로 맞은 아이의 어머니는 이제 겨우 미성년을 넘긴 팔팔한 젊음이 아닌가!

그래도 낳으라고 하자니 노인이 힘들어질 게 뻔하고, 포기하라고 대놓고 얘기하자니 노인네가 펄펄 뛸 모습이 눈에 선해 선뜻 말을 꺼내기가 어렵다. 어느 쪽이든 얘기를 하기는 해야겠다 싶어 궁리를 하던 끝에, 마침 사냥 좋아하는 친구 생각이 퍼뜩 떠올랐다. 그래, 바로 그거야! 아직 정밀검사를 해 본 건 아니지만, 아무래도 이 노인이 임신을 시켰다는 게 의심스러운 건 사실이었으니까. 가까스로 궁지에서 빠져나오긴 했지만 걱정은 여전하다.

'그나저나, 이 양반이 정밀검사를 해 보자고 대들면 그때는 뭐라고 둘러대야 하나?'

기술12

순서를 바꾸면 기회가 생긴다

어떤 말이나 문장의 순서가 뒤바뀌거나, 어떤 자리에 있어야 할 물건이나 사람이 엉뚱한 곳에 가 있을 때, 또는 본질과 현상이 전도되는 일이 생길 때, 사람들은 놀라움과 함께 뜻밖이라는 반응을 보인다. 어떤 장소에 갔을 때 거기에 와 있을 거라고 꿈에도 생각하지 않았던 사람을 만나는 순간 우리가 보이는 반응도 이와 비슷하다. '아니, 네가 여기엔 웬일이냐?' 그런 놀라움이 반가움으로, 그리고 다시 즐겁고 유쾌한 시간으로 이어지는 것을 우리는 수없이 경험하며 살아가고 있다.

어떤 일의 앞뒤나 순서가 바뀌게 되면 얼마 전까지만 해도 잘 보이던 것이 갑자기 사라져 버리기도 하고, 전에는 없던 것이 불쑥 튀어나오며 새로운 의미로 다가오기도 한다. 그렇게 갑작스런 상황의 변화에서 오는 놀라움이야말로 우리가 유머를 창조하는데 있어서 잊지 말아야 할 핵심 포인트 가운데 하나다.

더 소중한 건

어떤 사람이 후미진 길을 걸어가다가 강도를 만났다.
"손들어! 목숨이 아깝거든 순순히 돈을 내 놔!"
강도가 칼을 들이대고 위협하자 벌벌 떨던 그 사람이 이렇게 말했다.
"모, 목숨은 얼마든지 드릴 테니 제발 도, 돈만은……."

'웃자고 하는 소리지, 설마 그런 일이 있을라구.' 할지 모르지만, 사람이 당황하다 보면 이보다 더한 일도 얼마든지 생긴다. 오죽 황망하고 급했으면 목숨을 잃더라도 돈은 지키겠다는 생각을 했을까. 문장 속에 들어 있는 낱말의 순서를 바꾸는 것만으로도 충분히 사람을 웃길 수 있는 예는 이 밖에도 얼마든지 많다.

많이 잡수세요

집에 손님이 오자 엄마가 주방에서 여섯 난 딸에게 과일 접시를 건네면서 신신당부를 했다.
"'변변치 않은 과일이지만, 손님 많이 잡수세요.' 라고 해야 한다."
걱정 말라며 큰 소리로 대답을 한 딸이 과일 접시를 손님 앞에 내밀며 공손하게 말했다.
"변변치 않은 손님이지만, 과일 많이 잡수세요."

‘독 안에 든 쥐’를 ‘쥐 안에 든 독’이라고 바꿔 말하면 전과는 전혀 다른 의미가 나타날 수도 있고 아무 의미가 없는 표현으로 바뀔 수도 있다. 어린 아이들한테 심부름을 시켜보면 실제로 이와 비슷한 실수를 할 때가 종종 있다. 말의 위치가 바뀌면서 손님의 낯이 뜨거워지는 상황이 연출되기는 했지만, 여섯 살밖에 안 된 아이가 뒤뚱거리며 과일 접시를 들고 온 걸 생각하면, 딱히 뭐라고 내색을 할 수도 없는 형편이다.

‘고 녀석, 참말로 맹랑하구만!’

거참 이상하네

배우 존 드루가 콧수염을 깎고 연습에 열중하고 있던 어느 날 극장 로비에서 누군가가 자기 어깨를 두드리기에 돌아다보니, 유명한 만화가이자 수필가인 맥스 비어봄이 서 있었다. 그런데 존이 인사를 하자 비어봄은 고개를 갸우뚱하더니 이렇게 말하는 것이었다.

“난 또 누구라고? 드루 군 아닌가? 그런데 수염을 깎았으면서도 용케도 날 알아보는구만.”

가깝게 지내던 사람이 어느 날 머리 모양이나 옷차림을 바꾸고 나타나면 “너 무슨 일 있구나?” 하며 전과는 다른 관심을 표시할 때가 있다. 여기서는 배우의 콧수염에 익숙해 있던 만화가가 콧수염을 깎은 배우를 얼른 알아보지 못한 게 분명하다.

하지만 자기를 알아보지 못한 것 때문에 어쩌면 이 배우가 실망을 할지도 모른다는 생각이 떠오르는 순간, 재치 있게 서로의 역할을 바꿔버림으로써 배우의 자존심을 살려주는 데 성공하고 있다. 대단한 임기응변이 아닐 수 없다.

조삼모사

엄청난 부자인 어느 사업가가 꾀죄죄한 모습으로 이발소에 갔다. 사업 때문에 너무 바빠서 면도나 이발을 할 시간도 없었으므로 몰골이 꼭 거렁뱅이처럼 보였다. 이발사는 마음에 내키지 않는다는 듯 투덜거리며 마지못해 머리 손질을 해 주었다. 누가 봐도 형편 없는 서비스였지만 사업가는 오히려 고맙다며 5만 원을 팁으로 얹어주었다.
얼마 후 사업가가 다시 그 이발소에 가자 이번에는 이발사가 언제 그랬냐는 듯이 극진한 서비스를 했다. 그야말로 황제라도 모시는 듯 정성을 다한 서비스였다.
그런데 이발을 마친 사업가가 팁이라며 달랑 천 원짜리 한 장을 내미는 것이었다. 그러자 이발사가 의아하다는 눈빛을 하며 물었다.
"사장님, 혹시 뭘 착각하신 거 아닙니까?"
그러자 사업가는 빙그레 웃으며 대답했다.
"천만에! 내가 순서를 좀 바꿨을 뿐이라네. 오늘 준 천 원은 지난번의 형편없는 서비스에 대한 팁이고, 그날 주었던 5만 원은 오늘 받은 극진한 서비스에 대한 팁이란 말일세."

다른 사람들과 이야기를 할 경우, 어떤 얘기를 먼저 꺼내고 어떤 얘기를 나중에 하느냐에 따라 중간의 대화 과정은 물론 대화의 결과까지 달라지는 예가 더러 있다. 잘못을 저지른 부하 직원을 불러 훈계하는 경우를 생각해 보자. '그동안 잘해 왔잖아. 그런데 이런 실수를 하면 되겠어?' 하고 칭찬을 먼저 한 다음 질책하는 방법도 있을 수 있고, '이걸 일이라고 했어? 전에는 이렇게 하지 않았잖아?' 하며 꾸중을 먼저 하는 방법도 있을 것이다.

같은 말에 대해서도 사람에 따라 반응이 다르기 때문에, 어떤 것이 더 좋은 방법이라고 딱 부러지게 말할 수는 없을 것이다. 문제는 내 말을 듣는 상대방의 입장을 얼마나 생각해 주느냐에 달려 있다.

상대방이 아침형 원숭이라면 당연히 활동량이 많은 아침에 도토리 네 개를 주는 걸 좋아하겠지만, 저녁형 원숭이라면 아침보다는 저녁에 네 개를 줘야 더 좋아할 것이기 때문이다. 그렇게 조삼(朝三)에 울고 모사(暮四)에 웃는 게 우리네 인생이라는 걸 생각하면, 유머 상황에서 말이나 사람 또는 사건의 순서를 바꾸는 기술이야말로 우리 인생의 즐거움과 괴로움의 순서를 바꾸는 처세의 핵심 기술이라고 할 수도 있다.

아직 안 끝났는데요

"얘야, 이걸 신부님께 갖다 드리면서 '우리 집에서 만든 건데 드셔보시라고 가져왔어요.' 라고 인사를 드려야 한다."

안세름은 심부름 가기가 싫어서 투덜거렸지만 아버지가,

"말 안 들으면 한 대 쥐어박는다."
라고 호통을 치는 바람에 하는 수 없이 베이컨 한 보따리를 들고 신부님을 찾아갔다. 사제관에 도착하자 안세름은 노크도 하지 않고 들어가서 테이블 위에 보따리를 휙 내던지며,
"우리 아빠가 신부님한테 돼지고기 한 보따리 갖다주라고 해서 가져왔어요."
라고 퉁명스럽게 내뱉고는 문을 쾅 닫고 돌아 나왔다. 그걸 본 신부님이 큰 소리로 안세름을 불러세웠다.
"왜 그래요?"
안세름이 퉁명스럽게 묻자 신부님이 일어서며 큰 소리로 아이를 나무랐다.
"이 녀석아, 너 그게 무슨 태도냐? 그런 철부지 같은 행동을 너희 아버지가 아시면 얼마나 슬퍼하실지 생각해 봐라. 자, 이리 와서 여기 앉아 봐. 내가 시범을 보여줄 테니까."
안세름이 의자에 앉자, 신부님은 보따리를 들고 밖으로 나가더니 문을 똑똑 두드렸다. 그러자 안세름이 짐짓 근엄한 목소리로 대답했다.
"들어오너라!"
신부님은 들어와서 모자를 벗고 보따리를 테이블 위에 공손히 얹어 놓으며 말했다.
"안녕하십니까, 신부님. 아버지가 이 베이컨을 신부님께 갖다 드리라고 해서 가져왔습니다. 신부님께 문안 인사도 드리라고 하셨어요."
그러자 자리에 앉아 있던 안세름이 신부에게 대답했다.
"기특하구나, 아버지께 내가 퍽 기뻐하더라고 전해다오. 참 고맙다. 일부러 여기까지 들고와 줘서."

"이 녀석아, 그렇게 잘 하면서 아까는 그게 뭐냐?"
신부님이 타이르자 안세름은 마지막 한 마디를 놓치지 않았다.
"아직 안 끝났어요. 여기까지 들고 오느라고 수고가 많았다. 자, 이거 네 심부름 값이다. 가지고 가서 맛있는 것 사 먹어라."

요즘은 어떤지 모르지만, 얼마 전까지만 해도 직장이나 선후배 간의 모임이 있을 때면 잠깐 '야자 타임'을 갖는 경우가 더러 있었다. 소위 역할 바꾸기 시간인 셈이었다. 그런데 평소에 불만이 많은 사이였다면 야자 타임 때 나온 얘기 때문에 나중에 싸움이 벌어지기도 하고, 그렇게까지 악화가 되지는 않더라도, 속으로 꽁한 마음이 생겨 두고두고 관계가 불편해지는 경우가 적지 않았다.

사람이 살아가는 세상에서 갑자기 순서가 바뀌거나 서로의 입장이 역전되었을 때 얼마나 불편한 일들이 많이 생기는지, 그리고 그렇게 역할이나 입장을 바꿔 생각한다는 게 얼마나 어려운 일인지를 잘 보여주는 사례라고 할 수 있다.

상대가 나보다 나이가 어리다고 해서 얕잡아보거나, 나보다 못나고 약한 사람이라고 해서 안하무인으로 행동하는 경우를 우리는 주변에서 얼마든지 많이 볼 수 있다. 그러나 사람의 환경이나 입지가 언제든 바뀔 수 있다는 진리를 아는 이라면, 오늘 내가 조금 유리하다고 해서 거드름을 피워서도 안 되겠지만, 지금 당장 어렵고 힘들다고 해서 낙담하거나 절망에 빠져서도 안 된다는 걸 알아야 한다. 이 책에 소개된 사례들을 통해서도 알 수 있듯이, 가장 빛나는 유머는 역경과 위기를 돌파하려는 의지를 가진 사람들만이 만들어낼 수 있기 때문이다.

이쯤이야

아들 녀석이 하도 조르는 바람에 아버지가 할 수 없이 공기총을 사주자 녀석은 좋아라 하며 총을 들고 뜰로 나갔다. 얼마 후 신나게 총 쏘는 소리가 들려왔다. 아버지는 아들이 남의 집 유리창이라도 깰까 싶어 주의를 줘야겠다는 생각에 밖으로 나가보았다. 그런데 담벼락과 나무 기둥에 잔뜩 그려진 동그라미들을 살펴보았더니, 총알이 모두 동그라미 중앙에 정확하게 명중돼 있었다. 그걸 본 아버지가 눈이 둥그래져서 물었다.

"얘야, 이거 모두 네가 맞춘 거니?"

"응, 아빠."

"어디서 쐈는데?"

"저기서."

아들이 20미터쯤 되는 곳을 손으로 가리켰다. 아버지는 아들에게 사격의 천재라고 칭찬을 하면서 어쩌면 그렇게 총을 잘 쏠 수 있느냐고 물었다. 그러자 아들이 태연하게 대답했다.

"뭐, 그까짓 거 아무것도 아녜요. 먼저 총을 쏘고 나서 총알이 맞은 데에다 동그라미를 그리면 되잖아요!"

쇼펜하우어는 관념과 실제의 차이에서 웃음이 생긴다고 했다.

내가 생각하거나 짐작하던 것과 눈으로 직접 확인한 사실에 차이가 있을 때 대개는 화를 내는 게 보통이지만, 경우에 따라서는 허탈한 나머지 나도 모르게 헛웃음이 나올 때도 있다.

아니, 우리 아들 녀석 사격 실력이 이렇게 대단했단 말인가. 공기총 사준 게 불과 몇 분 전인데, 이 정도 실력이 나온다는 건 천재가 아니고서는 있을 수 없는 일이다. 도저히 믿어지지가 않았지만, 그래도 혹시나 하는 생각에 아빠는 즉각 현장 확인 작업에 들어간다. 그럼 그렇지, 네가 별 수 있겠냐?

하지만 아빠는 기분이 나쁘지도 않을 뿐더러, 화를 낼 생각은 더더구나 없다. 제 잘못을 그런 식으로 가리려고 한 거야 분명 나쁜 것이지만, 아들 녀석이 그렇게 과녁과 총알의 순서를 바꿔놓은 것도, 따지고 보면 다 제 아빠를 즐겁게 해 주기 위한 마음에서 나온 행동이 아니었을까? 그렇게 생각하고 나니, 싱글싱글 웃고 있는 아들 녀석 얼굴이 오늘따라 왜 이렇게도 예뻐 보이는지 모르겠네.

기술13

비유가 없으면 유머도 없다

두 가지 이상의 사물(사건이나 개념, 사람도 포함)이 갖고 있는 내용이나 속성을 직접 견주어봄으로써 양쪽의 두드러진 면을 찾아내는 것이 비교라면, 비유는 어떤 하나의 사물을 다른 사물에 끌어다 붙이거나 그에 빗댐으로써 원래의 사물이 갖고 있는 내용과 속성을 두드러지게 하는 기법이다.

그런데 실제 유머 상황에서는 비교보다는 비유의 기법이 훨씬 더 폭넓게 사용되는 것 같다. 비교를 사용하는 유머가 드문 이유는 여러 가지로 짚어볼 수 있겠지만, 서로 다른 두 가지를 비교하려고 할 경우 각각의 내용이나 속성에 대해 정확하게 알고 있어야 할 뿐만 아니라, 두 가지를 비교하는 기준 또한 분명하게 제시해야 한다는 부담 때문이 아닐까 하는 게 저자의 생각이다.

이에 비해 비유는 인류가 언어와 문자를 사용하기 시작한 이래로 가장 널리 그리고 가장 오랫동안 활용해 온 표현 기교로서, 대부분의 유머 상황에서 거의 빠지지 않을 만큼 폭넓게 사용되는 핵심 기술 가운데 하나이다.

운명과 능력

없는 부모를 만나는 건 운명이지만, 있는 장인을 만나는 건 능력이다.

어느 나라에서든 사람들이 많이 쓰는 속담이나 격언에는 오랜 시간에 걸쳐 그들의 생활 속에서 자연스럽게 우러나온 삶의 지혜와 인생에 대한 통찰이 녹아 있는 경우가 많다. 속담이나 격언 가운데 특히 비교와 비유를 활용한 것들이 많은 이유도, 따지고 보면 비교와 비유야말로 복잡다단한 인생의 단면들을 함축적으로 표현하는 데 더없이 훌륭한 기법이었기 때문일 것이다.

브라질 속담으로 알려진 이 예화에서도 비교와 비유의 기교가 복합적으로 잘 활용되고 있는 것을 알 수 있다. 나라와 사람이 다르다고 해서 운명을 대하는 자세와 마음가짐도 달라지는 건 아니라는 점을 새삼 깨우쳐주는 명언이다.

천만에요

수술을 거칠게 하기로 유명한 한 외과 의사가 어느 날 수술이 끝난 후 수술도구를 씻으며 환자에게 물었다.

"제가 백정 같다는 생각이 들진 않았나요?"

그러자 환자가 가쁜 숨을 몰아쉬며 대답했다.

"천만에요, 백정이 훨씬 나은 것 같아요. 그 사람들은 그래도 죽여놓고 나서 가죽을 벗기잖아요."

살아 있는 동물의 몸에 칼을 댄다는 점에서는 의사와 백정이 비슷하지만, 의사가 사람을 살리기 위해서 칼을 잡는 반면에 백정은 동물을 죽이기 위해 칼을 든다는 점에서 큰 차이가 있다. 이렇게 비슷한 것 같으면서도 서로 다른 속성을 지닌 두 개 이상의 사물이나 사건을 직접 견주는 것이 바로 비교와 비유의 핵심이다.

의료 분야가 하나의 서비스 산업으로 인식되고 있는 요즘에는 의사의 진료 기술이나 수술 능력 못지않게 고객이자 인간인 환자에 대한 인도적 배려가 필수적인 덕목으로 자리를 잡아가는 것 같다. 그럼에도 불구하고, 병원에서 수술을 한 환자나 환자 가족 중에서 의사의 불친절한 진료 행위나 각종 의료 사고 때문에 불쾌한 경험을 해 본 사람이라면, 이 유머에 고개를 끄덕이며 쓴웃음을 지을지도 모른다. 의술이 인술(仁術)인 것은 의술이야말로 사람이 사람을 다루는 인술(人術)이기 때문이다.

예수님도 마찬가지

미국의 17대 대통령 앤드루 존슨은 세 살 때 아버지가 돌아가시는 바람에 몹시 가난하게 자라 학교 문턱에도 가보지 못한 사람이었다. 배불리 먹는 게 소원이었던 존슨은 열세 살 때 양복점에 들어가 일을 배우다 열일곱 살에 양복점을 차려 독립했다. 나중에 구두 수선공의 딸과 결혼한 그는 아내한테서 글을 읽고 쓰는 법을 배웠으며 그 후 공부에 취미를 붙여 다방면으로 교양을 쌓았다.

존슨은 테네시 주의 주지사가 되고 이어 상원의원에도 당선되었다. 그 후 링컨 대통령이 암살당하자 당시 부통령이었던 그는 남은 임기를 물려받아 대통령직을 수행했다.

어느덧 임기가 끝나 17대 대통령 선거에 출마하게 되었을 때, 상대편 후보는 존슨이 학교도 제대로 다니지 못한 사람이라며 비방을 하고 나섰다.

"한 나라를 이끌어갈 대통령이 초등학교도 다니지 못했다면 어떻게 나라를 경영할 수 있겠습니까?"

무척 화가 났지만 꾹 참으며 연단에 오른 존슨은 이렇게 대꾸했다.

"여러분, 예수 그리스도가 초등학교에 다녔다는 말을 들어본 적이 있습니까?"

남의 신체나 성장 환경에서 약점을 잡아내 공격하는 짓이야말로 치졸하기 짝이 없는 행위이지만, 요즘도 선거 유세를 하는 곳에 가보면 이와 비슷하거나 더 악랄한 인신모독 행위가 여전히 난무한다. 그러고 보면 '이 지구상에서 나이를 아무리 먹어도 철이

들지 않는 유일한 종족이 바로 정치인' 이라는 우스갯소리가 새삼 스러울 것도 없는 것 같다.

상대 후보가 초등학교도 못 나온 자신의 학력을 문제 삼고 나섰을 때, 보통 사람 같았으면 얼굴을 붉히며 따지려 들거나 똑같이 상대의 약점을 찾아 반격하려고 했을 것이다. 더구나 집안이 어려워 학교를 못 다닌 존슨으로서는 자신의 아픈 상처를 후벼 파는 상대가 뺨이라도 갈겨주고 싶을 만큼 얄미웠을 게 틀림없다.

그러나 존슨은 예수처럼 탁월한 지도자이자 위대한 인류의 스승도 학교를 다니지 않았다는 역사적 사실을 끌어들이면서 자신의 리더십과 학력을 예수의 그것에 비유함으로써, 지저분하게 물고 늘어지는 상대 후보의 공격을 한 방에 물리치고 있다. 학력에 관한 사항을 허위로 기재하거나, 수업은 제대로 받지도 않았으면서 ○○대학원 ○○ 과정을 수료했다느니 하며 이름뿐인 종이 한 장에 매달리는 우리나라 정치 지망생들의 안쓰러운 모습이 절로 떠오르는 장면이다.

정직한 동생

얼굴과 손에 온통 검댕 칠을 하고 들어온 동생을 보고 형이 나무랐다.
"야, 하라는 공부는 안 하고 그렇게 밤낮 장난질만 하면 동네 사람들이 널 보고 뭐라고 그러겠니?"
"응, 형이 어렸을 적하고 어쩜 그렇게 똑같냐고 그러던걸."

다른 사람, 특히 나보다 힘이 세거나 상대적으로 유리한 위치에 있는 사람의 잘못이나 비리가 드러나는 걸 보면서 웃음이 나오는 까닭은 무엇일까? 아마도 그 사람에 대해 평소 가지고 있던 불만이나 반감이 그런 기회를 통해 어느 정도 해소되면서 일종의 카타르시스를 느끼기 때문일 것이다.

허구한 날 형한테 쥐여 살면서 듣느니 핀잔밖에 없었던 동생으로서는 자기가 집안에 들어가는 순간 인상을 찌푸리며 트집 잡을 거리부터 찾는 형이 얄미워 죽을 판이었다. 그런데 웬걸, 집안에만 틀어박혀 있었던 형이 동네 사람들을 빌미 삼아 사정없이 타박을 해 오는 게 아닌가! 옳다구나, 잘 걸렸다.

머리를 굴릴 것도 망설일 것도 없이 자랑스런 형의 어린 시절을 쏙 빼다 붙임으로써 이 대단한 동생은 위기를 간단하게 넘기는 데 성공했다. 기준이 분명하거나 상대방에 대해 정확한 정보를 가지고 있을 때, 비교의 기법이 얼마나 통쾌한 위력을 발휘하는지를 잘 보여주는 사례이다.

가려우면 긁어야지

봉달이가 오토바이에 친구를 태우고 강변도로를 달리고 있었다. 그런데 한여름 땡볕에 안전모를 쓰고 있자니 머리가 간지러워 미칠 지경이었다.

한참 달리던 중에 뒤에 탄 친구가 보니 봉달이가 한 손으로 운전을 하며 다른 한 손으로는 안전모를 벅벅 긁는 것이었다. 이상하게 생각한 친구가 참다못해 봉달이에게 물었다.

"야, 안전모는 왜 긁어?"

"응, 머리가 가려워서."

"임마, 그럼 안전모를 벗고 긁어야지."

그러자 봉달이가 뒤를 돌아보며 말했다.

"야, 넌 엉덩이 가렵다고 팬티 벗고 긁냐?"

유머의 일차적인 목적이 다른 사람들을 웃기는 데 있는 것만은 분명하다. 따라서 그 목적을 달성하기 위해서라면, 특별히 사회적인 금기로 여겨지는 소재나 듣는 이로 하여금 이맛살을 찌푸리게 하는 내용이 아닌 한, 유머는 이러이러해야 한다는 식으로 소재나 내용에 어떤 제약을 가하려고 애쓸 필요가 없다고 본다. 아무리 하찮아 보이는 소재로도 얼마든지 깊은 맛이 우러나오는 유머를 만들어낼 수 있고, 언뜻 거칠고 투박해 보이는 재료를 가지고도 듣는 이에게 얼마든지 산뜻한 웃음을 선사할 수 있기 때문이다.

그런 점에서 볼 때 이 유머가 썩 상큼한 수준은 아니지만, 비유의 기교가 확실하게 살아 있다는 점에서는 여러 모로 참고할 만한 예화라고 할 수 있다.

기술14

꿈도 제대로 꾸면 이루어진다

현실에서는 쉽게 이룰 수 없는 소망이나 갖고 싶은 것이 있을 때, 사람들은 자기의 소망을 가정법으로 표현한다. 어쩌면 그렇게 함으로써 불가능해 보이는 일이 가능해지거나, 이루어질 수 없는 꿈이라고 생각했던 것들이 눈앞에 현실로 나타나는 것을 경험한 적이 있기 때문인지도 모른다.

이 세상은 꿈꾸는 자의 것이라고 하지만, 꿈을 이루기 위해서는 우선 제대로 꿈꾸는 훈련부터 해 둘 필요가 있다. 꿈과 희망을 담은 가정법은 유머가 필요한 상황에서 뜻밖의 위력을 발휘할 때가 있다. 특히 쉽사리 빠져나갈 수 없는 위기 상황에 처하게 됐을 때나 풀기 어려운 문제에 부딪쳤을 때는, 불가능해 보이는 조건을 제시하거나 마음속에 담고 있는 희망 사항을 드러냄으로써 눈앞의 위기를 벗어나게 되는 경우가 종종 있다.

이왕이면

수도승을 납치한 숲 속의 강도가 협박을 하던 끝에 조건을 하나 내걸었다.

"여자와 잠자리를 같이하면 살려줄 수도 있다."

"수도자의 몸으로 어떻게 그런 일을 할 수 있단 말이오?"

"그렇다면 죽일 수밖에 없겠군."

"좋소이다. 그 대신 세 가지 조건을 들어주시오."

"말해 보시오."

"첫째 나를 볼 수 없는 장님이어야 하오."

"그거야 어렵지 않지."

"둘째 내 말을 들을 수 없는 귀머거리여야 하오."

"그 정도는 들어줄 수 있지. 나머지 한 가지는 뭐요?"

"무조건 예뻐야 하오. 몸매도 36-24-36이면 더 좋고."

아무 생각 없이 숲길을 지나다 강도에게 붙잡힌 것만 해도 억울해 죽을 지경인데 수도승의 몸으로 여자와 잠자리를 같이해야 한다니, 조건치고는 참으로 고약하기 짝이 없다. 도대체 이 친구는 나와 전생에 무슨 원한이 있었길래 이런 골치 아픈 조건을 내세우며 선량한 수도자를 괴롭힌단 말인가! 그렇다고 죽어도 그렇게는 할 수 없다며 뻗대기만 하다가는 정말 하나밖에 없는 목숨이 달아날 판이니, 이거야말로 진퇴양난이요 절체절명의 위기가 아닐 수 없다. 수도자 신분으로 여자와 잠자리를 같이한다는 건 곧 파계를 한다는 뜻이다. 하지만 파계를 한다는 건 이름도 모르는 강도에게 죽음을 당하는 것보다 더 부끄러우면 부끄러웠지 조금도 덜할 일이 아니다.

'아무래도 오늘 이 자리를 벗어나긴 힘들게 생겼구나. 하지만 이대로 물러설 수는 없는 일, 나도 단단한 조건을 내세워 이 친구 골탕이나 먹여보자.'

그런 생각을 하며 딴에는 궁리에 궁리를 더해 하나씩 조건을 내뱉기 시작했는데, 이 친구 대답이 뜻밖에도 선선하다. 이러다간 꼼짝없이 여자하고 잠자리를 하게 생겼구만. 그때 갑자기 좋은 생각이 떠올랐다. 그래, 어차피 죽을 목숨, 이왕이면 다홍치마라고 제대로 생긴 여자 얼굴이나 한 번 보고 죽자꾸나. 그렇게 8등신 미녀를 주워섬기고 나서 강도 녀석이 도대체 어떤 반응을 보일까 궁금해 고개를 슬며시 든 순간, 녀석의 얼굴에 어이없다는 듯한 웃음이 번지는 걸 보니 이젠 살았구나 하는 생각이 절로 든다.

'그런 여자라면 내가 데리고 자겠다!'

다리가 없으면

평생을 곤충 연구에만 몰두해 온 어느 학자가 벼룩 한 마리를 흰 종이 위에 올려놓고 소리쳤다.

"뛰어!"

벼룩이 톡톡 튀자 그는 벼룩의 다리를 모두 떼어낸 다음 다시 소리쳤다.

"뛰어!"

그런데 이번에는 벼룩이 꼼짝도 하질 않았다. 그걸 본 과학자는 고개를 끄덕이며 연구 노트에 다음과 같이 적어 넣었다.

'벼룩은 다리가 없으면 소리를 듣지 못한다.'

있을 수도 없고 있을 리도 없는 장면을 눈앞에 보여주는 것은 가정법을 활용한 유머에서 흔히 동원되는 방법이다. 아무리 세상물정 모르고 연구실 안에만 처박혀서 살았기로서니 이런 터무니없는 연구 결과를 낼 학자는 어디에도 없다. 꿈에서나 있을 법한 경우를 들이대며 나올 수 없는 결론을 끌어내는 이런 모습에 기가 막혀 웃지 않을 사람이 과연 몇이나 있을까?

잔돈이 없으니

어느 영국 신사가 하인을 데리고 스위스 로잔의 거리를 걸어가다가 갑자기 급해서 건물 벽에 대고 오줌을 누는데, 그때 마침 경찰관이 불쑥 나타났다.

"선생, 벌금으로 2프랑 반을 내셔야 합니다."

"아이구, 미안하게 됐수다. 자, 여기 5프랑짜리 받으시구려."

"잔돈이 없는데요."

"나한테도 잔돈이 없는데……. 그럼 잔돈은 그냥 받아두시우."

"아닙니다. 정해진 액수 이상의 벌금을 받을 수는 없습니다."

"그래요? 거참 야단났네. 이걸 어쩐다? 그래, 제임스. 자네도 여기다 오줌을 누면 되겠구만. 그럼 계산이 딱 떨어지잖아."

신사 체면에 아무 데서나 일을 볼 수도 없는지라 참는 데까지는 참아보려고 기를 썼지만, 생리현상까지 맘대로 통제할 수야 없지 않은가! 영국 신사 체면이 말씀은 아니지만 그래도 남의 시선을 피해 담벼락 한 모퉁이를 잠깐 실례하는 순간, 기어코 올 것이 오고야 말았네.

얼굴을 붉히며 슬쩍 지폐 한 장을 내밀면서도 뒤통수가 그렇게 따가울 수가 없다. 제발 좀 빨리빨리 돈이나 받고 못 본 척 지나가 시면 안 되나? 그런데 이 딱한 양반, 잔돈이 없다며 되레 머리를 긁적이고 서 있네그려. 이렇게 꽉 막혀서야 그 많은 단속을 혼자서 어찌 다 하신단 말인가!

그래도 계산은 계산이니 그냥 넘어갈 수는 없는 일. 2인분 일을 보고 2인분 요금을 낼 테니 그걸로 계산을 끝내자구. 그럼 거스름돈도 필요 없고 더 실랑이 벌일 일도 없잖아. 그렇게 말도 안 되는 조건을 뱉어놓고 나서 왠지 미안하고 부끄러운 마음에 고개도 못 들고 바장이는데, 이 순진하고 착한 스위스 경관 아저씨, 화창한 로잔의 하늘보다 더 환한 미소를 지으며 잘 가라고 손까지 흔들어 준다. '이래서 내가 스위스를 좋아한다니까!'

기술 15

몸짓이나 도구도 쓰기 나름이다

사람들과 이야기를 나누다 보면 말보다 몸짓이나 표정이 훨씬 더 큰 효과를 나타내는 경우가 많다. 굳이 서로 치고받고 넘어지며 몸으로 모든 것을 표현하는 슬랩스틱 코미디가 아니더라도, 사람의 몸짓이나 표정이 가진 의사소통의 힘은 누구도 부정하기 어려울 만큼 강력할 때가 있다.

이 세상의 모든 유머가 다 말을 통해서만 만들어지는 것은 아니다. 오히려 간단한 몸동작이나 짧은 눈짓 한 번 또는, 눈앞에 보이는 소도구 하나가 몇 백 마디 말보다 더 많은 의미를 전해 주는 경우를 우리는 수없이 경험한다. 그렇게 강력한 힘을 가진 몸짓과 도구들을 적절하게 활용할 줄 모른다면, 유머가 우리에게 보내는 즐거움과 행복의 메시지들을 제대로 수신하는 일도 어려워질 수밖에 없다.

손가락만 까딱 하면

윗사람한테는 낯이 간지러울 정도로 아부를 떨면서도 아랫사람만 보면 깔보고 업신여기는 김부장이 어느 날 부하 직원들에게 말했다.

"자, 오늘부터는 여러분한테 귀찮은 잔소리를 하지 않을 거야. 내가 이렇게 손가락을 까딱 하면 이리 오라는 신호니까 그리 알아. 알았지?"

그러자 저만치 앉아 있던 여직원이 그거 참 반갑다는 듯이 말했다.

"잘 됐네요, 부장님. 저도 부장님처럼 말 많은 걸 싫어하는 편이거든요. 앞으로는 제가 고개를 가로저으면 부장님이 불러도 갈 수 없다는 신호니까 그리 아세요. 아셨죠?"

아랫사람만 보면 거침없이 반말을 하고 거드름을 피우면서 함부로 대하는 이들이 있다. 요즘에야 그런 사람이 없겠지만, 몇 년 전만 해도 부하 직원을 부를 때 몸을 뒤로 길게 젖힌 채 턱짓으로 신호를 보내는 상사들이 더러 있었다. 그런데 그런 사람들일수록 윗사람에겐 굽신거리며 아부를 하거나 작은 일에도 낯간지러운 웃음을 지으며 잘 보이려고 애쓰는 경우가 많다.

손가락 까딱 하는 것도, 고개를 가로젓는 것도 몸짓이다. 상사와 부하 사이에 그런 몸짓을 통해 평소보다 의사소통이 간편해지고 수월해진다면야 이 회사의 생산성이 남다르게 좋아지지 않을 이유가 없다. 그건 그렇다 치고, 고개를 가로젓는 여직원의 대꾸에 김부장의 몸짓 대신 어떤 말짓이 날아갈지 몹시 기대되는구만.

소시지 하나와 계란 두 개

사업차 러시아를 처음 방문한 달호가 하루는 배가 몹시 고파서 식당을 찾아 들어갔는데 러시아 말을 한 마디도 몰라 도대체 주문을 할 수가 없었다. 주위를 살펴보니 옆에 있던 미국 남자도 사정은 마찬가지인 모양이었다. 그런데 잠시 후 그 미국인이 주방 쪽으로 성큼성큼 걸어가더니 갑자기 바지 지퍼를 쭉 내리면서 팬티 속을 보여주고는 자기 자리로 돌아오는 것이었다.

그러자 신통하게도 그 미국인 앞으로 소시지 한 개와 계란 두 개가 나왔다. 그 모습을 본 달호도 주방 앞으로 다가가 바지 지퍼를 내려 속을 보여준 다음 자리로 돌아왔다.

1분 후, 달호 앞으로 번데기 하나와 메추리알 두 개가 나왔다.

서양인의 음식 문화에 익숙하지 않은 우리로서는 한국 식당이 없는 낯선 지역에 갔을 때 하루 세 끼 먹거리를 챙기는 일이 이만저만 고역이 아니다. 해외여행을 다녀본 사람이라면, 그럴 듯한 레스토랑에 갔을 때 도무지 읽어보기도 힘들 만큼 깨알같이 적혀 있는 메뉴판을 들여다보며 진땀을 흘렸던 적이 한두 번은 있었을 것이다.

난생 처음 러시아를 방문한 우리의 달호 씨도 예외는 아니었을 것이다. 외국어깨나 한다는 사람도 도대체 분간조차 할 수 없게 생겨먹은 러시아 알파벳을 대하고 나면 괜스레 기가 죽게 돼 있다. 하는 수 없이 그동안의 경험과 동물적인 감각을 총동원해서 옆에 앉아 있던 미국인이 하는 짓을 예의 주시하기 시작했는데 이 아저씨, 주방 앞에서 바지춤을 몇 번 올렸다 내렸다 하더니 흐뭇한 미소를 지으며 자리에 돌아와 앉는다. 저게 갑자기 웬 쇼를 하고 있나? 헌데 그게 아니었다. 굵직한 소시지에 잘 익은 계란 두 개!

옳거니, 뭔 얘긴지 바로 알아버렸다. 몸으로 때우는 거야. 나도 자신 있지. 너무도 당당하게 돌격 앞으로! 대한민국 남자의 자랑스런 아랫도리를 시원스레 보여주고 돌아오는데, 뒤통수 쪽에서 뭔 말인지 알아듣지 못할 수군거림이 들려온다. 알아서 갖다주겠지 뭐.

그래, 알기는 제대로 안 게 틀림없다. 하지만 부모님이 물려주신 신체발부를 낸들 어떡하란 말이냐. 그나저나 나중에 주문하길 다행이지, 내가 먼저 가서 바지춤을 내렸더라면 도대체 뭐가 나왔을꼬.

알을 낳을 수가 없어서

오성 대감 이항복은 슬기롭고 재치가 있어서 다른 대감들을 자주 골탕 먹이곤 했다. 그러던 어느 날, 번번이 오성 대감에게 골탕을 먹은 대감들이 오성 대감을 골려주기 위해서 의논을 하던 중 한 사람이 그럴 듯한 꾀를 생각해 냈다.

"내일 아침에 입궐할 때 모두 달걀을 하나씩 가져옵시다. 전하께도 미리 말씀을 드리되, 오성 대감에게만은 비밀로 해야 합니다."

대감들은 오성 대감을 골려준다는 생각에 벌써부터 신이 났다. 다음 날 아침, 소맷자락에 달걀 한 개씩을 감춰 가지고 입궐한 대감들은 아무것도 모르고 있는 오성 대감을 보면서 웃음을 참느라 이를 악물어야 할 정도였다.
잠시 후에 왕이 한 사람씩 달걀을 가지고 앞으로 나오라는 명을 내렸다. 그러자 신하들은 모두 소맷자락에서 달걀을 꺼내 들고는 한 사람씩 앞으로 나아가 달걀을 쌓아놓기 시작했다.
마침내 오성 대감의 차례가 됐다. 대감들은 모두 오성 대감이 절절맬 거라고 기대를 하며 지켜보고 있었다. 그런데 오성 대감은 하나도 당황하지 않고 갑자기 '꼬끼오!' 하고 닭 울음소리를 내더니, 두 손으로 도포 자락을 두드리며 수탉이 홰를 치는 흉내까지 내는 것이었다.
그런 모습을 본 왕이 무슨 까닭이냐고 묻자, 오성은 천연덕스런 말투로 임금에게 고했다.
"소신은 수탉이어서 알을 낳지 못하는지라 달걀을 못 가져왔습니다."
이 말을 들은 왕은 껄껄 웃고 말았다.

아무리 머리를 굴리고 꾀를 내어봤자 이 조정에서 오성 대감을 이길 인재는 어디에도 없다. 그런데 그걸 빤히 알면서도 설욕전을 기획하는 대감들의 눈빛이 예사스럽지가 않다. 게다가 이번에는 임금까지 기꺼이 모의에 가담하지 않았던가.

사전 통보가 없었으니 계란을 갖고 오지 않았다고 해서 오성이 혼날 일이야 없겠지만, 대감들 머릿속에 있는 생각은 그게 아니었다. 틈만 나면 임금 앞에서 점잖은 대감 체면 깎아내리는 일들을 벌여놓고 나서 그때마다 저는 미꾸라지처럼 쏙쏙 빠져 달아났으니, 그 일들을 생각하면 밥이 넘어가질 않던 터였다. 차곡차곡 쌓여가는 계란 무더기 앞에서 내심 회심의 미소를 지으며 돌아서는 대감들의 뇌리에는 잠시 후 진땀을 빼며 허둥댈 오성의 허우대가 열두 폭 병풍처럼 펼쳐지고 있었다.

그러나 바로 그 순간, 그들은 정신을 번쩍 차려야 했다. 벌건 대낮에 웬 닭 울음소리? 아차 싶었다. 별일이 아니기를 바라는 마음으로 오성을 향해 눈길을 쏘아대기 시작했는데 이게 웬일, 저 노인네가 도포자락을 펄럭이며 수탉 홰치는 소리를 내고 있지 않은가. 졸지에 모두가 마당을 나온 암탉 신세가 된 조정에서, 들리는 건 '게임 끝'을 알리는 임금의 호탕한 웃음소리밖에 없다. 이번에도 승리의 여신은 그들에게 등을 돌렸다.

'그러니 상대를 잘 골라야지.'

기술16

난센스는 마지막 비장의 무기다

'이제까지 설명한 열다섯 가지의 유머 기술을 나름대로 연습해 봤지만, 뭔가 미진한 것 같아 아쉽다.' 그렇게 느낀 이들이 있다면, 이 마지막 장이 부족한 2퍼센트를 채워줄지도 모른다.

상황에 맞지 않거나 논리에 어긋나는 표현, 무의미하거나 바보스런 언행을 대할 때 우리는 실소를 금치 못하게 된다. 그러니까 어떤 유머 기술로도 돌파할 수 없는 곤란한 상황을 만났을 때, 어떤 궁리를 해도 빠져나갈 길이 없는 답답한 처지에 놓이게 됐을 때, 듣는 이들에게 가벼운 실소를 선사함으로써 국면을 전환할 수 있다면 그 장면이야말로 난센스가 가장 빛을 발하는 상황이 아닐 수 없다.

프로이트는 난센스를 '재미있어 보이는 헛소리'로 설명하면서 다음의 두 가지를 예로 들고 있다.

사례 1

생선 요리가 나오자 손님이 두 손으로 두 번 마요네즈 소스를 찍어 머리에 발랐다. 옆에 있던 사람들이 놀란 눈으로 쳐다보자 그 손님은 정말 잘못했다며 사과를 했다.
"죄송합니다, 저는 이게 시금치라고 생각했거든요."

사례 2

"인생은 쇠사슬로 달아맨 다리야."
"왜 그런데?"
"나도 몰라!"

이 사례를 가만히 들여다보면, 난센스를 만들어내는 두 가지 전략이 떠오른다.

논점에서 벗어난다

난센스는 논리에 어긋나거나 모순되는 표현 또는 뜻밖의 답변을 통해 듣는 사람의 기대심리를 뒤집는 기술이다.

위의 사례 1처럼, 눈앞의 상황에서 벗어나 전혀 엉뚱한 답변을 하거나 예상하지 못했던 반응을 보일 경우에는 그 의외성 때문에 웃음이 터지게 된다. 쫓아가던 목표물이 갑자기 시야에서 사라졌을 때 허탈감을 느끼는 것과 비슷한 이치라고 할 수 있다.

청와대에 가려면

청와대 입구에 찾아온 관광객이 저 안에 들어가려면 어떻게 해야 되느냐고 묻자, 안내원이 대답했다.
"먼저 선거를 치러야죠."

그렇지 않아도 수도 없는 사람들이 드나드는 바람에 하루 종일 정신을 못 차릴 정도로 바빠 죽을 지경인데, 청와대 앞까지 온 사람이 어떻게 해야 청와대에 들어갈 수 있느냐고 물으니 기가 막힐 노릇이다. 저쪽으로 가서 알아보라고 턱짓을 하려는 순간, 가만보니 이 양반 떡 하니 뒷짐을 지고 서서 질문하는 품이 왠지 예사롭지가 않다.

공연히 시빗거리를 만들 필요는 없겠다 싶은 생각이 떠오르면서, 친절을 생명으로 알고 일해 온 우리 안내원의 머리가 오랜만에 굴러가기 시작했다. 질문의 논점에서 벗어나겠다는 계산된 의외성 덕분에, 짜증 나고 재미 없는 정문 근무에서 모처럼만에 웃음이 터지는 순간이다.

낙방의 이유

일본어를 전공했는데도 불구하고 입사 시험에서 계속 떨어지자 오기가 난 청년이 이번에는 원서를 쓰면서 특기란에 '일본어 능통'이라고 큰 글씨로 적어넣었다.

서류심사를 통과하고 면접을 보던 날, 면접관이 그에게 물었다.

면접관 : 일본 사람들은 독도를 뭐라고 하는지 아나?

청년 : 자기네 땅이라고 그러던데요?

하도 취업이 어렵다 보니, 요즘에는 어떻게 해서든 면접관에게 강렬한 인상을 남기고 보자는 것이 취업 전략의 하나가 됐다. 면접에서 강한 인상을 심어주고 그 덕분에 취업이 될 수만 있다면 외모까지도 바꿀 수 있다는 이들도 적지 않은 모양이다.

잔뜩 기대를 하고 입사원서를 넣었는데, 막상 시험에서 몇 번 떨어지고 나니 공연히 풀이 죽기까지 한다. 이번이 마지막이야, 이번엔 무슨 수를 써서라도 합격해야 돼. 그런 생각을 하며 면접관 앞에 섰는데 평소에 그렇게도 달달 외워뒀던, 초등학생도 알 만한 그 대답이 도무지 떠오르질 않는다. 이대로 우물쭈물하다가는 또 낙방을 면할 수가 없을 것 같다.

어떻게든 대답은 하고 보자는 생각에 대중 가요의 가사를 끌어다 붙이기는 했지만, 따지고 보면 그것도 전혀 틀린 말은 아니지 않은가! 면접관들이 폭소를 터뜨리는 걸 보면, 논리 밖의 논리로 웃음을 만드는 난센스의 제1전략이 제대로 먹히긴 했나 보다. 내친 김에 합격 통지서까지 보내주시면 얼마나 좋을까!

논점을 회피한다

위의 사례 2처럼, 질문의 의도나 논리에 맞지 않은 답변을 하거나 답변 자체를 회피하는 방법이다. 이때 자신의 생각을 합리화하기 위해 궤변을 동원하거나 자기 자신의 주관적인 경험 같은 것을 이용하면 유머 효과가 더 커질 수도 있다.

돈 버는 방법

체스터튼이 어느 날 돈 많은 은행가와 얘기를 나누고 있었다.
"돈을 버는 데는 수천 가지 방법이 있지만, 성실하게 돈을 버는 방법은 단 한 가지밖에 없는 것 같습니다."
은행가가 궁금하다는 듯이 물었다.
"그게 도대체 뭡니까?"
그러자 체스터튼은 고개를 갸우뚱하며 대답했다.
"나도 그게 뭔지 몰라 고민하고 있는 중입니다."

엄청나게 대단한 비법이 나올 줄 알고 잔뜩 기대하고 있었는데 막상 듣고 보니 허탈하기 짝이 없다. 이처럼 고조된 긴장이 해소되는 데서 오는 웃음이 난센스의 두드러진 특징이다.

의사와 마스크

아버지가 수술을 받고 있는 수술실 앞에서 아들이 엄마에게 물었다.

아들 : 엄마, 의사들은 수술할 때 왜 마스크를 쓰는 거야?

엄마 : 그야 수술이 실패했을 때 환자가 자기 얼굴을 기억하지 못하게 하려고 그러는 거겠지 뭐.

가뜩이나 남편의 수술 경과가 걱정돼 마음을 졸이고 있는 판인데, 아들 녀석이 뚱딴지 같은 질문을 한다. 제 딴에는 난생 처음 보는 의사들이 마스크를 쓰고 분주하게 돌아다니는 모습이 궁금하기도 했겠지만, 눈과 마음이 온통 남편에게로만 향해 있는 엄마로서는 아이의 질문에 차근차근 대답해 줄 마음의 여유가 없다. 제발 조용히 좀 하고 있어!

핀잔이나 한 마디 할 생각으로 아들 쪽을 바라보는데, 이 녀석 눈빛이 아무래도 심상찮다. 그래, 녀석도 걱정이 되긴 되는 모양이구나. 아무렴, 누구 아들인데. 그 순간, 엄마는 마음을 고쳐먹는다. 짜증 내고 달달거린다고 뭐가 달라지겠어. 수술이야 의사 선생님들이 알아서 하실 거니까 마음을 비우고 기다리는 수밖에.

그렇게 마음을 가라앉히며, 엄마는 맘에 없는 딴소리를 한다. '성공'과 '실패'를 의도적으로 대비시키면서 성공 대신 실패했을 경우를 예상해 아들이 던진 질문의 논점을 회피한 결과, 이렇게 멋진 난센스가 만들어졌다.

광대가 된 이유

아들 : 아빠, 저 광대 아저씨는 어떻게 저런 외줄 위에서 겁도 안 내고 걸어다닐 수 있는 거야?

아빠 : 다 돈 때문이란다.

아들 녀석이야 신이 나서 이리 뛰고 저리 돌아다니며 온 민속촌 구석구석을 휘젓고 다녔지만, 오랜만에 아들을 데리고 나들이를 나온 아빠로서는 그야말로 고역도 이런 고역이 없다. 다리가 아프고 허리도 뻐근하던 터라 어디 앉을 만한 데가 없나 싶어 두리번거리는 중인데, 이 팔팔한 아들 녀석이 아빠의 팔을 붙잡아 끌며 굳이 어름사니 앞으로 다가선다.

이번에는 또 무슨 질문으로 이 아빠를 곤혹스럽게 할 텐가? 눈에 보이는 것마다 질문을 해대는 통에 혼쭐이 났던 아빠는 슬그머니 걱정부터 들기 시작한다. 그런데 아니나 다를까, 이번에도 그냥 지나치질 않는다. 그렇다고 대놓고 짜증을 부리기에는 아이의 질문이 너무나도 진지하다. 어쩐다?

그래, 여기선 길게 얘기해 봐야 귀에 들어가지도 않을 거야. 그리고 솔직히 말하자면, 나도 지칠 대로 지쳤다. 그러니 짧게 하자, 짧게, 응? 아들의 질문에 대해 의도적으로 논점을 피하는 대답을 던지기는 했지만, 곰곰 생각하면 생각할수록 그것 참 명답일세그려.

에필로그

유머가 넘쳐나는 세상을 생각하며

이 세상에는 내가 좋아하는 사람도 있고 하는 짓이 예뻐 보이는 사람도 있지만, 내가 싫어하는 사람은 물론 하는 것마다 미운 사람도 많다. 그 속에서 내가 좋아하는 사람들만 골라서 만날 수 있다면야 무슨 걱정이 있을까마는, 세상 일이나 대인 관계가 그렇게 항상 나한테 편리하거나 유리하게만 돌아가지는 않는다는 게 문제다. 싫어도 싫은 내색을 드러내지 못하고, 정말 만나고 싶지 않지만 어쩔 수 없이 만나야 하는 사람들이 얼마든지 많기 때문이다.

보기 싫고 만나기 싫다고 해서 사사건건 서로 날을 세우고 부딪치며 살아야 한다면 우리네 인생은 하루도 맘 편할 날이 없을 것이다. 그러나 내가 만나는 사람들 중에는 아무리 마음에 안 들어도 전체의 인화를 위해 넓은 마음으로 끌어안아야 하는 사람도 있고, 또 나이를 먹고 지위가 올라가면서 내 영향력이 미치는 범위가 조금씩 넓어질수록, 대립보다는 협력을 이끌어내기 위해서라도 내가 먼저 아량을 베풀어야 하는 사람도 있기 마련이다.

우리가 살아가는 세상에는 합리적인 것도 있지만 비합리적인 것도 얼마든지 많고, 건설적인 사람들만 모여 사는 것 같으면서도 구석구석에 파괴적인 생각을 가진 이들이 넘쳐나고 있다. 그뿐이 아니다. 조직이나 사회를 위해서는 반드시 이렇게 해야 한다고 강경론을 펴는 사람들이 있는가 하면, 그렇게 밀어붙이던 자신의 행동이 어느 순간 조직이나 사회는 물론 자기 자신까지 망치는 걸 보며 절망하는 이들도 있다.

어찌 보면, 그처럼 복잡하게 뒤얽힌 모순과 갈등 속에 사는 게 우리네 인생인지도 모른다. 본문에서도 설명했지만, 그런 모순 속에는 세월이 한참 지난 후에야 밝혀지는 모순도 있고, 상대방과 내가 서로 다른 인간이라는 데서 오는 모순도 있으며, 서로가 처한 상황이나 그 상황에 대한 각자의 생각이 다른 데서 나타나는 모순도 있다. 그러나 정작 중요한 것은 그런 모순의 존재가 아니라, 모순에 대한 우리의 태도와 마음가짐이 아닐까 싶다.

일상생활 속에서 우리는 나와 다른 것은 옳지 않거나 나쁜 것으로 생각하는 데 익숙해져 있다. 그러다 보니, 나와 다른 사람이 눈앞에 나타나면 어떻게 해서든 상대방이 갖고 있는 나와의 차이를 없애거나 내 눈에 보이지 않게 덮어버리려는 행동을 할 때가 가끔 있다. 그렇게 해서 서로의 차이가 보이지 않게 되면 모순이나 갈등도 없어질 거라고 생각하기 때문이다.

그러나 수십 억 인구 중에 같은 사람이 한 명도 없는 이 지구상에서, 사람과 사람 사이의 모순과 갈등이 완전히 사라지기를 기대한다는 건 애초부터 불가능한 꿈일 수밖에 없다. 그렇다면 과연 어떻게 해야 할까?

저자는 제대로 된 유머를 구사하는 습관 속에 그 해답이 있다고 믿는다. 만나기 싫은 사람을 만나야 할 경우, 그 사람을 만났을 때 어떤 종류의 유머를 쓰면 조금이라도 분위기를 바꿀 수 있을지 한 번 고민해 보시라. 몇 번 그렇게 하다 보면 상대방의 생각과 내 생각이 늘 일치할 수는 없다는 것을 인정하게 될 것이고, 자기도 모르는 사이에 상대방의 생각과 입장을 존중하는 버릇이 생길 수도 있다.

만나고 싶은 사람을 만나는 경우라면 더 말할 나위도 없다. 그 사람을 생각하면서, 이 책에서 설명한 유머의 원칙과 전략과 기술 가운데 어떤 것들을 적용해 보면 좋을지 곰곰 떠올려 보시라. 그런 생각을 하는 것만으로도 그 사람과의 만남이 즐겁고 유익한 시간으로 바뀔 수 있을 것이며, 어쩌면 그 사람의 존재에 대해 고마워하는 습관까지 몸에 붙게 될지도 모른다.

유머테크는 나와 상대방의 차이를 이해하고 존중하는 마음의 기술이다. 그것은 서로의 모순을 극복하거나 없애버리려는 대립과 파괴의 의지가 아니라, 상대방과 내가 이 세상을 살아가는 데 서로 없어서는 안 되는 존재라는 사실을 가슴 깊은 곳으로부터 뜨겁게 인정하는, 상생과 공존의 철학이기도 하다.

참고문헌

김도빈 엮음, 세계 위인일화, 미래문화사, 2000

김방이, 천년의 지혜가 담긴 109가지 이야기, 한국문원, 1997

김영만, 역사 속의 에피소드, 을유문화사, 1996

김은태, 재밌는 리더가 사람을 움직인다, 대산출판사, 2002

구병진, 웃으면 천당가요, 해누리기획, 2004

박필, 행복 그리고 성공을 만드는 언어, 국민일보사, 2000

밥 로스 지음/김광수 옮김, 유머 비즈니스, 시아출판사, 2002

유동범, 천재들의 우화(1, 2), 바움, 2004

유응교, 얘들아! 웃고 살자, 프로방스, 2001

이윤희, 심각한 농담, 여강출판사, 1994

이주홍, 한국인의 웃음, 성문각, 1978

이형식 편저, 농담, 궁리, 2004

이훈구, 행복의 심리학, 법문사, 1997

진현종, 노자의 웃음, 웅진닷컴, 2000

쿠키 슈우조우 지음/김성룡 옮김, 우연이란 무엇인가, 이회문화사, 2000

한승헌, 산민객담, 범우사, 2004